ASHLEY ELSTON

10 Wahrheiten & ein Happy End

Weitere Titel der Autorin:

10 Blind Dates für die große Liebe

ASHLEY ELSTON

10 WAHRHEITEN UND EIN Happy End

Übersetzung aus dem amerikanischen Englisch
von Cherokee Moon Agnew

one

Dieser Titel ist auch als E-Book erschienen

MIX
Papier aus verantwortungsvollen Quellen
FSC® C014496

Titel der englischsprachigen Originalausgabe:
»Ten Truths and a Dare«

Umschlaggestaltung: Jeannine Schmelzer
Umschlagmotive: © mythja/shutterstock |
© Zelenaya/shutterstock | © Boonchuay1970/shutterstock |
© Bokeh Blur Background/shuttertsock
Satz: two-up, Düsseldorf
Gesetzt aus der Caslon
Druck und Einband: GGP Media GmbH, Pößneck

Printed in Germany
ISBN 978-3-8466-0140-2

1 3 5 4 2

Sie finden uns im Internet unter one-verlag.de
Bitte beachten Sie auch luebbe.de

Für die Abschlussklassen von 2020 und 2021.

Wahrheit #1: Wenn etwas passiert, deine Nonna es aber nicht herausfindet und der ganzen Familie erzählt, dann ist es nicht wirklich passiert.

Sonntag, 8. Mai, Nachmittag

OLIVIA

Beinahe jeder Meilenstein, den ich bisher erreicht habe, ist auf irgendeine Weise mit dem Haus meiner Großeltern verbunden. Meine ersten Schritte? Vier Stück, den Flur hinab. Erster verlorener Zahn? Steckte in einem der Karamelläpfel, die Nonna für uns zubereitet hatte und die in der Küche auf uns warteten, als wir an Halloween nach dem Einsammeln der Süßigkeiten nach Hause kamen. Erster Kuss? Jason McAfee, der Kumpel meines Cousins

Charlie und unseres Nachbarn Wes. Es geschah in der achten Klasse, als wir auf dem Dachboden Flaschendrehen spielten.

Als es also an der Zeit war, den Schulabgänger-Fragebogen auszufüllen, bestand keinerlei Zweifel daran, wo wir uns treffen würden.

»Okay, hat jeder einen Stift?«, fragt Nonna, die am Kopf des Tisches sitzt.

Charlie neben mir tastet seinen Oberkörper ab und sucht den Boden ab. »Ich habe meinen verloren.«

Nonna schiebt mir ein paar Stifte zu. »Olivia, würdest du die bitte verteilen?«

Charlie probiert zuerst ein paar aus, bevor er sich für einen Kuli entscheidet. Die restlichen legt er zurück.

»Ist es nicht seltsam, wenn ich die Umfrage ausfülle?«, fragt unsere Cousine Sophie. »Ich meine, ich freue mich zwar, hier zu sein, aber es ist ja nicht so, als hätte ich jemanden, dem ich den Fragebogen geben könnte.«

»Du gibst ihn mir, und ich bewahre ihn zusammen mit den anderen auf«, erwidert Nonna und deutet auf die mit Stoff bezogene Kiste auf der Küchentheke. Dann zwinkert sie Wes zu, der mir gegenüber und neben Sophie sitzt. »Und deinen will ich auch.«

Strahlend schreibt Wes seinen Namen auf das Blatt und wartet gespannt darauf, dass Nonna loslegt.

Onkel Sal steht auf der anderen Seite des Raums gegen die Küchentheke gelehnt da und hält ein zerknittertes, fleckiges Blatt Papier in Händen. »Wenn die Zwillinge nicht innerhalb der nächsten fünf Minuten auftauchen, fangen wir ohne sie an.«

Nonna wirft einen Blick auf die Uhr, beäugt die Hintertür und sieht dann Sal an. »Maggie Mae meinte, sie würden kommen.«

Onkel Sal verdreht die Augen und widmet sich wieder seinem Handy.

In unserer Familie hat Nonna immer das letzte Wort – auch, was diesen Fragebogen angeht.

Für unsere Highschool haben Traditionen einen ebenso hohen Stellenwert wie für Nonna. Als das Ganze vor achtundfünfzig Jahren anfing, bestand die Umfrage nur aus ein paar Standardfragen. *Wirst du aufs College gehen? Falls ja, wo? Was ist dein Traumberuf?* Aber inzwischen hat das Ganze ein Eigenleben entwickelt. Jetzt will die Schule wissen, was deine schönste Erinnerung ist. Dein peinlichstes Erlebnis. Deine liebste Wohltätigkeitsorganisation. Was du tun würdest, wenn du die Welt verändern könntest. Und so weiter und so fort. Die Antworten werden dann auf der großen Leinwand gezeigt, die von der Decke hängt, während wir in unseren Roben und mit unseren Hüten einer nach dem anderen die Bühne betreten. Nonna hat eine Kopie von jeder Umfrage, die je in dieser Familie ausgefüllt worden ist. Alle haben ihren Abschluss an derselben Highschool gemacht, von Sophie und ihrer älteren Schwester Margot mal abgesehen.

Und inzwischen ist es eben Tradition geworden. Eine Tradition, die einmal jährlich beim Familiendinner ausgeführt wird. Die aktuellen Schulabgänger füllen den Fragebogen im Beisein aller aus, und dann vergleichen wir die Antworten mit denen unserer Eltern. Und denen unserer Tanten und Onkel. Und denen unserer Cousins und Cousinen.

Ihr versteht, was ich meine.

Sophie muss die Fragen vielleicht nicht für ihre Schule beantworten, aber für Nonna. Genau wie Margot damals. Und da Wes quasi zur Familie gehört, gibt es auch für ihn kein Entrinnen.

Nicht, dass es den beiden etwas ausmachen würde. Im Gegenteil. Sie scheinen ganz aus dem Häuschen zu sein, Teil der Tradition sein zu dürfen. Vielleicht liegt es aber auch daran, dass sie immer aus dem Häuschen sind, wenn sie zusammen sind, ganz egal, was gerade ansteht.

Während Nonna Sophie und Wes stolz ansieht, weil sie bei den beiden ihre Finger im Spiel hatte, fürchtet sich der Rest von uns davor, sie könnte sich auch in unsere Liebesleben einmischen, sollten wir auch nur das kleinste Anzeichen von Schwäche zeigen. Ich habe Himmel und Hölle in Bewegung gesetzt, um meine Trennung von Drew vor ihr zu verheimlichen, damit sie nicht noch mal das gleiche Dating-Spiel wie letztes Jahr an Weihnachten durchzieht. Seitdem ist auch Onkel Michael nicht mehr zu Besuch gewesen. Er ist das letzte unverheiratete Kind von Nonna und Nonno und kriegt beim Gedanken, Nonna könnte versuchen, den perfekten Ehemann für ihn zu finden, Angstzustände.

Die Hintertür fliegt plötzlich auf, und herein kommt Tante Maggie Mae, dicht gefolgt von den Bösen Joes, Onkel Marcus und den jüngeren Zwillingen Frankie und Freddie. Mary Jo und Jo Lynn tragen das gleiche Leinenkleid, eins in Blassrosa, das andere in Blasslila, die Haare so glatt, als könnte ihnen die Luftfeuchtigkeit nichts anhaben.

Charlie lässt den Blick über den Tisch schweifen. Ich sehe genau, wann ihm bewusst wird, wo sich die einzigen noch freien Stühle befinden.

Er lehnt sich zu mir herab. »Tausch mit mir.« Charlie hat mit zwölf angefangen, Mary Jo und Jo Lynn die »Bösen Joes« zu nennen, nachdem sie ihm in Florida im Beisein von ein paar hübschen Mädchen einen Streich gespielt hatten. Um ehrlich zu sein war er tatsächlich schon ein wenig zu alt, um noch *Star Wars*-Unterhosen zu tragen. Aber da er Teil der Fantastischen Vier war, mussten Sophie, Wes und ich zu ihm halten.

Und Charlie hat recht – die Bösen Joes *sind* böse.

Ich schüttle den Kopf und klammere mich an die Tischkante, falls er auf die Idee kommen sollte, mich vom Stuhl zu schubsen. »Auf keinen Fall.«

»Sie haben einen Typen dabei«, flüstert Wes über den Tisch hinweg.

Wir drehen die Köpfe, sehen aber nichts, weil Onkel Ronnie im Weg steht.

»Ist es einer ihrer Freunde?«, frage ich, obwohl ich weiß, dass es nicht sein kann, sonst hätte Wes ihn erkannt. Aiden und Brent, die Freunde der Joes, waren auch eingeladen, haben aber abgesagt, was im Familienchat ziemlichen Stress erzeugt hat, denn zu Nonna sagt keiner Nein.

Als Onkel Ronnie zu Tante Patrice geht, gibt er endlich den Blick auf den Fremden frei.

Der Kerl neben Tante Maggie Mae ist groß, mit dunklen wilden Locken. Er trägt ein verwaschenes T-Shirt und noch viel verwaschenere Jeans, die ein wenig zu locker auf seinen Hüften sitzen. Er sieht aus wie ein Outdoor-Typ. Als würde er wandern oder surfen oder so was. Er scheint sich in der überfüllten Küche nicht wohlzufühlen, eingeengt zwischen meiner Tante und meinem Onkel.

Er lässt den Blick durch den Raum schweifen, und ich spüre förmlich, wie er an mir hängen bleibt. Er lächelt leicht. Ich könnte schwören, dass ich ihn kenne. Im Kopf gehe ich das Alphabet durch und hoffe, dass mir sein Name einfällt.

Aber nichts.

Mary Jo lässt sich neben Charlie auf den Stuhl plumpsen. Ihr Fragebogen segelt auf den Tisch, und sie schnappt sich seinen Stift.

Charlie atmet laut aus und greift nach einem der Stifte in der Tischmitte, die er vorhin noch als mangelhaft abgestempelt hat.

»Alles klar, wir sind komplett!«, ruft Nonna. »Ich glaube, so viele Schulabgänger hatten wir noch nie auf einmal!«

Meine Familie ist riesig. Und laut. Mein Großvater wurde auf Sizilien geboren, lernte aber meine Großmutter kennen, als er hier studierte. Eigentlich hätte er nur ein Jahr lang in den USA bleiben sollen, doch sie verliebten sich, heirateten und bekamen acht Kinder. Er ist nie nach Sizilien zurückgekehrt. Nun ja, außer, um dort Urlaub zu machen. Vor ein paar Monaten haben sie ihren fünfzigsten Hochzeitstag gefeiert. Tante Patrice und Onkel Ronnie haben getanzt, als würde keiner zusehen, obwohl *alle* zugesehen haben. Sie sind ein wenig seltsam. Nonna und Nonno sind das absolute Traumpaar. Aber Tante Patrice und Onkel Ronnie? Eher nicht.

Sechs von uns machen dieses Jahr ihren Abschluss: Charlie, Sophie, Wes, die Bösen Joes und ich. Ich lasse den Blick über den Tisch schweifen. Mit seinen blonden Haaren sticht Wes als Einziger aus der Masse heraus. Er wohnt schon sein ganzes Leben lang neben Nonna und Nonno und ist mit uns aufgewachsen. Die Küche ist vollgestopft mit über zwanzig Mitgliedern der Messina-Familie. Tanten, Onkel, Cousins und Cousinen. Manche von ihnen haben das, was wir hier tun, schon längst hinter sich, während andere noch folgen werden. Ach ja, und dann ist da noch dieser Fremde.

Wieder spähe ich zu dem Kerl hinüber, der neben Tante Maggie Mae steht. Er lehnt auf der anderen Seite der Küche gegen die Wand, die Arme vor der Brust verschränkt. Als er mich beim Starren erwischt, drehe ich schnell den Kopf weg. Wie peinlich.

Nonna zieht die Aufmerksamkeit aller auf sich. »Okay, dann lasst uns anfangen.«

Jo Lynn richtet sich auf ihrem Stuhl ein wenig gerader auf und blickt zu ihren Eltern. »Willst du mitmachen?«, fragt sie den Kerl, bei dem ich mir die größte Mühe gebe, ihn nicht ständig anzusehen. Vielleicht will sie wiedergutmachen, dass uns ihre Freunde so haben abblitzen lassen.

Nonna dreht sich auf ihrem Stuhl um. »Oh! Wer ist das denn?«, fragt sie freudig. »Ja, natürlich macht er mit!«, fügt sie hinzu, ohne auf eine Antwort zu warten.

Tante Maggie Mae schlingt die Arme um den Fremden. »Könnt ihr euch noch an Leo erinnern? Den ältesten Sohn von Caroline und Alonso Perez?« Sie schiebt ihn ein Stück nach vorn, um ihn allen zu präsentieren.

Leo Perez.

»Oh«, sagt Sophie.

Charlie raunt etwas, wofür Nonna ihm bestimmt am liebsten sofort den Mund mit Seife auswaschen würde.

Jetzt hat ihn auch der Letzte im Raum bemerkt. Einige Familienmitglieder heißen ihn im Chaos willkommen. Die Laustärke nimmt immer weiter zu – wie immer, wenn wir alle zusammengepfercht sind. Leo schüttelt Hände, beantwortet Fragen zu seinen Eltern und was er so macht. Doch leider bin ich zu weit weg, um etwas mitzubekommen.

Natürlich ist es Leo. Aber mit dem langen lockigen Haar habe ich ihn nicht erkannt. Als wir noch klein waren, hat er es immer raspelkurz getragen. Sein Gesicht ist schmaler geworden, und er ist mindestens dreißig Zentimeter gewachsen.

Die Perez-Familie hat direkt neben den Bösen Joes gelebt, bis Leos Vater, kurz bevor wir in die achte Klasse kamen, versetzt wurde. Leos Eltern standen Tante Maggie Mae und Onkel Marcus sehr nahe. Ihre Kinder waren unzertrennlich, und im Sommer machten sie immer gemeinsam Urlaub. Wir wussten, dass die Bösen Joes lieber mit ihnen Zeit verbrachten als mit uns.

»Leo«, sagt Nonna nun erneut. »Jo Lynn hat recht. Willst du mitmachen? Du machst doch auch dieses Jahr deinen Abschluss. Erzähl uns von deinen Plänen.«

Mary Jo rückt mit ihrem Stuhl ein Stück beiseite. »Du kannst dich hier dazwischenquetschen.« Mit dem Kopf deutet sie auf den freien Platz zwischen sich und Jo Lynn.

Für jeden Zentimeter, den Mary Jo an Charlie herangerückt ist, ist er ebenso an mich herangerückt.

Obwohl wir Leo von früher kennen, ist es schon lange her, und unsere Familie kann einem schnell zu viel werden. So, wie er guckt, scheint er sich nicht mehr an all unsere Namen erinnern zu können oder daran, wer zu wem gehört. Bestimmt geht gleich die Raterei los.

»Ich, ähm, nein, danke«, erwidert Leo schließlich.

Charlie schnaubt.

»Es ist Jahre her. Lass es gut sein«, flüstere ich Charlie zu.

Er sieht mich komisch an. »Alles okay.«

Charlie und Leo sind nicht im Guten auseinandergegangen. Ich glaube, das letzte Mal haben sie sich im Park gesehen, als wir nach der siebten Klasse das Schuljahresende feierten. Charlie war unausstehlich – wie jeder andere Siebtklässler auch. Er und sein Kumpel Judd warfen sich einen Football zu, und Charlie lief viel zu schnell rückwärts und rannte Jo Lynn über den Haufen. Ihre weißen Jeans bekam einen Grasfleck, und sie fing an zu heulen. Und da Leo wie ein Bruder für sie war, schubste er Charlie, bevor er sich entschuldigen oder Jo Lynn aufhelfen konnte. Und natürlich schubste Charlie zurück. Wahrscheinlich bilden sich beide ein, es wäre ein richtiger Kampf gewesen, dabei waren es nur schlackernde Arme und Beine.

Beide wurden nach Hause geschickt, ehe die Party vorbei war.

Und anscheinend ist Charlie noch nicht darüber hinweg.

»Falls du dich doch umentscheiden solltest, dann steig einfach noch mit ein«, ermutigt ihn Nonna und dreht sich wieder um. »Wo waren wir?« Ohne nach hinten zu blicken fügt sie hinzu: »Dallas, wenn du noch ein Stück Hühnchen klaust, gibt's was auf die Finger.«

Als ihm sein Bruder Denver den Ellbogen in den Bauch rammt, winselt er. Alles nur, weil er ihm die Chance genommen hat, auch ein Stück Hühnchen zu stibitzen. Ich fühle mit ihnen. Die Düfte, die Nonnas Küche erfüllen, machen selbst den Unschuldigsten zum Dieb. Dallas und Denver gehören zu Tante Patrice und Onkel Ronnie. Obwohl ihre Eltern merkwürdig sind, sind die Jungs ziemlich cool – trotz der Tatsache, dass sie nach den Städten benannt wurden, in denen sie gezeugt wurden.

Wir wissen alle, dass Nonna nur blufft, aber Denver lässt trotzdem von dem Hühnchen ab. Sie schafft es nur, uns hier als Geiseln zu halten, weil das Essen erst nach der Umfrage serviert wird.

Nonna setzt ihre Lesebrille auf und betrachtet den leeren Fragebogen, den sie Anfang der Woche für sich selbst ausgedruckt hat. »Okay, erste Frage. Wer geht aufs College?« Ihr Blick wandert von einem zum anderen. »Ich glaube, dieses Jahr sind es alle!« Ihr Enthusiasmus ist das Einzige, was diese Tradition am Leben hält.

Wir alle heben die Hände und rufen *LSU*, während wir die Buchstaben in der Zeile mit der Frage *»Wenn ja,* *wo?«* eintragen. »Übereinstimmung«, raunt es durch den Raum.

Ich überfliege den Bogen und hoffe, dass das Essen nicht schon längst kalt ist, bis wir fertig sind. So viele Fragen.

»Nächste Frage!«, verkündet Nonna. »*Was ist dein Hauptfach?*«

Obwohl ich die Antwort am liebsten herausschreien würde, damit wir die Sache schneller hinter uns bringen, muss ich warten, denn Nonna beginnt auf der anderen Tischseite.

»Sophie, was hast du geschrieben?«

Sophie räuspert sich. »Krankenpflege.« Charlies Mom, Tante Ayin, hebt die Hand und ruft: »Übereinstimmung!« Sophie strahlt, und Nonna klatscht.

Habe ich schon erwähnt, dass Nonna alle, die in die Familie einheiraten, zwingt, nachträglich einen Fragebogen auszufüllen, damit sie sich an dem Spaß beteiligen können? Teil dieser Familie zu sein ist wirklich nichts für schwache Nerven.

Als Nächstes ist Wes an der Reihe. Als er »Business« sagt, rufen vier Onkel und zwei Tanten: »Übereinstimmung!«

Und so geht es weiter, bis wir einmal um den ganzen Tisch sind und Charlie dran ist.

Kurz zögert er, und alle Augen sind auf ihn gerichtet. Auf den Rand seines Blatts hat er dreidimensionale geometrische Formen gezeichnet, die einfach perfekt sind. Schule ist nicht sein Ding. Ich weiß, dass er darunter leidet, dass seine Eltern erwarten, dass er in ihre Fußstapfen tritt und Medizin studiert. Aber das wird er niemals tun. Den Anblick von Blut kann er nicht ertragen. Charlie gehört zu den Menschen, die Großes bewirken können – wenn sie die Chance dafür bekommen.

»Unentschlossen«, verkündet er und bekommt mit Abstand die meisten Übereinstimmungen.

»Du hast noch genug Zeit, um dir zu überlegen, was du machen willst!« Nonna macht eine Handbewegung. »Sie scheinen es alle herausgefunden zu haben.«

Er grinst und beginnt, am unteren Rand seines Blatts eine Steinmauer zu zeichnen.

»Jetzt ist Olivia dran«, sagt Nonna.

Ich bin das genaue Gegenteil von Charlie. Ich liebe die Schule. Ich liebe den Unterricht. Ich habe bereits den Kursplan für nächsten Herbst auswendig gelernt und kann es kaum erwarten, meinen Stundenplan zusammenzustellen.

»Ich habe zwei Hauptfächer. Rechnungswesen und Politikwissenschaft. Und Spanisch als Nebenfach«, antworte ich.

Bei Politikwissenschaft hätte ich mit meinen Eltern eine Übereinstimmung gehabt, aber sie sind diese Woche auf Geschäftsreise. Es ist schwer, in einer so großen Familie herauszustechen. Deshalb freue ich mich umso mehr, als der ganze Raum schweigt.

Bis Jo Lynn sagt: »Das ist aber eine seltsame Kombination.«

»Überhaupt nicht«, protestiere ich. »Ich will die rechtswissenschaftliche Fakultät besuchen und internationales Steuerrecht studieren.«

Die Bösen Joes wechseln einen Blick. Bestimmt halten sie mich für hochnäsig. Dabei weiß ich einfach nur, was ich will. Ich habe Ziele. Und ich habe es satt, mich ständig dafür entschuldigen zu müssen.

Nonna tätschelt mir die Hand. »Und du wirst das großartig machen! Alle wissen, wie fleißig du bist! Ich fasse nur nicht, dass du nicht Jahrgangsbeste geworden bist.«

»Der zweite Platz ist für mich auch in Ordnung«, erwidere ich schnell. Teilweise stimmt das tatsächlich, aber ein Teil in mir ärgert sich darüber, den ersten Platz um Haaresbreite verpasst zu haben.

Nonna wendet sich wieder Sophie zu und widmet sich der zweiten Frage. Doch ich bin von der Mitteilung abgelenkt, die gerade auf meinem Handy aufgeploppt ist. Es ist eine E-Mail vom Konrektor meiner Schule.

Ich nehme das Handy vom Tisch, lege es auf meinen Schoß und öffne die Nachricht.

An: Olivia Perkins
Von: Dwayne Spencer
Betreff: Bescheinigung Sportunterricht

Miss Perkins,
mir wurde mitgeteilt, dass unserem Büro noch die Bescheinigung fehlt, dass Sie am Sportkurs teilgenommen haben. Ich möchte Sie daran erinnern, dass Sie dafür verantwortlich sind, die benötigten Stunden zu absolvieren und das korrekt ausgefüllte Formular einzureichen. Damit Sie mit Ihrer Klasse graduieren

können, benötigen wir das unterschriebene Formular bis spätestens Montag, 16. Mai, 08:00 Uhr.

Mit freundlichen Grüßen
D. Spencer

Ich lese die E-Mail ein zweites Mal, um sicherzugehen, dass ich sie richtig verstanden habe. Unser Sportcoach meinte, er würde alle Formulare einreichen. Anscheinend ist meine Bescheinigung irgendwie verloren gegangen. Aber ist durch einen einzigen fehlenden Zettel jetzt mein Abschluss in Gefahr? Ich bin die Zweitbeste meines Jahrgangs. Ich habe sieben Leistungskurse belegt. Den Sportkurs hatte ich nur gemacht, um alle Kurse belegen zu können, die ich auf meinem Zeugnis haben wollte. Ich wollte Golf oder Tennis nehmen. Charlie meinte, ich hätte für beides zu wenig Koordination. Wir einigten uns darauf, dass ich beim Tennis total versagen würde. Golf war da schon eher geeignet, weil man dabei nicht rennen muss.

Heute ist der achte Mai. Also habe ich ab morgen noch eine Woche Zeit, um die Sache zu klären. *Es ist nur ein Fehler, es ist nur ein Fehler,* sage ich mir immer wieder.

»Olivia?«, fragt Nonna und reißt mich aus meinen Gedanken.

Charlie lehnt sich zu mir. »Lieblingsclub«, flüstert er.

Mein Kopf ist wie leer gefegt, die letzten vier Jahre wie weggeblasen. Ich kann nur noch an die E-Mail denken.

»Wahrscheinlich derselbe wie bei mir«, platzt Charlie heraus. Ich spähe auf seinen Zettel.

Tischtennisclub

Ich wusste nicht mal, dass es an unserer Schule einen Tischtennisclub gibt, aber ich nicke und erwidere: »Ja. Das macht so viel Spaß.«

Mein Blick wandert wieder zu Mr Spencers E-Mail. Ich spüre eine Enge in der Brust. Ich kann nicht richtig atmen.

»Nächste Frage!«, verkündet Nonna.

»Wir sollten uns ein bisschen beeilen«, meint Onkel Charles. »Sonst gibt es das Essen erst zum Frühstück.«

»Übereinstimmung!«, schreit Onkel Marcus.

Nonna ignoriert ihre beiden Söhne und sieht mich an. »Diesmal drehen wir die Reihenfolge um und fangen bei Olivia an.«

Ich lese die nächste Frage laut vor. »Wo wirst du in zehn Jahren leben?«

In meinem Kopf lautet die Antwort: *In einem Karton, weil ich arbeits- und obdachlos sein werde, weil ich nie die Highschool abgeschlossen habe.*

Stattdessen hole ich Luft und sage: »Unentschlossen.«

Ein Chor aus »Übereinstimmung« klingt durchs Zimmer. Fast alle sind früher oder später wieder hier in Shreveport gelandet – nur ein paar Blocks von Nonnas und Nonnos Haus entfernt.

Noch zwanzig Fragen. Ich weiß nicht, ob ich das schaffe.

»Mir geht's nicht so gut«, flüstere ich, aber es ist laut genug, dass Nonna es hört.

Sie blickt besorgt drein. »Was ist los?«

Ich zucke mit den Schultern. »Ich weiß nicht. Mir ist schlecht.«

Ich schnappe mir meinen Fragebogen, schiebe den Stuhl zurück und arbeite mich durch die Menge hindurch zur Hintertür.

»Wir haben jemanden verloren. Heißt das, wir sind jetzt fertig und können essen?«, fragt Onkel Sal.

Ich stürme die Einfahrt hinab, bleibe aber abrupt stehen, als ich jemanden auf der vorderen Veranda entdecke. Leo.

Er sitzt auf der Treppe und starrt auf sein Handy. Doch als er mich bemerkt, steht er auf.

»Alles okay?«, fragt er.

Bestimmt spürt er die Panik, die von mir ausgeht.

Ich schüttle den Kopf und setze meinen Weg fort. Er springt die Stufen herunter und schließt zu mir auf.

»Ich wusste nicht, dass jemand hier draußen ist«, sage ich und hoffe, meine Stimme klingt ruhig und fest.

»Ich habe mich wie ein Eindringling gefühlt. Ich weiß nicht mal, was da drin vorgeht, aber es wirkt wie ein Familiending.«

Eigentlich wohne ich nur zwei Blocks von Nonna entfernt, aber jetzt kommt es mir vor wie eine Meile. Ich bin kurz davor, vollkommen durchzudrehen – und das will ich nicht vor Leo.

»Warum bist du gegangen? Es hätte doch bestimmt noch mindestens eine Stunde gedauert«, bemerkt Leo.

»Mir geht's nicht so gut«, erwidere ich und schlinge die Arme um meinen Oberkörper. Vielleicht wirke ich so glaubhafter.

»Oh«, macht er. »Brauchst du irgendwas?«

Ich schüttle den Kopf. »Nein. Das waren mir eben nur zu viele Menschen.«

Er nickt verständnisvoll. Wahrscheinlich ging es ihm genauso, sonst hätte er sich nicht draußen auf der Veranda versteckt.

Vor meinem Haus bleiben wir stehen. »Danke, dass du mich begleitet hast«, sage ich. Ich habe ihn seit Jahren nicht gesehen. Ich sollte ihn fragen, wie es ihm geht und was er so macht, aber stattdessen gehe ich in meinem Kopf immer wieder die E-Mail durch.

»Gern geschehen«, erwidert er und deutet auf Nonnas Haus. »Dann gehe ich mal wieder zurück.«

Eine seltsame Situation. Für uns beide.

Ich drehe mich um und gehe den Weg zur Haustür entlang.

»Gute Besserung«, ruft Leo in dem Moment, als ich die Tür öffne.

Ich lächle ein wenig und winke zum Abschied, bevor ich im Haus verschwinde.

In unserem Gruppenchat türmen sich die Nachrichten von Charlie, Sophie und Wes. Ich antworte, dass es mir gut geht, ich aber einen Moment für mich brauche, damit sie mir nicht folgen.

Ich stürme die Treppe hinauf und in mein Zimmer. Dann schnappe ich mir eine Kopie des Formulars, das ich zu Beginn des Semesters meinem Golftrainer gegeben habe. Der Coach hätte ankreuzen müssen, ob ich die erforderlichen Stunden absolviert habe oder nicht. Ich weiß noch genau, wie er gesagt hat, er würde die Formulare einreichen, damit keiner nachträglich etwas ändern könne.

Ich zücke mein Handy, um auf Mr Spencers E-Mail zu antworten.

An: Dwayne Spencer
Von: Olivia Perkins
Betreff: RE: Bescheinigung Sportunterricht

Mr Spencer,
da muss ein Fehler vorliegen. Ich habe den Kurs erfolgreich absolviert. Coach Cantu sagte uns zu Beginn des Semesters, er würde Ihnen die Bescheinigungen zukommen lassen. Es gibt also keinen Grund, warum meine Unterlagen fehlen sollte. Ich werde Coach Cantu kontaktieren, um herauszufinden, was passiert ist. Was würde im schlimmsten Fall – ich glaube zwar nicht, dass dieser eintreten wird, aber ich versuche, Ruhe zu bewahren – geschehen, falls er sich aus irgendeinem Grund weigern sollte, das Formular zu unterschreiben? Bekomme ich dann meinen Abschluss nicht?

Mit freundlichen Grüßen
Olivia Perkins

Immer wieder klicke ich auf »Aktualisieren«. Und noch mal. Erst nach fünfzehn Minuten bekomme ich eine Antwort.

An: Olivia Perkins
Von: Dwayne Spencer
Betreff: RE: Bescheinigung Sportunterricht

Miss Perkins,
sollten Sie das unterschriebene Formular, das bestätigt, dass Sie am Kurs teilgenommen haben, nicht nachreichen können, erfüllen Sie nicht die Voraussetzungen für das Erlangen eines Highschool-Abschlusses. Da wir eine staatliche Einrichtung sind, kann ich keine Ausnahmen machen. Das ist das Risiko, das man eingeht, wenn man sich dazu entschließt, einen Kurs außerhalb des Campus zu belegen.

Mit freundlichen Grüßen
D. Spencer

Mein Gott, wie kann man nur so herzlos sein? Jetzt habe ich wirklich Panik. Ich springe ins Auto und fahre zum Golfplatz, auf dem wir uns während des Semesters dienstags und donnerstags getroffen haben. Er befindet sich mitten in einem älteren Stadtteil, der nicht weit von meinem entfernt ist.

Der Himmel ist strahlend blau. Im Moment ist es noch angenehm warm, ohne die hohe Luftfeuchtigkeit, die einem das Gefühl gibt, in eine nasse, heiße Bettdecke gelaufen zu sein. Es ist also kein Wunder, dass der Parkplatz komplett voll ist. In den nächsten Wochen wird der Golfplatz von früh bis spät überlaufen sein.

Der Platz hat schon bessere Tage gesehen, aber die Lage ist toll. Will man die moderneren, schickeren Golfplätze besuchen, wie zum Beispiel den einen, der letztes Jahr am Stadtrand gebaut wurde, braucht man eine Mitgliedschaft und muss einer gewissen sozialen Schicht angehören, um sich dort wohlzufühlen.

Lockerer als auf diesem hier wird es nicht.

Da ich eh nur für ein paar Minuten hier sein werde, stelle ich mich auf den Mitarbeiterparkplatz.

Ein Platzwart steht in der Garage, in der sich die alten, kaputten Golfmobile befinden. Er ist damit beschäftigt, Gartengeräte in einen Anhänger zu laden. Der Geruch von Benzin und frisch gemähtem Gras liegt in der Luft. Auf dem Namensschild auf seiner fleckigen Uniform steht *Mitch* geschrieben.

»Entschuldigung, ich bin auf der Suche nach Coach Cantu.«

Der Mann runzelt die Stirn, als wüsste er nicht, von wem ich spreche.

»Der Golftrainer. Coach Cantu«, wiederhole ich.

Mitchs Gesicht erhellt sich. »Ach, du meinst John! Der ist nicht hier«, erwidert er und dreht mir den Rücken zu.

Ich versuche, meinen Ärger im Zaum zu halten. »Wissen Sie, wann er wieder da ist?«

Mitch hält inne und richtet den Blick nach oben, als würde die Antwort an der mit Spinnweben überzogenen Decke stehen. »Nun ja, ich glaube, er ist weg.«

»Weg? Was meinen Sie mit weg?«, frage ich panisch.

»Er arbeitet nicht mehr hier. Am Freitag gab es Kuchen zum Abschied. Schokolade.«

Ich habe das Gefühl, der Boden würde mich verschlucken. »Wissen Sie, wo er hin ist? Ist er noch in der Stadt?«

»Frag mal Susie. Sie weiß es vielleicht.« Mit dem Kopf deutet er auf die Bürotür, zuckt mit den Schultern und widmet sich wieder seiner Arbeit.

Ich stürme hinein und direkt auf die Frau hinter dem Tresen zu. Bereit, alles zu tun, um die Sache aufzuklären, stelle ich ihr die gleiche Frage.

Susie zuckt zusammen, als hätte sie Schmerzen. »Ich sitze doch hier. Kein Grund, so zu schreien. Er arbeitet jetzt bei *Ellerbe Hills*. Aber ich weiß nicht, wann er dort anfängt.«

»Können Sie mir seine Telefonnummer geben?« Ich glaube, meine Knie geben gleich nach.

Sie schüttelt den Kopf. »Tut mir leid. Ich kann keine Telefonnummern von Mitarbeitern herausgeben.«

»Aber Sie haben gesagt, er würde nicht mehr hier arbeiten.«

Anscheinend passt es ihr nicht, dass ich sie daran erinnere. »Aber er *hat* hier gearbeitet.«

Wir starren einander so lange an, bis klar ist, dass sie nicht nachgeben wird. Also verlasse ich das Büro und gehe wie betäubt zurück zu meinem Auto.

***

Ich sitze am Küchentisch und starre aus dem Fenster, mit Blick auf die Einfahrt und die Seite des Nachbarhauses. Das Haus ist still. Leer. Zum ersten Mal gefällt es mir nicht.

Meine Eltern wurden damit beauftragt, einem großen Unternehmen in New Orleans einen Überraschungsbesuch abzustatten und dort eine unangekündigte Wirtschaftsprüfung durchzuführen, was wahrscheinlich die ganze Woche dauern wird. Ich habe den Deal mit ihnen geschlossen, dass ich mir die Life360-App herunterlade, damit ich allein zu Hause bleiben darf und nicht zu Nonna gehen muss. Jetzt bereue ich es ein bisschen. Es ist zu still. Nichts, was mich ablenkt. Ununterbrochen denke ich über dieselbe Frage nach: Was, wenn ich nicht meinen Abschluss machen kann? Gleichzeitig bin ich aber auch froh, dass Mom nicht hier ist, denn ich würde ihr sofort alles erzählen. Und dazu bin ich gerade noch nicht bereit.

Denn wenn sie es weiß, wissen es auch meine Großeltern. Und wenn es meine Großeltern wissen, dann wissen es auch alle Tanten und Onkel. Dann bin ich nicht mehr Olivia, die alles unter Kontrolle hat und die Welt erobern wird, sondern Olivia, die nicht ihren Highschool-Abschluss machen konnte, obwohl sie die Zweitbeste des Jahrgangs war – und alles nur wegen eines dummen Golfkurses, den ich nicht mal hätte machen müssen. Dieser eine Vorfall wird all meine Errungenschaften überschatten. So darf ich nicht untergehen.

Ich werde das in Ordnung bringen, und meine Eltern werden niemals davon erfahren.

Ich könnte meinen Bruder Jake anrufen, aber was kann er schon tun? Er wird diesen Sommer nicht mal nach Hause kommen, mit Ausnahme von meiner Abschlussfeier. Jake und unser Cousin Graham jobben in Gulf Shores, wo sie jeden Morgen den Strand mit Liegen und Sonnenschirmen bestücken und sie abends wieder einsammeln. Wahrscheinlich wollen sie den Sommer gut gebräunt und mit den Taschen voller Trinkgeld verbringen.

Als auf dem Tisch mein Handy vibriert, zucke ich vor Schreck zusammen.

MOM: Anscheinend hat die Umfrage dieses Jahr nicht so lange gedauert! Das überrascht mich, schließlich machen doch so viele von euch ihren Abschluss. Ich habe gesehen, dass du kurz auf dem Golfplatz warst. Dad hofft, dass du inzwischen eine Leidenschaft fürs Golfen entwickelt hast!

Ich seufze. Seit ich Life360 auf meinem Handy habe, ist es Moms neueste Lieblingsbeschäftigung geworden, mich zu beobachten. Sie hat sogar eingestellt, dass sie eine Benachrichtigung bekommt, sobald ich das Haus verlasse oder nach Hause komme. Es ist nicht so, als wollte sie mich bei irgendwas erwischen. Ich glaube, es fasziniert sie einfach, dass sie jede meiner Bewegungen verfolgen kann. Ich kann nicht mal an einem Supermarkt vorbeigehen, ohne dass sie mir schreibt, dass ich Milch oder sonst irgendwas kaufen soll, das ich brauchen könnte, während sie weg sind.

ICH: Ich dachte, ich hätte meinen Pullover dort vergessen. Doch er war nicht da.
MOM: Oh, okay. Den blauen? Ich glaube, den habe ich in deinem Schrank gesehen. Ich hoffe sehr, dass du nicht den rosafarbenen verloren hast. Der steht dir so gut.
MOM: Bete zum Heiligen Antonius. Fünf Dollar. Dann taucht der Pullover wieder auf.

Das sagt sie immer, wenn wir etwas verlieren – zum Heiligen Antonius beten und fünf Dollar in die Opferkasse stecken. Ihrer Meinung nach ist diese Methode perfekt.

ICH: Jawohl, Ma'am.

Ich lege das Smartphone beiseite, klappe meinen Laptop auf und suche nach E-Mails, die uns der Coach im Laufe des Semesters geschrieben hat. Vielleicht kann ich ihn so kontaktieren. Ich finde eine, die er von seiner Schuladresse aus geschrieben hat und klicke auf »Antworten«.

Coach Cantu,
hallo. Hier ist Olivia Perkins. Was meine Bescheinigung für den Golfkurs angeht, muss es zu einem Fehler gekommen sein. Sie ist nicht im Schulbüro angekommen. Gern lasse ich Ihnen ein neues Formular zukommen. Bitte geben Sie mir Bescheid, wann und wo es Ihnen passt.

Vielen Dank
Olivia Perkins

Ich klicke auf »Senden« und starre auf meinen Posteingang, als könnte ich eine sofortige Antwort erzwingen. Doch das kann ich nicht. Also starte ich einen Gruppenchat mit ein paar Freunden, die mit mir den Kurs belegt haben.

ICH: Hey. Ich versuche, Coach Cantu zu erreichen, habe aber nur seine E-Mail-Adresse von der Schule. Hat jemand von euch seine Nummer?

Wenigstens kommen ihre Antworten schnell.

STEWART: Nein. Nur seine Mail-Adresse.
BRIDGET: Sorry, nein.
HECTOR: Hast du mal auf dem Golfplatz angerufen?
CASSIE: Uff, bin ich froh, dass dieser Kurs vorbei ist! Ich hasse Golf! Warum willst du mit ihm sprechen????
ICH: Ich brauche noch mal meine Bescheinigung. Das Schulbüro hat sie verlegt.

Okay, eine kleine Lüge. Ich will herausfinden, ob sie auch vom Konrektor kontaktiert wurden.

BRIDGET: Oh! Das tut mir leid! Aber er wird sie bestimmt noch mal unterschreiben. Er ist so nett!
HECTOR: Cassie, wir wissen, dass du Golf hasst. Das hast du oft genug erwähnt.
CASSIE: Wenn wir die Golfmobile benutzen dürften, würde ich es nicht hassen. Warum sollte ich die Ta-

sche über den ganzen Platz schleppen, wenn es doch die Mobile gibt?!

Ich bedanke mich kurz und verlasse den Chat, obwohl die Unterhaltung noch weitergeht. Verzweifelt beginne ich, Coach Cantu auf Social Media zu suchen, um ihm eine Nachricht zu schreiben, kann ihn jedoch nicht finden. Als nächstes google ich *Ellerbe Hills Country Club*. Es erscheint ein Artikel von vor ein paar Jahren, als das Grundstück gekauft wurde, direkt darüber der Name des Clubs, die Adresse und die Telefonnummer. Coach Cantu klettert auf der Karriereleiter ganz schön nach oben, wenn er jetzt beim neuesten Golfclub der Gegend arbeitet.

Ich wähle die Nummer und hoffe inständig, dass ich ihn ans Telefon bekomme.

»Ellerbe Hills Country Club«, meldet sich eine Dame.

»Hi, ja, ähm, ich würde gern Coach Cantu sprechen?«

Bevor ich noch etwas fragen kann, erwidert sie: »Diese Leitung ist nur für das Clubhaus. Falls Sie einen der Spieler oder einen Coach sprechen wollen, müssen Sie ihn direkt anrufen.«

Dann ist die Leitung tot.

Ich schüttle mein Handy, als würde das etwas nützen. »Aber ich weiß nicht, wie ich ihn direkt kontaktieren kann«, presse ich hervor.

Ich öffne die Website des Clubs, um die Öffnungszeiten zu checken. Doch bis ich dort bin, haben sie bereits geschlossen.

Dann also morgen.

Morgen werde ich hinfahren.

Auf einmal ploppt eine E-Mail-Benachrichtigung auf dem Bildschirm auf. Vom Coach. Zum Glück bin ich allein daheim, sodass niemand mein lautes Quietschen mitbekommt.

Ich öffne sie.

Vielen Dank für Ihre E-Mail. Nach dem 5. Mai bin ich den Sommer über leider nicht zu erreichen. In dringenden Fällen kontaktieren Sie bitte Konrektor Spencer.
Danke
Coach Cantu

Eine verdammte automatisch generierte Abwesenheitsnotiz. Und ich soll mich an die Person wenden, mit der ich gerade am wenigsten sprechen will.

Großartig. Einfach großartig.

Es gibt also nur eine Möglichkeit. Ich werde morgen einfach zum Golfclub fahren. Sobald ich ihn gefunden habe, wird der Coach das Formular unterschreiben. Dann werde ich es Mr Spencer persönlich überreichen, damit es kein zweites Mal verloren geht.

In diesem Moment bekomme ich eine weitere Nachricht von Mom.

MOM: Ich kann es nicht erwarten, von Baileys Party morgen zu erfahren. Rhonda hat Tiffany heute Morgen beim Floristen getroffen. Kyle von Colony House hat die Blumen gemacht. Sie meinte, sie seien UNGLAUBLICH. Ich brauche unbedingt Fotos. Viele Fotos!

Ich werfe einen Blick auf die gegenüberliegende Wand. Mom hat zwischen Kühlschrank und Vorratsschrank eine Schnur gespannt, an der zig Einladungen zu Abschlusspartys hängen, die mit Wäscheklammern befestigt sind.

Wie konnte ich nur vergessen, dass diese Woche die Abschlusspartys stattfinden? Darauf habe ich schließlich vier Jahre lang gewartet.

Die *Senior Party Week* ist die Woche zwischen den Abschlussprüfungen und der Zeugnisvergabe. Wir haben die Schule beendet, aber noch nicht offiziell. Und wie kann man die Zeit besser rumkriegen als mit Partys? Keine Ahnung, wann diese Tradition angefangen hat, aber inzwischen ist sie außer Kontrolle geraten. Genau wie die Umfrage von Nonna. Die Partys werden von den Familien und Freunden der Schulabgänger organisiert – und alle haben ein bestimmtes Motto. Und die Mottos werden jedes Jahr extravaganter. Nicht jeder Schulabgänger bekommt seine eigene Party, aber die Chancen stehen gut, dass man jeden Tag zu mindestens einer eingeladen ist. Manchmal sogar zu zwei.

Ich glaube nicht, dass es üblich ist, so viele Abschlussfeiern zu geben und ich habe keine Ahnung, ob man das in anderen Teilen des Landes auch so macht. Aber wenn wir uns schon seltsam verhalten müssen, dann bin ich froh, dass es nur um Partys geht.

Meine Familie schmeißt uns sechs Schulabgängern zu Ehren am Freitag eine große Langusten-Party. Wir sind also Teil des Wahnsinns. Seit drei Jahren sehe ich auf Social Media die Posts von den Schulabgängern vor mir und kann es nicht erwarten, bis ich an der Reihe bin.

Ich zupfe die Einladung zu Baileys Party von der Schnur. Sie ist rosa und lila. In großen Buchstaben steht darauf *Pyjamas und Pfannkuchen!* geschrieben. Es geht schon um 9:30 Uhr los, und wir sollen in unseren Schlafanzügen kommen. Bailey ist eine gute Freundin von mir. Kurz denke ich darüber nach, Coach Cantu erst nach der Party aufzusuchen, aber ich weiß nicht, wie ich heute Nacht schlafen soll, wenn ich weiß, was morgen ansteht und ich bis nachmittags warten muss. Ich überlege, wie ich mich vor der Party um die Golfsache kümmern kann. Ich muss gleich morgen früh zum Club fahren, die Angelegenheit mit dem Coach klären, wieder nach Hause fahren und meinen Schlafanzug anziehen, um dann zur Party zu gehen. Die Bescheinigung kann ich Mr Spencer danach vorbeibringen.

Keine große Sache. Ich schaffe das schon. Wieder vibriert mein Handy.

> **MOM:** Vergiss nicht, Baileys Geschenk abzuholen. Ich schicke dir die Adresse. Es sollte bereits verpackt sein. Du musst nur noch auf der Karte unterschreiben. Plan dir aber genug Zeit ein, da die Party so früh anfängt. Du willst doch nicht zu spät kommen!

Super. Kurz habe ich vergessen, dass Mom jeden meiner Schritte kontrolliert. Sie wird sichergehen wollen, dass ich pünktlich bei der Party erscheine und sich dann wundern, warum ich nach *Ellerbe Hills* fahre. Sie wird Fragen stellen.

Die Hintertür fliegt auf, und ich höre Charlie rufen:

»Ich weiß, dass du nur so tust! Du hattest nur keine Lust, die Umfrage auszufüllen!« Er betritt die Küche und steuert direkt auf den Kühlschrank zu. Wie immer.

»Es war fürchterlich, Olivia. Die Bösen Joes haben mich die ganze Zeit ausgelacht. Bei. Jeder. Antwort. Selbst wenn sie das Gleiche hatten.« Er nimmt sich Käse, Wurst, Mayo, Salat und scharfen Senf heraus. Dann holt er das Brot aus dem Vorratsschrank. »Wie können sie bitte lachen, wenn sie doch die gleiche Antwort haben?« Er hält inne und dreht sich zu mir um. »Exakt die gleiche Antwort.«

»Weil sie böse sind?«, schlage ich vor.

Er richtet die Senfflasche auf mich. »Korrekt. Sie sind böse.« Dann wühlt er weiter im Kühlschrank herum.

»Hast du nicht schon bei Nonna gegessen?«, frage ich.

»Nein. Ich bin direkt nach der Umfrage abgehauen. Habe ihnen gesagt, ich müsse nach dir sehen. Konnte die Bösen Joes keine Sekunde länger ertragen. Ich bin am Verhungern.«

Ich werfe einen Blick auf die Uhr am Ofen. »Seid ihr erst jetzt fertig geworden?« Ich bin zum Golfplatz gefahren und wieder zurück – und sie haben die ganze Zeit Fragen beantwortet?

»Ja, eben erst. Ab jetzt werde ich nie wieder in der Stadt sein, sollten wir noch mal irgendwelche Umfragen ausfüllen müssen.«

»Seltsam, dass Leo da war, oder? Weißt du, warum er in der Stadt ist?«, frage ich. Vielleicht haben sie darüber gesprochen, nachdem ich gegangen bin.

Charlie zuckt mit den Schultern. »Keine Ahnung. Mir

egal.« Während er sein Sandwich zubereitet, zermartere ich mir das Hirn darüber, wie ich es morgen schaffen soll, vor 9:30 Uhr nach *Ellerbe Hills* zu fahren und Baileys Geschenk abzuholen. In. Der. Frühe.

Ohne dass Mom mitbekommt, was ich tue.

Vielleicht könnte ich einfach mein Handy zu Hause lassen. Vielleicht ist das die beste Option. Aber was, wenn ich auf dem Golfplatz doch länger brauche? Ich weiß, dass mich Mom mit Nachrichten bombardieren wird, weil sie wissen will, was ich zur Party anziehen werde.

Charlie zieht einen Stuhl über den Fußboden, setzt sich an den Tisch und nimmt einen riesigen Bissen von seinem Sandwich.

Charlie. Charlie ist die Antwort.

»Wahrheit oder Pflicht?«, frage ich, und er hält inne, die Wangen vollgestopft mit Essen.

Er weiß, dass ich etwas im Schilde führe.

»Was willst du?«, fragt er, nachdem er runtergeschluckt hat. Meine Frage ignoriert er einfach.

»Wahrheit oder Pflicht?« Ich hoffe, er wird mir helfen, egal, wofür er sich entscheidet.

Charlie legt das Sandwich auf den Teller und wischt sich langsam über den Mund. Dieses Spiel spielen wir seit Jahren, und wir nehmen es beide sehr ernst. Ernster als Wes und Sophie, die nie Pflicht nehmen und immer nur Halbwahrheiten erzählen. Doch Charlie und ich sind Puristen, was Wahrheit oder Pflicht angeht. Man muss sich für eines entscheiden und es dann auch durchziehen.

Bitte nimm Pflicht … Bitte nimm Pflicht …

»Ich habe gesehen, wie panisch du bei Nonna warst. Ich weiß, dass irgendwas ist. Bestimmt hat es etwas damit zu tun. Und da es mir eine Höllenangst einjagt, nehme ich Wahrheit.«

Mist. Pflicht wäre eine sichere Bank gewesen. Jetzt muss ich improvisieren.

Ich räuspere mich, und er schiebt den Teller beiseite, obwohl er kaum etwas gegessen hat.

»Ich habe ein Problem. Ein großes Problem.«

Charlie nickt ermutigend.

»Du weißt ja, dass ich zu Beginn des Semesters noch einen halben Creditpoint für Sport gebraucht habe, ich aber auch den Jurakurs belegen wollte.«

»Deshalb hast du dich für Golf entschieden. Ich weiß. Wo liegt das Problem?«

Ich lehne mich zurück und richte den Blick zur Zimmerdecke. Ich will seine Reaktion nicht sehen, wenn ich es ihm sage.

»Nun ja, Coach Cantu hat meine Bescheinigung nicht eingereicht. Ich habe heute eine E-Mail von Mr Spencer bekommen. Wenn ist sie nicht bis nächsten Montag nachreiche, kriege ich keinen Abschluss.«

Charlie fängt an zu lachen. Er *lacht*. Ich wusste, er würde lachen. »Ich habe dir ja gesagt, dass Golf ein Desaster wird!«

Ich funkle ihn böse an. »Jetzt ist nicht der richtige Zeitpunkt für solche Sprüche.«

»Jetzt ist der perfekte Zeitpunkt für solche Sprüche. Sie waren nie angebrachter. Ich habe dir gleich gesagt, dass du den Golfkurs nicht belegen sollst. *Das wird ein*

Desaster.« Er streckt mir seine Hände entgegen. »Siehst du? Desaster.«

Ich bewerfe ihn mit meinem Stift.

Doch er weicht mit Leichtigkeit aus und grinst. »Aber was hat das mit Wahrheit oder Pflicht zu tun?«

Ich hole tief Luft. »Ich muss morgen zum *Ellerbe Hills Country Club* fahren und Coach Cantu bitten, das Formular erneut zu unterschreiben. Aber das geht nicht, wenn mich Mom die ganze Zeit kontrolliert. Außerdem muss ich noch Baileys Geschenk abholen und um halb zehn auf der Party sein. Ich brauche jemanden, der mit mir die Handys tauscht und so tut, als wäre er ich. Kannst du das für mich tun? Das ist die Frage, die du beantworten musst.«

Charlie verdreht die Augen. »Das ist die dümmste Wahrheit-oder-Pflicht-Frage aller Zeiten. Du solltest dich schämen.«

»Ich hatte gehofft, du würdest Pflicht nehmen«, erwidere ich.

»Das habe ich mir gedacht. Warum fährst du nicht nach der Party zu ihm?«, fragt Charlie.

»Wie soll ich mich auf der Party amüsieren, wenn ich nicht weiß, ob ich meinen Abschluss bekomme? Außerdem musst du so oder so mein Handy nehmen. Egal, wann ich hinfahre. Damit mir Mom nicht tausend Fragen stellt.« Ich erzähle es ihm zwar nicht, aber seit ich die E-Mail von Mr Spencer bekommen habe, habe ich das Gefühl, über mir würde eine schwarze Wolke hängen. Das hier sollte die beste Woche der ganzen Highschool werden! Nichts außer Partys, Spaß und Freunde. Ich muss das jetzt klären. Ich muss wissen, dass mir dieses Missverständnis nicht zum Verhängnis wird.

Charlie lehnt sich weiter über den Tisch, und ich tue es ihm gleich. »Ich sollte aus Prinzip Nein sagen, weil du Wahrheit oder Pflicht ausgenutzt hast.«

»Ich bin verzweifelt.«

Wieder verdreht er die Augen, lehnt sich zurück und zieht den Teller wieder zu sich. Dann nimmt er einen großen Bissen und lässt mich zappeln.

Während er kaut und schluckt, schenkt er mir *diesen Blick*. »Gibst du zu, dass ich mit dem Desaster recht hatte?«

»Wenn es das ist, was du hören willst.«

Charlie vertilgt weiter sein Sandwich. Keine Ahnung, wie seine Antwort lauten wird. Dann taucht er seinen Daumen in den Senfhaufen auf seinem Teller. »Wie kann ich da Nein sagen? Aber ich weiß, dass da noch mehr dahintersteckt. Du hast Wahrheit oder Pflicht benutzt.«

»Nein, wirklich nicht. Er wird das Formular unterschreiben, und dann hat sich die Sache erledigt.«

Er zuckt mit den Schultern. »Alles klar. Dann bin ich du.«

Ich springe auf, umrunde den Tisch und schlinge die Arme um seinen Hals. »Danke! Vielen Dank!«

»Dann muss ich wohl auf Nachrichten von Tante Lisa antworten, was?«

»Ja! Genau! Antworte einfach so, als wärst du ich.« Ich verrate ihm nicht, dass sie *sehr* oft schreibt. Das wird er schon noch merken.

Die Hintertür geht auf, und herein kommen Wes und

Sophie, lachend, die Hände ineinander verschränkt. Dann landet Sophies Blick auf mir. »Alles okay?«, fragt sie.

Bevor ich den Mund öffnen kann, erwidert Charlie: »Oh, es geht ihr gut. Sie flippt nur gerade aus, weil sie vielleicht nicht ihren Abschluss kriegt.«

Möglicherweise ist Nonna doch nicht die einzige Tratschtante in der Familie. Wes und Sophie setzen sich zu uns an den Tisch.

»Was soll das heißen?«, will Wes wissen. »Du bist doch Jahrgangsbeste!«

»Zweitbeste«, korrigiere ich ihn.

Er schüttelt den Kopf. »Ist doch fast dasselbe.«

»Falls der Jahrgangsbeste nicht die Abschlussrede halten kann, wird die Krone dann an dich weitergereicht?«, fragt Charlie.

Ich funkle beide böse an.

Sophie gibt Charlie für mich einen Schubs, denn sie sitzt näher an ihm dran. »Klär uns auf, Olivia. Was ist passiert?«

Ich erzähle ihnen die Kurzfassung. Das Erste, was Wes sagt, ist: »Ich wusste, dass Golf keine gute Idee ist.«

Charlie hebt die Hand zu einem High Five. Die zwei amüsieren sich auf meine Kosten. Zum Glück gibt Sophie nun auch Wes einen Schubs und wechselt dann das Thema.

»Oh! Nonna hat angefangen, über unsere Party am Freitag zu reden«, erwähnt Sophie. In ihrem Blick spiegelt sich Entsetzen. »Sie meint, wir sollen alle im Partnerlook kommen. Ihr wisst schon. Wie an Weihnachten.«

Wir verziehen alle die Gesichter. Jedes Jahr sucht

Nonna im Oktober oder November ein Pyjamadesign aus, damit wir an Weihnachten alle zusammenpassen. Aber keiner sollte Onkel Ronnie in diesen engen Onesies sehen, die er so gern mag – ganz egal, wie süß das Motiv auch ist.

»Nonna hält sich jetzt für unschlagbar. Nur weil einer ihrer Pläne funktioniert hat«, erwidere ich und deute mit dem Kopf auf Sophie und Wes. »Ich meine, ja, die Sache ist für euch gut ausgegangen. Aber wir mussten ganz schön viel durchmachen, um dorthin zu kommen.«

Keiner von uns wird wohl jemals die seltsamen Dates vergessen, die Sophie überstehen musste.

Kichernd schüttelt Wes den Kopf. »Sie hatte diesen Blick drauf. Ihr wisst, welchen ich meine.«

»Und sie will, dass die gesamte Familie übers Wochenende bleibt. Meine Abschlussfeier ist einen Tag vor eurer«, erklärt Sophie. »Das werden sehr viele Familiendinner.«

Wir quatschen noch bis spät in die Nacht, als hätten wir nicht schon das gesamte Wochenende miteinander verbracht. Es ist bereits nach elf, als sich Wes und Charlie aufraffen, um zu Wes zu gehen, wo sie heute übernachten werden. Sophie muss nach Hause fahren, weil morgen früh an ihrer Schule die Abschlusszeremonie geprobt wird.

Sophie begleitet Wes nach draußen, und Charlie weiß inzwischen, dass es immer ein paar Minuten dauert, bis sie sich verabschiedet haben, also bleibt er noch einen Moment drinnen.

Ich räume das Geschirr und die Snacks weg. »Vergiss

nicht, morgen früh um acht hier zu sein. Ich will so früh wie möglich los und schnell wieder zurück sein.«

»Alles klar. Du schaffst das, noch bevor deine Mom anfängt zu schreiben, du wirst sehen.«

Ich nicke schweigend. Charlie reicht mir das letzte Glas. Er spürt, dass irgendwas ist. »Sie schreibt doch nicht etwa vor acht, oder?«

Ich zucke mit den Schultern und werfe ihm einen *Ich-glaube-nicht*-Blick zu.

Er stöhnt. »Beeil dich besser«, sagt er, bevor er die Tür aufreißt. Sophie und Wes fallen beinahe wieder hinein. Anscheinend hat er sie mit dem Rücken gegen die Tür gedrückt, um ihr einen Gute-Nacht-Kuss zu geben.

»Ihr bringt mich alle noch um den Verstand«, raunt Charlie und springt die Stufen hinab.

Sophie vergräbt das Gesicht an Wes' Hals, und er flüstert ihr etwas ins Ohr. Sie kichert. Ich freue mich sehr für die beiden, aber manchmal ist es schwer, ihr Glück mit anzusehen.

Ich gebe nur ungern zu, dass ich ein bisschen eifersüchtig bin. Als meine Beziehung mit Drew zu Ende gegangen ist, habe ich es monatelang keinem außer den Fantastischen Vier erzählt, weil ich Angst hatte, Nonna würde mit mir das Gleiche anstellen wie mit Sophie. Ich meine, ja, sie hat es probiert. Aber da war die Trennung schon so lange her, dass ich nicht mehr traurig genug war, und der Versuch ist im Sand verlaufen.

Schließlich verabschieden sich Sophie und Wes, und er begleitet sie zum Auto. Ich knipse die Lichter aus und gehe nach oben, um mich bettfertig zu machen. Doch als ich schließlich liege, finde ich keine bequeme Schlafposition, wälze mich stundenlang hin und her und denke über Coach Cantu und dieses dumme Formular nach. Doch morgen um diese Zeit wird alles wieder in Ordnung sein.

Wahrheit #2: Es gibt gute Pläne – und es gibt Pläne, die man schmiedet, wenn man verzweifelt ist.

Montag, 9. Mai, Morgen

OLIVIA

Charlie ist um 08:12 Uhr aufgekreuzt – und zwar erst, nachdem ich ihn dreimal angerufen und ihm damit gedroht habe, ihm die Bösen Joes auf den Hals zu hetzen, wenn er nicht sofort erscheint.

Er hatte seinen Schlafanzug an. Den Weihnachtspyjama von vor zwei Jahren, mit den Eisbären darauf, die Weihnachtsmützen tragen. Ich besitze den gleichen. Charlie hat gerade lange genug die Augen offengehalten, bis wir unsere Handys und Passwörter ausgetauscht haben, bevor er aufs Sofa geplumpst und sofort wieder eingepennt ist.

Ich folge der Wegbeschreibung von Google Maps und stehe fünfundzwanzig Minuten später vor den Toren des *Ellerbe Hills Country Club*.

Neben dem Pförtnerhäuschen bleibe ich stehen, lasse die Scheibe herunter und lächle so freundlich, wie ich kann. »Hi! Ich würde gern Coach Cantu sprechen!«

Okay, das war viel zu enthusiastisch.

Der Pförtner wirkt ziemlich unbeeindruckt. »Der Club hat montags geschlossen.«

Dann dreht er sich um und verschwindet wieder im Häuschen.

Das war's jetzt? Ich kann unmöglich bis morgen warten. Weitere vierundzwanzig Stunden voller Sorge? Nein, nein, nein.

Ich winke ihn wieder herbei, und er kommt nur widerwillig zurück.

»Ich muss unbedingt mit meinem ehemaligen Coach sprechen. Ich habe gehört, er arbeitet jetzt hier? Es ist wirklich dringend. Ich weiß nicht, wie ich ihn sonst erreichen kann.«

Ich meine, was, wenn er im Urlaub ist? Oder wenn ich ihn nicht finde? *Panik.* Dass ich vielleicht nicht meinen Abschluss kriege, weil ich Coach Cantu nicht finden kann, bringt mein Gehirn förmlich zum Schmelzen. Ich habe Angst, dass meine Familie und Freunde herausfinden könnten, wie sehr ich die Sache vermasselt habe. Schule ist *mein* Ding. Die Sache, in der ich wirklich gut bin. Wenn das herauskommt, wird man sich später nur noch daran erinnern. Meine restliche Highschool-Karriere zählt dann nicht mehr. Das wird *der* Witz, den man sich jedes Weihnachten erzählen wird. Bis ans Ende aller Tage. Nicht, dass ich die Zweitbeste meines Jahrgangs war. Nicht die ganzen College-Vorbereitungskurse. Nicht die unzähligen Stunden, die ich mit Lernen verbracht habe. Alles, was man sich erzählen wird, ist: *Könnt ihr euch noch daran erinnern, wie Olivia fast nicht ihren Abschluss bekommen hat, weil sie unbedingt den Golfkurs machen wollte?* Vier Jahre eingedampft auf einen einzigen Satz.

Das soll nicht mein Vermächtnis sein.

»Bitte helfen Sie mir«, bettle ich ihn an. Dann klingelt mein Handy (beziehungsweise Charlies Handy), und mein Name leuchtet auf dem Display auf. Ich stelle es auf lautlos. Ich kann jetzt nicht mit ihm reden.

Der Pförtner atmet laut und lange aus. »Heute ist außer den Platzwarten keiner hier. Aber ich weiß, dass diese Woche für die Highschool-Kids ein großes Golfturnier stattfindet. Morgen wird aufgebaut, und einige Teams wollen Proberunden spielen. Aber ich habe keine Ahnung, ob der Typ, den du suchst, da sein wird. Mehr kann ich nicht tun.«

Ich nicke und versuche, so ruhig wie möglich zu bleiben. »Danke. Vielen Dank! Dann komme ich morgen wieder!«

Ich bin über zwanzig Minuten gefahren, nur um herauszufinden, dass niemand hier ist. Wenn ich die nächsten vierundzwanzig Stunden überstehe, ohne durchzudrehen, grenzt es an ein Wunder.

TELEFONDIENST: CHARLIE

Dieses Geräusch. Was ist das für ein Geräusch? Ich greife nach der Bettdecke, um sie mir über den Kopf zu ziehen – doch da ist keine Bettdecke.

Und schon wieder dieses Geräusch.

Ich schlage die Augen auf und habe keine Ahnung, wo ich bin. Oder welcher Tag heute ist. Dann fällt mein Blick auf die hässliche Vogelskulptur, die Onkel Bruce bei einer Auktion ersteigert hat und mir fällt wieder ein, dass ich bei Olivia bin.

Warum bin ich bei Olivia?

Und warum explodiert mein Handy?

Dann kommen die Erinnerungen zurück. *Golf. Olivias Handy. Tante Lisa.* Ich taste nach dem Smartphone auf dem Fußboden neben dem Sofa. Es ist eines von diesen lächerlich großen, für die man beide Hände braucht, um sie zu bedienen. Es ist, als würde man auf einem Tablet Nachrichten schreiben. Ich tippe den Code ein, den mir Olivia genannt hat. Dafür, dass sie so klug ist, hätte ich ein besseres Passwort als ihren Geburtstag erwartet. Es dauert kurz, bis sich meine Augen an die Helligkeit des Displays gewöhnt haben.

MOM: Guten Morgen, Schatz!

MOM: Ich wollte dich an Baileys Geschenk erinnern! Es ist ein süßes Paar Hausschuhe mit Monogramm. Fürs Studierendenwohnheim. Ich dachte, das wäre das perfekte Geschenk für eine Pyjamaparty! Der Laden öffnet um neun. Am besten, du stellst dich schon mal an, damit du dann um halb zehn auf der Party bist.

MOM: Und vergiss nicht, die Karte zu unterschreiben.

MOM: Welchen Schlafanzug ziehst du an? Der, den du zu Weihnachten bekommen hast, wäre doch süß. Und zieh einen Sport-BH an, denn die Ärmel sind ziemlich weit.

Ich werfe Olivias Handy wieder auf den Fußboden. Was zum Teufel? Sie ist noch keine fünf Minuten weg, und ich muss schon jetzt mit Tante Lisa reden? Über BHs?

Ich greife wieder nach dem Handy, doch statt auf die Nachricht zu antworten, rufe ich meine Nummer an. Doch es geht nur die Mailbox ran. Hat sie mich etwa weggedrückt?

Ich hole tief Luft, lese mir Tante Lisas Nachricht ein zweites Mal durch und überlege, was ich am besten antworte, damit ich mich jetzt nicht über Unterwäsche unterhalten muss. Kann ich einfach mit *Okay!* antworten? Ich scrolle nach oben, um mir die älteren Nachrichten anzusehen. Auch wenn Olivia lange nicht so viel schreibt wie ihre Mom, antwortet sie nur selten mit einem einfachen *Okay!*

Darauf hat sie mich nicht vorbereitet.

O Gott. Noch eine Nachricht.

MOM: Und da die Hose aus Seide ist, musst du auch darauf achten, dass sich dein Slip nicht abzeichnet.

Okay, das geht zu weit. Zu. Weit.

Ich rufe Sophie an, den einzigen Menschen, der mir jetzt noch helfen kann. Nicht, dass Tante Lisa gleich anruft, wenn ich nicht antworte.

Nach dem zweiten Klingeln geht sie ran. »Ich bin bei der Probe für die Abschlussfeier«, flüstert sie. »Ich kann jetzt nicht reden.«

Und dann legt sie auf.

Die kann was erleben, wenn ich sie das nächste Mal sehe. Schließlich erscheint mein Name auf dem Display. Olivia ruft zurück.

»Hey«, meldet sie sich, als ich rangehe. »Was ist los?«

»Deine Mom. Sie schreibt schon. Ich schicke dir einen Screenshot.«

Ich warte, bis ich das *Swoosh*-Geräusch höre. Olivia fängt an zu lachen. »Schreib ihr Folgendes: *Ich trage den Schlafanzug, den ich von Sophie bekommen habe. Alles gut.*«

Ich stelle Olivia auf Lautsprecher, damit ich ihrer Mom antworten und gleichzeitig mit ihr sprechen kann. »So haben wir nicht gewettet«, schimpfe ich.

»Doch, haben wir. So ist es nun mal, ich zu sein.«

»O Gott. Tante Lisa schreibt zurück.«

Die drei Punkte springen ewig auf und ab. Ich mache mir schon jetzt Sorgen um die Länge und den Inhalt des nächsten Texts.

MOM: Oh, sehr gut! Der passt hervorragend zu deinem Teint. Trägst du das Haar offen? Oder vielleicht zwei Zöpfe? Das wäre süß.

»Das passiert gerade nicht wirklich«, raune ich und lese Olivia die Nachricht vor. »Ist sie immer so?«

»Japp. Antworte einfach: *Offen.*«

Ich tue, wie mir geheißen. »Will sie gleich ein Selfie? Denn ich weiß nicht, ob ich dann immer noch du sein kann.«

»Haha! Nein. Sie wollte vor Jahren mal ein Selfie. Das hat sie dann auf Facebook gepostet, zusammen mit einem dämlichen Kommentar. Seither kriegt sie keine Selfies mehr. Sie quasselt gern, erwartet aber keine langen Antworten.«

»Jetzt verstehe ich, warum du Wahrheit oder Pflicht spielen wolltest.«

»Ich bin jetzt auf dem Rückweg. Völlig umsonst. Der Club hat heute geschlossen, was ich gar nicht gesehen habe, als ich auf der Homepage war. Normalerweise entgehen mir solche Details nicht.« Der letzte Satz ist nur gemurmelt. Sie ist es so gewohnt, immer alles unter Kontrolle zu haben, dass sie viel zu streng mit sich ist, wenn sie es doch mal vermasselt. Ich weiß genau, wie sehr es sie belastet.

»Aber du musst trotzdem immer noch das Geschenk abholen, wenn es geht. Wir treffen uns dann um halb zehn vor Baileys Haus. Den Schlafanzug habe ich schon dabei.«

»Schick mir die Location«, erwidere ich und lege auf. Hoffentlich schaffe ich es hin und zurück, bevor sich Tante Lisa wieder meldet.

Da mein Truck immer noch vor Wes' Haus steht, jogge ich den Weg dorthin. Meine Hand liegt bereits auf dem

Türgriff, als ich einen Blick auf das Haus meiner Großeltern werfe. Ich wette, es gibt dort was zu essen. Schon beim Gedanken daran fängt mein Magen an zu knurren.

Ich werfe einen Blick auf Olivias Handy. Ein paar Minuten habe ich noch. Also renne ich durch den Garten und nehme die Stufen der hinteren Treppe mit einem Satz.

Als ich die Tür öffne, schlägt mir der Geruch von Bacon entgegen – genau so, wie es sein soll. Mein Gott, wie ich Bacon liebe.

»Guten Morgen!«, rufe ich, als ich durch die Hintertür trete.

Nonna streckt den Kopf zur Küche heraus und lächelt, als sie mich sieht. »Guten Morgen! Willst du Frühstück?«

»Machst du Witze?«

Sie kichert, und ich trete neben sie an den Herd. »Bedien dich. Es gibt Bacon und Brötchen. Sag Bescheid, falls du Eier willst.«

Ich umarme sie kurz und gehe zum Küchenschrank. »Du versüßt mir den Tag, Nonna.«

Es klingelt an der Tür, und wir drehen die Köpfe. Hier klingelt nie jemand. Niemals.

»Lass mich nachsehen, wer das ist«, sagt sie und verlässt die Küche.

Ich lade einen riesigen Berg Bacon auf meinen Teller und zwei Brötchen. Butter und Marmelade stehen schon bereit, also bestreiche ich die Hälften damit. Gerade als ich mich setze, höre ich, wie Nonna zurückkommt.

»Leo, willst du was frühstücken?«

Als er die Küche betritt, erstarre ich zu Eis und warte

darauf, dass die Bösen Joes auch gleich auftauchen. Doch er ist allein.

»Nein, danke. Ich habe schon gegessen«, sagt er zu Nonna, bevor er mir zunickt. »Hey.«

»Was geht?«, frage ich. Offensichtlich hat er eben erst geduscht. Sein Haar ist noch feucht, und er ist ordentlich angezogen. Ich glaube, seine Klamotten sind sogar gebügelt. Um halb neun morgens. Was ist los mit dem Kerl?

»Was hast du hier zu suchen?« Erst jetzt wird mir mein Ton bewusst. So, wie Leo zusammenzuckt, ist er ihm auch nicht entgangen. Kurz habe ich ein schlechtes Gewissen, doch dann fällt mir wieder ein, dass er mit den Bösen Joes befreundet ist.

»Mae hat mich hergeschickt. Sie hat gestern Abend ihre Tasche vergessen.« Mae. Er nennt sie Mae?

Nonna fuchtelt in der Luft herum. »Ich weiß, welche du meinst. Ich habe sie gefunden, nachdem alle gegangen sind, wusste aber nicht, wem sie gehört. Warte. Ich hole sie.«

Sie verlässt den Raum, und ich widme mich meinem Essen.

»Wie lange bist du in der Stadt?«, frage ich, ohne ihn anzusehen.

»Diese Woche«, erwidert er.

Meine Güte, wer will bitte eine ganze Woche bei Tante Maggie Mae verbringen?

»So schlimm ist es gar nicht«, sagt er verteidigend, und ich merke, dass ich die Frage laut gestellt habe. Ups.

Zum Glück kommt in diesem Moment Nonna zurück. »Da ist sie«, sagt sie. »Sicher, dass du nichts essen willst?«

Es ist nahezu unmöglich, dieses Haus zu verlassen, ohne irgendwas gegessen zu haben.

»Ja, Ma'am. Ich bin sicher. Aber danke«, erwidert er. Dann wendet er sich mir zu. »Man sieht sich, Charlie.«

Ich hebe die Hand. »Ja. Bis dann.«

Ich spüle gerade meinen Teller ab, als Nonna, die Leo zur Tür begleitet hat, zurück in die Küche kommt. »Er ist ein so netter junger Mann«, schwärmt sie.

Ich lege den Kopf schief und zucke mit den Schultern. »Kann sein.« Ich gebe ihr einen lauten Schmatzer auf die Wange. »Danke fürs Essen.« Dann bin ich weg.

Ich habe noch zwanzig Minuten, um das Geschenk abzuholen und zu Baileys Haus zu fahren.

Der Laden befindet sich in einer Reihe von Geschäften mit riesigen Fensterfronten. Ich parke so nah dran wie möglich und stürme genau in dem Moment hinein, als die junge Verkäuferin die Tür aufschließt.

Sie öffnet mir die Tür, mustert mich von Kopf bis Fuß und muss sich ganz offensichtlich das Lachen verkneifen.

Erst jetzt fällt mir auf, dass ich noch meine Pyjamahose und mein Schlafshirt trage.

»Oh, ähm, ich soll ein Geschenk abholen, das meine Tante Lisa Perkins bestellt hat.«

»Alles klar. Da lang«, erwidert sie und führt mich zum Tresen im hinteren Teil des Ladens. Die Metallregale hinter der Kasse sind vollgestopft mit Geschenken. Es dauert kurz, bis sie das von Tante Lisa gefunden hat.

»Sind das alles Abschlussgeschenke?«, frage ich.

»Ja! An Weihnachten und am Schuljahresende ist immer am meisten los«, antwortet sie.

Kommt mir geschwindelt vor. Aber was soll's.

Sie schiebt mir ein Kassenbuch zu, ich unterschreibe für das Geschenk und renne zurück zu meinem Truck. Gerade als ich den Motor einschalte, kriege ich eine weitere Nachricht von Tante Lisa.

MOM: Wie schön! Du hast das Geschenk abgeholt! Schick mir ein Foto, damit ich sehen kann, wie sie es eingepackt haben.

Was zur Hölle? Sie will ein Foto vom Geschenk? Olivia hat keine Witze gemacht. Wahrscheinlich hat Tante Lisa das Handy bis zum Laden verfolgt. Olivias Fahrt zum Golfclub wäre niemals unentdeckt geblieben.

Ich überlege, wie ich das Geschenk am besten fotografiere, ohne dass sie merkt, dass es nicht Olivias Auto ist. Also steige ich wieder aus und stelle es auf die Motorhaube. Ich knipse das Foto so, dass man im Hintergrund den Laden sieht. Den unteren Bildrand schneide ich ab, damit man nicht die Farbe meines Trucks erkennt, bevor ich es ihr schicke.

Und dann rase ich zu Bailey, bevor sie mir noch mal schreiben kann.

***

OLIVIA

Ich erreiche Baileys Haus vor Charlie. Ich klettere auf den Rücksitz und bin froh um die getönten Scheiben, als ich in meinen Schlafanzug schlüpfe, den ich heute Morgen dort verstaut habe. Das schlichte T-Shirt und die Shorts sind mein Lieblingsset geworden, seit ich es vor ein paar Monaten von Sophie bekommen habe. Man sieht es am ausgefransten Saum und dem verblassten Mintgrün.

Nachdem ich umgezogen bin, nehme ich mir ein paar Minuten Zeit, um meine Nerven zu beruhigen. Ich will Baileys Party genießen, ohne die ganze Zeit an die Golfsache zu denken. Ich hole tief Luft und halte zehn Sekunden lang den Atem an. Dann atme ich langsam aus und wiederhole das Ganze ein paar Mal.

Charlie kommt in dem Moment angefahren, als ich wieder auf den Fahrersitz klettere. Er parkt vor mir, und wir treffen uns zwischen unseren Autos.

In der einen Hand hält er ein kleines Geschenk, in der anderen eine schlichte weiße Karte. »Deine Mom hat dreimal geschrieben, um dich daran zu erinnern, dass du die Karte unterschreiben sollst.« Charlie überreicht mir das Geschenk und hält drei Finger in die Höhe. »Dreimal.«

Ich nicke. »Du weißt ja, wie sie ist.«

Er schüttelt den Kopf. »Ich glaube, ich weiß *nicht*, wie sie ist. Meine Tante Lisa ist cool. Gelassen. Eine meiner Lieblingstanten. Keine Ahnung, wer dieses Monster ist.«

Ich lehne mich nach vorn und schnüffle an ihm. »Du warst davor noch bei Nonna frühstücken, nicht wahr? Du riechst nach Bacon.«

»Ich konnte ihn förmlich von Wes' Einfahrt aus schmecken. Wenn er nach mir ruft, muss ich dem Ruf folgen.«

»Dann hattest du also genug Zeit, um zu frühstücken,

aber nicht, um dich umzuziehen? Du wärst zwar der einzige Kerl auf der Party, aber du solltest trotzdem mitkommen. Passend angezogen bist du jedenfalls«, bemerke ich und deute auf seinen Schlafanzug.

Er richtet sich ein wenig gerader auf, und sein Blick wandert zu Baileys Haus. Charlie ist es total egal, auf einer Party der einzige Junge zu sein. »Ein zweites Frühstück wäre nicht schlecht.« Dann wendet er sich wieder mir zu. »Apropos angezogen. Rate mal, wer bei Nonna aufgekreuzt ist.«

»Ähm, es würde jetzt mindestens zehn Minuten dauern, bis ich alle Familienmitglieder durch bin.«

Er presst die Lippen zu einer schmalen Linie zusammen. »Kein Familienmitglied. Leo. Total seltsam.«

Ich frage mich, wie er jetzt auf Leo kommt. Aber er ist nun mal Charlie. Wahrscheinlich weiß er es selbst nicht.

»Er wurde bestimmt zu einer der Partys eingeladen. Er hat sicher auch noch zu anderen Freunden von früher Kontakt, nicht nur zu den Bösen Joes«, bemerke ich. So, wie Charlie dreinblickt, hat er über diese Möglichkeit noch nie nachgedacht.

»Es ist mir egal, wo er auftaucht. Aber du weißt, dass er auf *ihrer* Seite ist. Wir könnten ihn genauso gut Jo-Leo nennen.«

»Oder Leo-Jo«, schlage ich vor, und wir müssen beide lachen.

»Es sollte uns überraschen, dass du hier bist, Charlie, tut es aber nicht!«

Seine Schultern versteifen sich, als wir die Stimme erkennen.

»Die Bösen Joes sind hier?«, flüstert er. »Als hätten wir sie heraufbeschworen.«

»Bailey hat viele Leute eingeladen«, erkläre ich.

Mein Freundeskreis ist kompliziert. In der Schule sind Wes und Charlie meine besten Freunde, aber ich habe auch eine kleine Clique mit Mädels, zu der Bailey, Mia, Bianca und Danlee gehören. Aber die Mädels haben auch noch andere Cliquen. Bailey hat zum Beispiel noch ihr Fußballteam, Mia ihre Freunde von der Theater-AG und Bianca ihr Jahrbuch-Komitee. Danlee versteht sich mit allen gut und wandert zwischen den Gruppen hin und her. Die Bösen Joes spielen mit Bailey Fußball, weshalb ich meine Cousinen, die ich am wenigsten mag, öfter treffe, als mir lieb ist.

Charlie und ich ignorieren die Zwillinge so lange wie möglich. Als sie vor uns stehen bleiben, mustern sie ihn von Kopf bis Fuß.

»Ein Weihnachtspyjama ist eine mutige Wahl«, kommentiert Jo Lynn.

»Vor allem, wenn es der von vor zwei Jahren ist«, fügt Mary Jo hämisch grinsend hinzu. Natürlich wissen sie, wie alt der Schlafanzug ist. Sie haben genau den gleichen.

Charlie lehnt sich weiter zu mir. »Sieht er zu klein aus?«, fragt er.

Ich ziehe die Stirn kraus und zucke mit den Schultern. »Ähm, vielleicht ist die Hose ein bisschen kurz?« Ich weiß, dass er jetzt an damals denkt, als ihn die Bösen Joes nur in Unterhose bekleidet aus dem Apartment ausgesperrt haben. Eine *Star Wars*-Unterhose, die ihm viel zu klein war.

Gerade als er zurückfeuern will, taucht neben ihnen Bianca auf.

»Ich finde, du siehst super aus«, kommentiert Bianca.

Charlie rückt näher an sie heran. »Du siehst auch ziemlich gut aus.«

Mein Gott, er ist so ein Charmeur.

Die Bösen Joes verdrehen die Augen und gehen die Einfahrt hinab zu Baileys Haus. Ich warte kurz, bevor ich ihnen folge.

»Danke, Charlie«, sage ich im Weggehen. Bianca und Charlie sind immer noch ins Gespräch vertieft, doch als ich schon halb an der Tür bin, ruft er mir hinterher: »Warte! Wir müssen noch tauschen!« Er rennt mir hinterher und hält mir mein Handy entgegen. »Sie schreibt schon wieder!«

»Ach ja. Deins steckt in meinem Getränkehalter. Das Auto ist offen.« Ich nehme mein Smartphone entgegen und japp – eine Nachricht von Mom.

MOM: Mach Fotos! Viel Spaß!

Ich schicke ihr einen Daumen nach oben und muss grinsen, weil sich Bianca immer noch mit Charlie unterhält.

Ich habe schon unzählige Stunden bei Bailey verbracht, doch als ich das Haus betrete, ist es kaum wiederzuerkennen. Überall liegen aufblasbare Matratzen, beladen mit Kissen und Decken, als würden wir alle bei Bailey übernachten. Es sieht fast aus wie bei Nonna, wenn sie denkt, wir würden alle bei ihr schlafen, obwohl mein Haus (und mein Bett!) nur zwei Blocks entfernt sind.

»Olivia!«, quietscht Baileys Mom, als sie mich sieht, und umarmt mich fest. Dann dreht sie mich in Richtung Küche. »Auf der Kücheninsel stehen Pfannkuchen, Obst und Muffins, Kaffee und Saft findest du auf dem Küchentisch. Bedien dich!«

Ich fülle meinen Teller mit allerlei Essen und setze mich zu Bailey und Mia auf die Matratze.

»Man sollte zu jeder Party einen Pyjama tragen dürfen«, bemerke ich, als ich es mir auf meinem temporären Bett bequem mache.

»Auf jeden Fall«, bestätigt Mia. »Und zu jeder Mahlzeit sollte es Pfannkuchen geben.«

»Wie war's gestern bei deiner Großmutter? Ich habe den Fragebogen immer noch nicht ausgefüllt«, sagt Bailey. »Ich bin kurz davor, überall *Unentschlossen* reinzuschreiben und ihn einfach abzugeben.«

Ich stöhne laut. »Ja, mir geht es genauso. Ich habe meinen auch nicht fertig ausgefüllt.«

Sie sehen mich verwirrt an. »Wie bist du damit davongekommen?« Sie kennen Nonna ziemlich gut.

Jetzt wäre der passende Moment, ihnen zu erzählen, was los ist. Ich überlege, was ich sagen soll. Wie ich es erklären soll, ohne mich zu schämen. Obwohl das Zimmer voller Leute ist, sind wir hier in unserer eigenen kleinen Blase. Ich glaube nicht, dass Bailey und Mia es den Bösen Joes verraten würden. Ich öffne den Mund, doch Bailey ergreift zuerst das Wort.

»Du weißt schon, dass sie wahrscheinlich deinen kompletten Fragebogen auf der Leinwand zeigen werden, während du deine Rede hältst, oder? Nicht wie bei uns nur ein oder zwei Fragen, während wir auf die Bühne gehen, um unser Abschlusszeugnis abzuholen. Das bedeutet, dass du deinen Fragebogen richtig ausfüllen musst!«

»Das ist so cool, dass du die Eröffnungsrede halten darfst«, schwärmt Mia und klatscht in die Hände. »Ich wusste von Anfang an, dass du Jahrgangsbeste oder -zweitbeste wirst. Ohne dich hätte ich bestimmt die Hälfte meiner Kurse nicht geschafft.«

In diesem Moment taucht endlich Bianca auf und lässt sich auf die Kante der Matratze plumpsen. »Wo warst du?«, will Mia wissen.

»Was? Ich habe mir einen Kaffee geholt«, erwidert sie.

Die Sache mit dem Golfkurs und Coach Cantu bleibt mir im Hals stecken. Aber warum sollte ich es jetzt erzählen, wenn es morgen sowieso geklärt ist? Es gibt keinen Grund, warum noch jemand davon erfahren sollte. Nur ein kleiner Ausrutscher. Hier gibt es nichts zu sehen!

Wenig später geht Baileys Dad mit einem Mülleimer durchs Zimmer und sammelt Teller und Becher ein, während ihre Mom um Aufmerksamkeit bittet. »Okay, Mädchen! Ich dachte, es wäre schön, wenn ihr etwas mit aufs College nehmt, das euch an die letzten vier Jahre erinnert!« Dann ruft sie nacheinander unsere Namen auf und überreicht uns jeweils einen weißen Kissenbezug, der mit unserem Namen bestickt wurde. »Neben jeder Matratze steht ein Glas mit Textilstiften. Reicht eure Kissenbezüge herum und schreibt euch gegenseitig kurze Grüße darauf!«

Wir vier tauschen unsere Kissenbezüge aus, und ich beschrifte jeden mit einem lilafarbenen Stift. Bailey wird wie ich auf die LSU gehen, aber Mia und Bianca werden in einen anderen Bundesstaat ziehen. Ich will, dass sie wissen, wie sehr ich sie vermissen werde. Dann geben wir die Bezüge an die Matratze neben uns weiter und bekommen dafür ihre. Und so machen die Kissenbezüge die Runde. Erst als ich die der Bösen Joes kriege, weiß ich nicht mehr, was ich schreiben soll. Ich werfe ihnen einen Blick zu und frage mich, ob sie meinen schon bekommen haben.

»Ist es zu offensichtlich, wenn ich Totenköpfe mit überkreuzten Knochen auf ihre Bezüge male?«, frage ich.

Mia lacht, und Bailey erwidert: »Ich dachte, ihr würdet euch inzwischen besser verstehen.«

»Zu dir sind sie nur nett, weil du ihnen während des Spiels den Ball zuspielst«, kontere ich.

»Kann sein«, gesteht sie.

Ich lehne mich nach vorn. »Im ersten Highschool-Jahr haben sie all meine Unterhosen und BHs in einen Müllsack gestopft und ihn in Tante Patrices Kofferraum versteckt, kurz bevor sie für eine Woche nach Florida gefahren sind.«

»O mein Gott!«, ruft Bianca.

»Und während ich mich gefragt habe, wo meine Unterwäsche ist, hat Tante Patrice sie in Florida auf dem Küchentisch ausgebreitet, ein Foto davon im Familienchat gepostet und gefragt, wem die Sachen gehören.«

»Okay, Totenschädel und überkreuzte Knochen sind definitiv angebracht«, entgegnet Bailey.

Schließlich schreibe ich auf beide *›Ich hoffe, eure Träume sind so süß wie ihr‹* und unterschreibe mit dem Buchstaben *O*.

Mein Handy piept. Eine Nachricht von Sophie.

SOPHIE: Hat er unterschrieben?
ICH: Nee, der Club hat heute geschlossen.

Jetzt denke ich wieder über mein Dilemma nach. »Kennt einer von euch jemanden aus dem Golfteam?«, frage ich. Ich habe zwar die Leute aus meinem Kurs angeschrieben, aber wir sind alle Anfänger. Aber es könnte ja sein, dass einer der Fortgeschrittenen Coach Cantus Nummer hat.

Bailey blickt vom Kissenbezug auf, den sie gerade beschriftet. »Wir haben ein Golfteam?«, fragt sie.

Ich lege den Kopf schief und nicke. Diese Info scheint sie total zu schockieren.

»Ich nicht«, erwidert Mia, doch Bianca wirkt, als würde sie ernsthaft über meine Frage nachdenken.

»Doch, ich kenne ein paar. Wir mussten das Gruppenfoto fürs Jahrbuch machen. Lass mal überlegen … Lily Rodriquez, David Pham, Tanika Rogers, Chloe Kim, Chris Locke …«

»Locke wohnt noch hier? Ist er nicht während der Mittelstufe weggezogen?«, fragt Mia.

Bianca schüttelt den Kopf. »Er hat Privatunterricht bekommen, damit er mehr Zeit auf dem Golfplatz verbringen konnte. Er ist wirklich gut. In der zehnten Klasse ist er dann zurück zur Schule gekommen. Ich hatte Englisch mit ihm.«

Früher hatten wir einige in der Klasse, die Chris hießen, deshalb fingen wir an, ihn Locke zu nennen, um sie voneinander unterscheiden zu können.

»Ich habe mit ihm Mathe«, füge ich hinzu. »Aber ich wusste nicht, dass er im Golfteam ist.«

»Warum willst du das überhaupt wissen?«, fragt Mia.

»Ich versuche, den Golfcoach zu erreichen.«

Sie geben sich mit meiner Antwort zufrieden, und ich habe jetzt eine Liste an Leuten, die ich nach der Party kontaktieren kann. Es fühlt sich gut an, einen Plan zu haben. Baileys Mom bittet uns, uns alle auf die Matratzen in der Zimmermitte zu setzen, damit sie Fotos machen kann. Es dauert eine Weile, bis jeder wieder seinen eigenen Kissenbezug hat. Zuerst sehe ich nach, was die Bösen Joes geschrieben haben.

Hoffentlich vermasselst du deine Rede nicht!
Die ganze Familie wird da sein.
xoxo JL MJ

Mein Gott, sie sind echt die Allerschlimmsten.

Nach Baileys Party sitze ich wieder in meinem Auto und öffne meine Kontakte, um die Leute vom Golfteam nach Coach Cantus Nummer zu fragen. Von allen, die Bianca genannt hat, ist Chris Lockes Nummer die einzige, die ich nicht habe. Aber ihn würde ich sowieso als Letztes anrufen. In Mathe war er so unverschämt zu mir. Ist doch nicht meine Schuld, dass er unbestimmte Integrale nicht von einer Ableitung unterscheiden kann. Ich beschließe, zuerst Tanika anzurufen, denn sie kenne ich am besten.

Zum Glück geht sie nach dem dritten Klingeln ran.

»Olivia, was geht ab?«, meldet sie sich.

»Hey! Ich brauche deine Hilfe. Ich versuche, Coach Cantu zu erreichen. Hast du zufällig seine Telefonnummer?«

Ich merke, wie sie auf Lautsprecher stellt. »Ich schicke sie dir. Aber er wird sowieso nicht rangehen. Es würde mich wundern, wenn er sein Handy überhaupt bei sich hätte. Es ist nahezu unmöglich, ihn zu erreichen.« Sie klingt genervt.

»Mein Gott. Wie kann ein Mensch nur so schwer erreichbar sein? Eigentlich sollte es mit der heutigen Technik solche Probleme nicht mehr geben! Meine Mom ist Stunden entfernt und weiß trotzdem, dass ich gerade vor Baileys Haus in meinem Auto sitze.« Okay, dieser Wortschwall war jetzt nicht geplant.

Aber mal im Ernst – er hat sein Handy nicht bei sich?!

»Ich weiß. Er ist so oldschool. Falls du ihn nicht erreichst ... Ein paar von uns treffen sich mit ihm zum Mittagessen im Silver Star. Diese Woche findet ein Turnier statt. Auch wenn es kein Teamevent ist, treffen wir uns alle, um über den Golfplatz und unsere Strategie zu sprechen. Die meisten von uns haben dort noch nie gespielt. Wir treffen uns um zwölf.«

Hoffnung keimt in mir auf, dass ich die Sache doch schon heute klären kann. Ich werfe einen Blick auf die Uhrzeit am Armaturenbrett. Eine halbe Stunde habe ich noch. »Danke! Danke! Du weißt gar nicht, wie viel mir das bedeutet!«

»Okay, okay, verstanden. Viel Glück.« Dann legt sie auf.

Ich speichere Coach Cantus Nummer ab und schreibe

ihm eine Nachricht. Ich hole tief Luft und beginne zu tippen.

> **ICH:** Hi, Coach Cantu! Hier ist Olivia Perkins! Ich habe schon mehrfach versucht, Sie zu erreichen!

Hui, viel zu viele Ausrufezeichen. Löschen, löschen, löschen.

> **ICH:** Coach Cantu, hier ist Olivia Perkins. Ich muss Sie dringend sprechen. Es ist sehr wichtig.

Nein, nein. Viel zu förmlich. Klingt zu gezwungen. Mein Gott, warum ist das so schwer?

> **ICH:** Hey, Coach Cantu. Hier ist Olivia Perkins. Ich muss dringend mit Ihnen sprechen bezüglich des Nachweises für den außerschulischen Golfkurs. Ich brauche dringend Ihre Unterschrift, sonst bekomme ich meinen Abschluss nicht. Könnten Sie mich bitte schnellstmöglich zurückrufen oder mir schreiben? Vielen Dank!

Ich drücke auf »Senden«, bevor ich noch weiter darüber nachdenken kann. Dann starre ich auf das Display, bis ich die Meldung bekomme, dass die Nachricht gesendet wurde. Wenigstens weiß ich jetzt, wo er in einer halben Stunde sein wird. Ich rase nach Hause, damit ich mich noch umziehen kann, bevor ich auf die Jagd nach ihm gehe, sollte er mir bis dahin nicht geantwortet haben.

Innerhalb von zehn Minuten habe ich das Outfit gewechselt, sitze wieder in meinem Auto und fahre in Richtung Silver Star.

Um 11:55 Uhr erreiche ich den Parkplatz des Restaurants. Ich beäuge jedes Auto, das auf den Parkplatz auffährt. Als ich schließlich Coach Cantu aus seinem Truck steigen sehe, springe ich aus dem Wagen und renne auf ihn zu.

»Coach!«, schreie ich über den gesamten Parkplatz hinweg. Ich bin schneller, als mir bewusst ist. Als er sich umdreht, renne ich ihn fast über den Haufen.

»Olivia! Was machst du denn hier?«, fragt er.

Ich drücke ihm das Formular in die Hand und grabe in meiner Tasche nach einem Stift. »Sie haben vergessen, mein Formular für den Golfkurs zu unterschreiben. Der Konrektor meinte, ich würde meinen Abschluss nicht bekommen, wenn ich es nicht umgehend nachreiche.«

Er nimmt das Formular und den Stift, wirft einen kurzen Blick darauf und sieht mich stirnrunzelnd an. Hoffentlich nur, weil er gemerkt hat, dass ihm ein Fehler unterlaufen ist.

»Lass uns reingehen, damit wir uns kurz unterhalten können«, sagt er. Ich folge ihm ins Restaurant und sehe die Schülergruppe, die an der Seite steht. Tanika winkt mir kurz zu. Ich winke zurück, bringe jedoch kein Lächeln zustande, bevor ich nicht weiß, dass alles gut wird.

Der Coach führt mich zu einer Sitzecke im Eingangsbereich. Dann legt er das Formular und den Stift auf den Tisch und zückt ein Notizbuch.

Es ist klein und ziemlich abgegriffen. Eine Weile blättert er durch die Seiten. Als er nickend das Gesicht verzieht, weiß ich, dass er gefunden hat, wonach er gesucht hat. Er scheint keine guten Neuigkeiten für mich zu haben. Er hält mir das Notizbuch hin, damit ich sehe, was dort geschrieben steht. Ganz oben steht mein Name, gefolgt von Daten, Uhrzeiten und Zahlen.

»Du hast die Voraussetzungen nicht erfüllt, Olivia. Das sind die Tage, an denen sich die Klasse getroffen hat. Dir wurde die Zeit angerechnet, die du anwesend warst. Aber leider bist du fast immer zu spät gekommen und an manchen Tagen überhaupt nicht erschienen. Die verpassten Minuten haben sich aufsummiert. Tut mir leid.«

Ich bin vollkommen perplex.

Es dauert eine Weile, bis mein Gehirn Worte formulieren kann. »Sie haben mich durchfallen lassen, weil ich zu spät gekommen bin?«, presse ich schließlich hervor.

»Hast du dir das Dokument durchgelesen, das ich euch am ersten Tag gegeben habe?«, fragt er. Die Sache ist die, dass Coach Cantu eigentlich ein wirklich netter Kerl ist. Ruhig und geduldig. Einer der nettesten Lehrer, die ich je hatte. Aber das hier wirft mich vollkommen aus der Bahn. Wird er das Formular wirklich nicht unterschreiben, weil ich ein paar Mal zu spät gekommen bin?

Er sieht mich an, und mir wird klar, dass ich seine Frage nicht beantwortet habe.

»Ich dachte, ich hätte es gelesen«, erwidere ich. Um ehrlich zu sein, habe ich mir über den Golfkurs nie wirklich Gedanken gemacht. Im Vergleich zu meinem restlichen Stundenplan wirkte er wie der reinste Spaziergang.

»Bei mir darf man dreimal zu spät kommen und zweimal entschuldigt fehlen. Aber alles, was darüber hinausgeht, summiert sich als Fehlzeit. In der Hälfte des Semesters habe ich angeboten, Fehlzeiten abzuarbeiten, indem ihr bei Turnieren helft. Aber du bist nie auf das Angebot eingegangen. Als ich eure Stunden zusammengezählt habe, habe ich gemerkt, dass dir einige fehlen und wollte dir Bescheid geben. Doch an dem Tag bist du auch nicht erschienen. Also hatte ich keine andere Wahl.«

Ich kann mich nicht daran erinnern, die letzte Stunde geschwänzt zu haben. Kein bisschen. Ich musste noch so viel für meine Leistungskurse machen und mich auf die Prüfungen vorbereiten. Meine Gedanken rasen. Mein Kopf dreht sich. Ich bekomme keinen Schulabschluss. Wegen Golf! Dabei mag ich Golf nicht mal!

»Aber ich muss meinen Abschluss machen. Ich bin die Zweitbeste des Jahrgangs.«

Sein Gesicht erhellt sich. »Oh, das ist ja wundervoll! Wie aufregend!«

Ich schüttle den Kopf. »Wenn dieser Kurs jetzt alles ruiniert, ist es überhaupt nicht wundervoll.«

Er lehnt sich ein Stückchen weiter zu mir. »Wenn du dir in deinen anderen Kursen so viel Mühe gegeben hast, warum dann nicht in meinem?«

Was soll ich darauf antworten? Soll ich ihm etwa sagen, dass ich seinen Kurs nicht ernst genommen habe und er mir nichts bedeutet hat?

Stattdessen zucke ich mit den Schultern und sehe ihn so flehend wie möglich an.

Erneut greift Coach Cantu nach dem Formular und betrachtet es eine Weile, bevor er wieder einen Blick in sein Notizbuch wirft. »Bis wann muss das Formular eingereicht werden?«

»Nächsten Montag. Also in einer Woche.«

Er nickt. »Ich schlage dir einen Deal vor. Du schuldest mir eine Menge Zeit. Ich könnte ein wenig Hilfe bei dem Turnier gebrauchen, das morgen startet. Vier ganze Tage. Wenn ich die von dir bekomme, sind wir quitt.«

»Ja! Ja, natürlich. Alles, was ich tun muss.«

»Okay, wunderbar!« Er freut sich aufrichtig, mir helfen zu können. Jetzt habe ich ein schlechtes Gewissen, weil ich seinen Kurs so vernachlässigt habe. »Dann musst du Dienstag bis Freitag nach *Ellerbe Hills* kommen. Wir fangen früh an. Um halb sieben!«

Dann dämmert es mir. Wenn ich das mache, werde ich auf dem Golfplatz sein statt auf den Abschlusspartys meiner Freunde. Ich spüre, wie sich mein Hals zuschnürt. Tränen steigen in mir auf. Doch ich reiße mich zusammen. Partys haben nichts zu bedeuten, wenn ich nicht gemeinsam mit meiner Klasse meinen Abschluss machen kann.

»Lily«, ruft Coach Cantu und winkt sie zu uns. Erneut spähe ich zu der Schülergruppe hinüber, die immer noch neben dem Empfangstresen wartet. Ich spüre, wie sie sich fragen, was ich hier zu suchen habe.

»Hey, Coach. Hey, Olivia«, begrüßt uns Lily, als sie sich zu uns gesellt.

»Hey«, krächze ich.

Der Coach deutet auf mich. »Olivia wird auch beim Turnier helfen. Kannst du sie als meine Assistentin in die Liste eintragen? Und sie braucht noch ein Namensschild.«

»Braucht sie auch ein Shirt?«, fragt Lily.

»Ja. Und eine Schirmmütze.« Dann wendet er sich an mich. »Komm einfach in kurzer Hose. Lily wird dir dann ein Shirt geben. Dann kannst du dich umziehen, sobald du da bist.«

»Muss ich sonst noch irgendwas mitbringen?«, frage ich.

»Sonnencreme«, erwidert Lily. »Und deinen Führerschein, um dein Namensschild abzuholen. Und Geld für Essen und Trinken, es sei denn, du bist Clubmitglied.«

Vielleicht sollte ich mir lieber Notizen machen.

Die Empfangsdame tritt an Coach Cantu heran, um ihm eine Frage zu stellen, und nimmt ihn beiseite.

»Darf ich fragen, warum du auf den letzten Drücker als Coachs Assistentin dazukommst?«

Ich spüre ihre Neugier, also versuche ich, ihr eine möglichst simple Antwort zu geben. »Ich muss noch Stunden vom Golfkurs nachholen.« Ich erwähne nicht, dass davon mein Abschluss abhängig ist. »Deshalb muss ich beim Turnier helfen.«

Sie legt den Kopf schief. »Du hast ein ganzes Semester lang Golf gespielt?«

»Ja. Aber ich habe dem Kurs nicht ganz so viel Aufmerksamkeit geschenkt.« Ich breite die Arme aus. »Deshalb bin ich hier.«

»Du bekommst einen Crashkurs. Dieses Turnier ist Golf auf Steroiden. Alle wollen gewinnen. Ein paar Collegeteams haben noch freie Plätze. Das wird also ziemlich hart. Für viele ist es die letzte Chance.«

»Wirst du auch spielen?«

Kurz runzelt sie die Stirn. »Nein. Ich bin nicht gut genug. Also habe ich angeboten, dem Coach zu helfen. Es ist toll, dass er den Job bei *Ellerbe Hills* bekommen hat, aber das Turnier ist eine wirklich große Sache. Er braucht jede Hilfe, die er kriegen kann.«

Mit dem Kopf deute ich auf die wartende Gruppe. »Aber die anderen spielen?«

Lily beäugt sie. »Ungefähr die Hälfte. Chloe und Em Beth sind wie ich in der Oberstufe und hoffen darauf, nächstes Jahr einen Platz zu bekommen. Deshalb spielen sie. Tanika auch, obwohl sie ein Jahr unter uns ist. Aber sie wird auf jeden Fall ein Angebot bekommen, bevor sie in die letzte Klasse kommt. Sie ist wirklich gut.«

»Oh wow«, erwidere ich.

Der Coach kommt zurück. »Unser Tisch ist bereit.« Dann wendet er sich mir zu. »Willst du mit uns zu Mittag essen? Das Team kennenlernen?«

»Oh!«, erwidere ich überrascht. Ich blicke an mir herab. Ich trage Nike-Shorts und ein T-Shirt, völlig unpassend für einen Restaurantbesuch. »Ich würde nur zu gern bleiben, aber wenn ich die ganze Woche beim Turnier helfen soll, muss ich vorher noch ein paar Dinge erledigen.«

Er grinst breit. »Okay. Wir sehen uns morgen früh!«

Dann führt er die Gruppe zum Tisch, während ich immer noch dastehe und versuche zu realisieren, was gerade passiert ist.

»Wirst du Teil des Teams?«, fragt eine Stimme hinter mir.

Ich wirble herum. Vor mir steht Chris Locke. Igitt.

»Ähm, nein. Ich helfe nur aus.«

»Wirklich? Inwiefern?« Wahrscheinlich hat er Angst, dass ich ihm das Spiel versaue oder so.

Ich richte mich ein wenig gerader auf. »Ich weiß noch nicht. Für was auch immer der Coach mich braucht.«

»Hauptsache, du kommst mir nicht in die Quere. Auf dem Platz wirst du nicht Lehrers Liebling sein«, entgegnet er und lässt mich stehen, ohne sich zu verabschieden.

Ich lasse mich auf einen Stuhl plumpsen. Wie konnte sich dieser Kurs nur in so ein Desaster verwandeln?

Ich muss Mom anrufen und ihr erzählen, was los ist. Ich kann unmöglich die ganzen Partys verpassen, ohne dass sie davon erfährt. Und sie wird garantiert merken, wenn mein Handy vier Tage am Stück in *Ellerbe Hills* ist.

Aber ich will es ihr nicht sagen. Ich will nicht, dass sie erfährt, dass ich beinahe meinen Abschluss versaut hätte. Jake ist das schwarze Schaf der Familie. Nicht ich. Ich liebe ihn, aber es ist die Wahrheit! Jake ist derjenige, der fünf bis sechs Jahre brauchen wird, um seinen Studienabschluss zu bekommen. Er ist derjenige, der sich das Bein bricht, weil ihn einer dazu anstachelt, auf das Dach seiner Studentenverbindung zu klettern. Er ist derjenige, der chaotisch ist. Nicht ich. Ich bin die, die nie Probleme macht. Die, die alles auf die Reihe kriegt. Die, die Mom am ähnlichsten ist.

Ich weiß, was Mom sagen wird:

Ich habe dir gesagt, dass du keinen Kurs außerhalb des Campus belegen sollst.

Du hast dir dieses Semester zu viel aufgeladen.

Ich wusste, dass es zu viel ist.

Wir sind auf dem Heimweg.

Der letzte Satz belastet mich am meisten. Es hat Ewigkeiten gedauert, sie davon zu überzeugen, allein zu Hause bleiben zu dürfen, während sie und Dad auf Geschäftsreise sind. Wenn ich es ihr erzähle, wird sie sofort nach Hause fahren. Dann denkt sie, ich wäre nicht verantwortungsbewusst genug, um mich um mich selbst zu kümmern. Als würde es etwas an der Situation ändern, wenn sie hier wäre.

Das wird sie mir ewig vorhalten. Ewig. Ich kann unmöglich Sophie, Wes und Charlie fragen, ob sie mir Rückendeckung geben können, während ich im Country Club arbeite. Es würde niemals funktionieren.

Es wäre dumm, es überhaupt zu versuchen.

Dumm.

Mein Daumen verweilt über Moms Nummer. Ich spüre, wie sich Hitze in meiner Brust ausbreitet. Plötzlich springe ich auf.

Doch. Ich werde dumm sein. Und ich hoffe, dass Charlie, Sophie und Wes mit mir gemeinsam dumm sind.

8p.m.

Wahrheit #3: Es gibt nichts Schlimmeres als Wildpinkeln.

Montag, 9. Mai, Nachmittag

OLIVIA

Ich fahre direkt zu Nonna und finde die drei Menschen, die ich suche, an ihrem Küchentisch sitzend vor. Montags hat Nonnas und Nonnos Laden *Greenhouse Blumen und Geschenke* – abgesehen von den Feiertagen – geschlossen, deshalb ist es nicht ungewöhnlich, dass an diesem Tag viele zum Mittagessen hier sind.

»Was geht ab?«, frage ich, als ich zur Hintertür hereinkomme.

Ein Chor aus Begrüßungen hallt durch den Raum. Auch Charlies kleine Schwester Sara und seine Eltern sind da, und Onkel Charles und Tante Ayin, die anscheinend heute auch frei haben. Charlies Eltern haben sich auf den Philippinen kennengelernt, als sie für Ärzte ohne Grenzen gearbeitet haben. Seine Mom stammt von dort. Jetzt arbeiten sie hier in einem Krankenhaus, doch ihr Arbeitsplan ist so verrückt, dass ich ihn mir nie merken kann.

Auf der Küchentheke liegen drei riesige Pizzen, dazu Brotsticks und Käsesoße. Es kommt nur selten vor, dass Nonna nicht selbst kocht. »Pizza?« Ich greife mir sofort einen Teller, ohne eine Antwort abzuwarten. »Oh, *Sweep the Kitchen*. Meine Lieblingspizza.«

»Mom hatte ein Treffen in der Kirche wegen des Empfangs für den Bischof«, erklärt Onkel Charles.

Der neue Bischof ist so ziemlich das Einzige, was Nonna dazu bringen kann, zur Mittagszeit nicht zu Hause zu sein.

»Ich musste Morddrohungen aussprechen, damit sie dir ein oder zwei Stücke übrig lassen«, meint Sophie.

»Du hättest schon vor einer Stunde hier sein sollen«, fügt Charlie hinzu. »Ist doch nicht unsere Schuld, wenn du zu spät kommst.«

Wes schiebt mir die Box mit den Brotsticks zu. Er wartet, bis ich mich neben ihn gesetzt habe, bevor er sich zu mir lehnt. »Hast du alles geklärt?«

Mir entweicht ein nervöses Lachen. »Lustig, dass du fragst. Es ist alles ein bisschen komplizierter, als ich dachte.«

Wir sehen uns um, denn wir wollen das Thema nicht vor den anderen anschneiden. Schweigend treffen wir die

Vereinbarung, erst darüber zu reden, wenn wir wieder bei mir zu Hause sind.

Die Hintertür geht auf, und herein kommen Tante Maggie Mae und die Bösen Joes. Anscheinend ist Leo wieder nach Hause gefahren, denn er ist nicht dabei.

»Ist Mom nicht hier?«, fragt Tante Maggie Mae. Die Pizza ist ein eindeutiges Indiz.

Alle drei schieben schmollend die Unterlippen nach vorn, als sie von Onkel Charles erfahren, wo Nonna ist.

»Mist. Die Mädchen wollten sich ihre alten Hüte ansehen. Sie sind zu einer Derby-Lunchparty eingeladen!« Tante Maggie Mae sieht uns an. »Olivia, bist du auch dort?«

»Ist das Justinas Party?«, frage ich. Die anderen haben heute Morgen bei Bailey darüber gesprochen.

»Ja«, erwidert sie.

»Nein, bin ich nicht«, antworte ich. Justina und ich haben kaum etwas miteinander zu tun. Es wäre ziemlich seltsam gewesen, wenn sie mich eingeladen hätte.

Sie versuchen, mitleidig dreinzublicken, doch es erreicht nicht ihre Augen. »Zu schade. Das wird das Highlight der Woche«, flötet Tante Maggie Mae und sieht Sophie an. »Veranstalten deine Mitschüler keine Partys?« Ihr herablassender Ton trifft Sophie wie ein Speer direkt zwischen die Augen.

Sophie zuckt mit den Schultern. »Nicht wie ihr hier. Donnerstagabend findet eine große Party für alle statt. Das war's dann aber auch schon.«

Tante Maggie Mae will gerade den Mund öffnen, als ich reingrätsche. »Aber ich weiß, dass ich zu irgendeiner

Party mit Hüten eingeladen wurde. Mom hat mir letzte Woche einen gekauft. Ich glaube, es ist eine Teeparty oder so.«

Tante Maggie Mae überlegt, welche Party das sein könnte, zu der ich eingeladen wurde, ihre Töchter aber nicht. Zufällig weiß ich genau, dass Sarah Brooks die Bösen Joes jedoch genauso wenig mag wie ich.

Zum Glück betritt gerade Nonno die Küche, bevor die Situation eskalieren kann. »Mädels, ihr könnt nach oben gehen und schauen, was Nonna so hat. Ich glaube, ihre Hüte sind alle in den Schachteln im Schrank im Flur.«

Die drei verlassen den Raum, und Charlie gibt uns zu verstehen, dass wir jetzt besser verschwinden sollten. Sophie und Wes räumen den Tisch ab und das Geschirr in die Spülmaschine, während Charlie und ich die restliche Pizza wegräumen.

»Ich bringe die raus zum Müll«, sage ich und kämpfe mit den riesigen leeren Kartons. Als ich durch die Hintertür trete, stolpere ich fast über jemanden, der auf der Treppe sitzt. Ich kann mich gerade noch fangen, doch die leeren Kartons fliegen durch die Luft.

»Oh! Sorry!«, sagt Leo und hält mich mit einer Hand fest, während er mit der anderen nach einem Pizzakarton greift.

Wir stolpern ein wenig umher, bis ich schließlich die Hälfte der Kartons eingesammelt habe und er die andere Hälfte.

»Wird wohl zur Gewohnheit, dass wir uns so treffen«, scherze ich auf dem Weg zur Mülltonne.

»Ich habe erst auf dem Weg hierher erfahren, was wir

hier machen. Ich glaube, beim Hüte aussuchen kann ich nicht helfen.«

»Ich glaube, sie brauchen mehr Hilfe, als du denkst«, erwidere ich und verziehe das Gesicht, als ich meinen bissigen Tonfall höre. Ich darf nicht vergessen, dass er sie mag. »Du hättest reinkommen und mit uns Pizza essen können«, füge ich hinzu.

Er sieht mich an, als würde er sich fragen, ob ich das tatsächlich ernst meine. »Mit dir, Charlie, Sophie und Wes? Hätte ich denn bei euch am Tisch sitzen dürfen?«

Neckend stoße ich ihn mit der Schulter an, die Arme immer noch voller Kartons. »Ich hätte dir ein Stück zugeworfen.«

Lachend stößt er mich ebenfalls an. »Dann bereue ich es, draußen geblieben zu sein.«

Es ist nicht einfach, die Kartons so zu falten, dass sie in die Tonne passen. Also legt Leo sie auf den Boden und trampelt auf ihnen herum.

»Das sollte gehen«, sagt er, als er auch noch den letzten Karton in die Mülltonne stopft.

»Jetzt solltest du mindestens zwei Stücke kriegen, weil du mir geholfen hast.«

»Vielleicht sollte ich dich auch zusammenfalten und in die Tonne stecken!«

Kichernd gehen wir zurück zum Haus.

»Bist du fertig?«, fragt Charlie durch die offene Hintertür.

»Ja«, antworte ich und wende mich Leo zu. »Bis dann.«

»Ich sitze auf der Veranda, falls du mich brauchst«, erwidert er schmunzelnd.

Ich schließe zu Charlie, Wes und Sophie auf, die bereits in der Einfahrt sind.

»Was war das denn?«, will Wes wissen.

Ich zucke mit den Schultern. »Gar nichts. Er hat mir nur mit den Pizzakartons geholfen.«

Ich gehe voraus, damit Wes mich nicht länger ansieht, als wäre ich eine Verräterin.

***

Ich habe noch nicht richtig unsere Haustür aufgeschlossen, da sitzt Sophie bereits am Küchentisch. »Okay, zurück zum eigentlichen Thema. Hat der Coach das Formular unterschrieben?«

»Nein«, erwidere ich.

Sophie steht so schnell auf, dass ihr Stuhl beinahe umkippt.

»Hey, Tiger. Wohin des Weges?«, fragt Wes.

Sophie lässt sich wieder auf den Stuhl plumpsen. »Ich … Es ist nur … Wie kann es sein, dass er nicht unterschrieben hat?«

Ich lege den Kopf schief. »Na ja, es ist hauptsächlich meine Schuld.« Dann erzähle ich ihnen alles.

Charlie lehnt sich auf seinem Stuhl zurück. »Also keine große Sache. Du hängst ein bisschen auf dem Golfplatz rum. Kriegst ein wenig Sonne ab. Ist doch nichts dabei.«

»Warum machst du so ein Gesicht?«, fragt mich Wes. Dann wendet er sich an Sophie. »Es ist nie gut, wenn sie so dreinblickt.«

»Die Sache hat einen Haken«, erkläre ich.

Charlie schüttelt bereits den Kopf.

Ich sehe ihn an und nicke.

»Was für einen Haken?«, fragt Sophie.

»Ich werde Mom und Dad nicht erzählen, was passiert ist. Das überlebe ich nicht. Die ganze Familie würde davon erfahren. Ich würde mir lieber ein Auge ausstechen, als mir Tante Maggie Maes Geschwätz anzuhören.«

»Okay«, erwidert Wes langgezogen. »Ich kapiere es immer noch nicht.«

Ich deute auf die Einladungen an der Schnur. »Ich bin diese Woche jeden Tag auf einer Party eingeladen. Und Mom beobachtet jede meiner Bewegungen. Sie wird wissen, dass ich nicht dort bin. Und sie wird auch wissen, dass ich stattdessen beim *Ellerbe Hills Country Club* bin. Das kann ich unmöglich vor ihr verstecken.«

»Ich weiß genau, was du vorhast«, bemerkt Charlie. »Ich hatte dein Handy nur neunzig Minuten lang, und Tante Lisa hat siebzehn Mal geschrieben. Sieb–Zehn.«

Ich hebe die Hände, damit sie nicht kneifen, bevor ich sie überhaupt um Hilfe bitten konnte. »Wir können untereinander tauschen. Ich weiß, dass wir das schaffen würden. Und ich werde für immer in eurer Schuld stehen.«

Sophie drückt meine Hand. »Ohne dich hätte ich die Weihnachtsferien nicht überlebt. Ich bin dabei.« Dann rammt sie Wes so fest den Ellbogen in die Rippen, dass er vor Schmerz stöhnt.

»Aua. Ich bin auch dabei«, presst er hervor. Sophie gibt ihm einen lauten Schmatzer auf die Wange.

»Wir können zusammenarbeiten«, flüstert sie ihm zu.

»Bin ich der Einzige, der merkt, wie verrückt dieser Plan ist?«, fragt Charlie und lässt den Kopf auf den Tisch sinken. »Ich schätze, dann bin ich wohl auch dabei«, murmelt er.

Ich springe auf und umarme sie der Reihe nach.

»Aber am Mittwoch kann ich leider nicht helfen«, erklärt Sophie. »Da kaufen Mom und ich mein Kleid für die Abschlussfeier.«

»Ich kann den Mittwoch übernehmen. Aber Donnerstag kann ich nicht. Da muss ich den ganzen Tag bei Nonna im Laden arbeiten«, sagt Charlie.

»Ich mache den Donnerstag«, bietet Wes an.

Ich könnte heulen.

»Okay, dann übernehme ich morgen«, sagt Sophie. »Charlie nimmt Mittwoch, Wes Donnerstag. Was ist mit Freitag?«

»Das überlegen wir uns noch, falls wir bis dahin nicht aufgeflogen sind. Es würde mich wundern, wenn wir alle mit deiner Mom schreiben und sie nicht merkt, dass wir nicht du sind«, bemerkt Wes.

Sophie stellt sich vor die Schnur mit den Einladungen. »Welche Party findet morgen statt?«

»Es sind sogar zwei«, erwidere ich. »Die von Sarah Brooks ist mittags. Ich glaube, die Teeparty? Auf jeden Fall die mit dem Hut. Und morgen Abend ist noch eine Toga-Party.«

Wes' Kopf schnellt in die Höhe. »Ich glaube, zu der bin ich auch eingeladen.« Dann wendet er sich Sophie zu. »Morgen Abend findet eine Toga-Party statt. Und du kommst mit.«

Lachend boxt sie ihm gegen den Arm. »Danke, dass du mir so früh Bescheid gibst.«

Charlie nickt. »Ja, ich habe auch eine bekommen.« Dann sieht er mich an. »Aber bis dahin bist du bestimmt fertig, oder? Dann können wir alle zusammen hingehen.«

»Ja, ich muss bestimmt nur bis nachmittags arbeiten. Und Sophie, hoffentlich kann ich mittags für eine Stunde verschwinden, damit ich kurz bei der Teeparty vorbeischauen kann. Die würde ich nur ungern verpassen.«

»Okay, gut«, erwidert Sophie. »Jetzt brauchen wir nur noch Bettlaken für die Toga-Party …«

Nachdem wir alle Schränke und Kommoden durchwühlt haben, sitzen wir wieder unten im Wohnzimmer und sehen fern.

»Was wollen wir heute Abend essen?«, fragt Charlie irgendwann.

Wes und Sophie liegen auf dem Sofa. »Du weißt, dass es bei Nonna etwas geben wird«, erwidert Wes.

Gerade als Charlie zu einer Antwort ansetzt, bekommen er, Wes und ich gleichzeitig eine Textnachricht.

»Okay, jetzt komme ich mir ein bisschen vor wie die Außenseiterin«, gesteht Sophie, als wir alle nach unseren Handys greifen.

Charlie springt vom Sessel auf und stößt die Faust in die Luft. »Ja, Mann!«

Ich öffne die Nachricht. Es ist das Bild eines Wagenrads, darunter steht *20:00 Uhr* geschrieben. »Heute Abend? Es ist Montag!«, bemerke ich.

Wes zeigt Sophie die Nachricht. »Was ist das? Eine Art Notfall-Bat-Signal?«, fragt sie.

»Genau! Heute Abend wird gefeiert!«, schreit Charlie.

»Wir sitzen direkt neben dir«, erwidere ich.

Das *Wagon Wheel* ist eine alte Bar außerhalb der Stadt. Sie ist vor ungefähr zwanzig Jahren pleite gegangen, und das Grundstück wurde von Leuten aufgekauft, deren Söhne mit uns zur Schule gehen – Miller und Will Hudson. Sie schmeißen dort gern Partys, weil die Wahrscheinlichkeit, erwischt zu werden, äußerst gering ist. Aber die Einladungen kommen immer sehr kurzfristig. Da es sich nicht so schnell herumsprechen kann, gerät auch nichts außer Kontrolle.

»Ich muss morgen um halb acht auf dem Golfplatz sein. Wir können also nicht allzu lange bleiben«, erinnere ich sie. Ich will die Party auf keinen Fall verpassen, aber ich befürchte, der morgige Tag wird noch schlimmer als ohnehin schon, wenn ich bis spät in die Nacht wegbleibe.

Charlie sieht mich an, als hätte ich den Verstand verloren. »Es ist Senior Party Week. Wir werden nicht früh nach Hause gehen!«

Japp. Morgen wird genauso schlimm werden wie befürchtet.

***

Um Punkt acht erreichen wir das Wagon Wheel, eine quadratische Blockhütte mit rostigem Metalldach. Nirgendwo hängt ein Schild, an der Hauswand lehnt lediglich ein Wagenrad, das mindestens hundert Jahre alt ist. Der Parkplatz ist von Gras überwuchert, und aus dem Seitenfenster wächst tatsächlich ein kleiner Baum heraus. Der lange Tresen steht noch, doch der Fußboden ist definitiv in die Jahre gekommen. Das Dach hat ein paar Löcher, daher ist es hier im Winter ziemlich kalt. Aber im Großen und Ganzen ist es eine coole Location für eine Highschool-Party.

Und nur, weil wir pünktlich sind, heißt das nicht, dass wir auch die Ersten sind. Auf dem Feld neben dem Gebäude stehen schon mindestens zwanzig Autos.

Alle leben für diese Partys.

»Ich fasse nicht, dass ich noch nie hier gewesen bin«, staunt Sophie.

Wes zuckt mit den Schultern. »Seit Weihnachten waren wir immer in Minden, wenn hier eine Party stattgefunden hat.«

Drinnen ist die Musik laut, und das einzige Licht kommt von den Lichterketten an der Zimmerdecke.

In der Mitte des Raums steht ein Bierfass, und die Leute stehen mit ihren roten Plastikbechern Schlange.

»Ich bin froh, dass du fährst, Wes!«, schreit Charlie und stellt sich ebenfalls an. Ein paar Minuten später kommt er mit drei Bier für uns und einem Wasser für Wes zurück.

Die Bar wird schnell immer voller. Ich beschließe, höchstens ein Bier zu trinken, denn aufs Klo gehen kann man hier nicht wirklich. Man muss sich draußen ein stilles Örtchen suchen.

Nein, danke.

Charlie steuert auf die ehemalige Tanzfläche zu, während Wes, Sophie und ich lieber an der Seite stehen bleiben. In meiner Tasche vibriert mein Handy. Eine Nachricht von Mom.

MOM: Wo um alles in der Welt bist du?
ICH: Auf einer Party auf einem Grundstück von ein paar Freunden.
MOM: Wer fährt?
ICH: Wes. Und er trinkt Wasser.
MOM: Okay. Schreib mir, sobald ihr losfahrt.

Ich schiebe das Handy zurück in die Hosentasche, als ich neben mir jemanden sagen höre: »Der Coach wollte mir nicht verraten, warum du dich plötzlich für Golf interessierst.«

Ich wirble herum. Schon wieder Locke. Ich habe Mühe, nicht die Augen zu verdrehen.

Wenigstens erzählt Coach Cantu nicht herum, wie sehr ich die Sache vermasselt habe. »Ich habe an seinem Kurs teilgenommen. Warum hätte ich das tun sollen, wenn ich mich nicht für Golf interessieren würde?«

»Ich habe dich noch nie bei einem Turnier gesehen. Und dann bist du ausgerechnet in der letzten Schulwoche jeden Tag da?«

Ich schürze die Lippen. »Warum interessiert dich, was ich tue?«

»Ich bin nur überrascht. Ich hätte nie gedacht, dass du die ganzen Partys sausen lässt, um auf dem Golfplatz abzuhängen.«

Japp. Erwischt. Ich beschließe, ihn zu ignorieren und konzentriere mich wieder auf die Tanzfläche. Charlie hat gemerkt, dass ich mich mit Locke unterhalte. Ich weiß genau, dass er mich später ausquetschen wird.

»Und mich überrascht es, dass du hier bist«, sage ich zu

Locke, ohne ihn anzusehen. »Musst du morgen nicht sehr früh auf dem Platz sein?«

Er hält mir eine Wasserflasche vor die Nase. »Das wird vielleicht die letzte Party im Wagon Wheel sein. Die konnte ich mir doch nicht entgehen lassen.«

Ich halte meinen roten Plastikbecher in die Höhe. »Ja, geht mir genauso!«

Miller und Will stehen auf der anderen Seite der Tanzfläche auf einer improvisierten Bühne und machen mit einem Laptop und dem größten Lautsprecher, den ich je gesehen habe, einen auf DJ. Will hält eine große Taschenlampe in den Händen, Miller ein Mikrofon. Sobald die Taschenlampe auf jemanden gerichtet und dessen Name verkündet wird, muss derjenige seine Moves zeigen.

Es dauert nicht lange, bis das Licht der Taschenlampe auf Charlie fällt.

»Charlie Messina!«, ruft Miller. Charlie legt einen Dancemove hin, den ich noch nie gesehen habe – und auch nie wiedersehen will. Aber da es nun mal Charlie ist, jubelt der ganze Raum, bevor Miller und Will ihr nächstes Opfer aussuchen.

Wes tritt vor Sophie und mich. »Los, Zeit zu tanzen«, verkündet er und zieht uns in Richtung Charlie. Und da Locke es neulich auch nicht für nötig gehalten hat, sich von mir zu verabschieden, sage ich ihm jetzt auch nicht Tschüss.

Mit so vielen Menschen in einem Raum wird es schnell warm und stickig. Die Luft bewegt sich kaum. Lediglich durch die geöffnete Hintertür kommt ein wenig frischer Wind.

Mit der Hand fächle ich mir Luft zu und lehne mich zu Sophie, damit sie mich versteht. »Ich hole mir ein Wasser!«

Sie nickt, und ich bahne mir einen Weg durch die Menge. Ich muss zwei Eistruhen durchwühlen, bevor ich eine Wasserflasche finde.

»Gibt's noch eine?«

Ich blicke auf und sehe Leo.

»Oh, hey!« Ich greife wieder in die Truhe und fische eine Flasche für ihn heraus.

»Danke«, sagt er, als ich sie ihm reiche.

Ich mustere ihn verstohlen. Er ist ein bisschen verschwitzt, und seine Haare sind jetzt *richtig* lockig. Ich sehe mich nach den Bösen Joes um, kann sie jedoch nirgendwo entdecken.

»Sie sind draußen«, erklärt er und deutet auf die offene Hintertür.

»Anscheinend bin ich leicht zu durchschauen«, bemerke ich.

Er grinst mich schief an. »Immer, wenn mich jemand von euch sieht, blickt ihr euch automatisch auch nach ihnen um. Das ist irgendwie lustig.«

»Es ist immer gut zu wissen, wo deine Feinde sind«, erwidere ich lachend, obwohl wir beide wissen, dass ich keine Scherze mache.

»Hat Nonna mal wieder versucht, einen von euch zu verkuppeln?«, fragt er und wechselt das Thema. »Die Mädels haben mir davon erzählt. Einfach zum Schießen.«

Kurz zögere ich. »Haben dir die *Mädels* auch von dem Date erzählt, dass sie für Sophie organsiert haben?«

»Das Filmdate, richtig? Was war daran falsch?«

Ich schnappe nach Luft wie ein Fisch auf dem Trockenen. »Oh, ein *Filmdate*, ja? Das haben sie dir erzählt?«

Mein Tonfall verrät ihm, dass das Gespräch eine Wendung nimmt, die er nicht beabsichtigt hat. »Beruhig dich. Ich wollte dich nicht verärgern.«

Beruhig dich. Diese zwei Worte sind für mich wie ein rotes Tuch, das man einem Stier vor die Schnauze hält.

»Oh, ich bin ruhig. Aber du solltest wissen, was damals wirklich passiert ist. Frag die *Mädels*.«

Ich lasse ihn stehen und gehe wieder zu Wes und Sophie auf die Tanzfläche. Doch so sehr ich es auch versuche – immer wieder sehe ich mich nach Leo um. Gerade macht er beim Bier-Pong mit. Die Bösen Joes und ihre Freunde sind an seiner Seite. Und es ist kein gutes Zeichen, dass ich ihn so lange beobachte, dass mir sogar auffällt, dass seine Teamkollegen für ihn trinken, wenn er nicht trifft. Anscheinend ist er heute Abend ihr Chauffeur.

Ich brauche dringend mehr Abstand, bevor ich mich noch blamiere. Also mache ich mich auf die Suche nach Mia und Bailey.

»Juhu! Da ist ja Olivia!«, quietscht Bailey, als ich mich zu ihnen geselle.

Sie sitzen auf dem Tresen. Mia streckt mir ihre Hand entgegen. »Spring drauf. Von hier oben hat man die beste Aussicht.«

Ich ergreife ihre Hand, und sie zieht mich hoch. Ich quetsche mich zwischen die beiden. Wir beobachten die Leute, und obwohl ich eigentlich aufhören wollte, Leo anzustarren, tue ich genau das.

Bailey lehnt sich zu mir, damit ich sie trotz der lauten Musik verstehe. »Ein paar Leute übernachten heute bei mir, falls du auch kommen willst.«

Ich wende mich ihr zu. »Oh, ich kann leider nicht. Sophie ist gerade da und schläft bei mir.« Dass ich morgen früh aufstehen muss, lasse ich unerwähnt.

»Das haben wir uns schon gedacht, aber ich wollte dich trotzdem fragen.«

Ich versuche, nicht das Gesicht zu verziehen. Das passiert ziemlich häufig, und es ist mir ein wenig unangenehm, dass ich Baileys Einladungen immer ablehne. Zum Glück wählen Miller und Will in dem Moment ein neues Opfer aus. Somit ist die Absage schnell vergessen.

Nach ein paar Songs arbeitet sich Sophie auf der Suche nach mir durch die Menge. Sie begrüßt Bailey und Mia mit einem »Hi«, und sie erwidern es. Sophie lehnt sich neben mir gegen den Tresen. »Ich will zwar nicht, aber ich muss mal auf die Toilette. Und da das Klo ein Busch im Wald ist, will ich nicht allein gehen.«

Plötzlich geht es mir genauso.

»Ja, ich muss auch.« Ich rutsche vom Tresen und wende mich Bailey und Mia zu. »Müsst ihr auch aufs Klo?«

Sie schütteln die Köpfe. Sophie packt mich, zieht mich mit sich ins Freie und bleibt nicht eher stehen, bis wir von Bäumen und Büschen umringt sind. Das ist der Nachteil, wenn man in einem verlassenen Gebäude Party macht.

Sophie zieht ein paar Servietten aus der Hosentasche. »Hier«, sagt sie und reicht mir eine. Dafür, dass sie zum ersten Mal hier ist, ist sie besser vorbereitet als ich. »Bei uns finden ständig Partys auf dem Feld statt. Man sollte immer ein, zwei Servietten oder Taschentücher dabeihaben.«

Eine Weile stehen wir einfach nur da, die Hände bereits am Hosenbund. Man kann immer noch die Musik hören, aber auch das Zwitschern der Vögel und das Rascheln in den Büschen. Es ist stockdunkel, und ich muss an all die Horrorfilme denken, die ich bisher gesehen habe.

»Ich habe immer Angst, dass mir irgendwas in den Hintern beißt«, gestehe ich.

Sophie lacht zwar, trampelt dann aber wie verrückt umher und knurrt.

»Vielleicht sind wir jetzt ungestörter«, meint sie, als sie fertig ist.

»Dann sollten wir uns besser beeilen!«, antworte ich grinsend.

Als wir fertig sind, bahnen wir uns unseren Weg zurück zum Haus. Wir haben beinahe den Waldrand erreicht, als mich Sophie am Arm packt und zurückzieht.

»Sieh mal, wer da ist«, flüstert sie.

Die Bösen Joes suchen ebenfalls nach einem stillen Örtchen. Wir schleichen zurück in den Wald, ohne sie aus den Augen zu verlieren. In ihren weißen Shirts leuchten sie förmlich im Dunkeln. Wir warten, bis sie einen geeigneten Platz gefunden haben, dann greift Sophie nach einem dicken Ast und wirft ihn in ihre Richtung. Beide fangen an zu schreien, und wir platzen fast vor Lachen.

Die Bösen Joes sprinten zurück zum Wagon Wheel und ziehen sich im Rennen die Hosen hoch. Zum Glück war ich schon auf der Toilette, sonst würde ich mir jetzt in die Hosen machen.

»Okay, ich glaube, wir sind quitt«, bemerkt Sophie.

***

Es hat Ewigkeiten gedauert, Charlie von der Tanzfläche zu schleifen. Hätten wir ihn gelassen, wäre er bis zum bitteren Ende geblieben.

»Du hast heute ganz schön oft mit Bianca getanzt«, bemerke ich.

Charlie und ich sitzen hinten, Sophie auf dem Beifahrersitz. Er dreht sich zu mir. »Habe ich das richtig gesehen, dass du dich mit Locke unterhalten hast?«

»Vielleicht zwei Minuten. Du hast mindestens zwei Stunden lang mit Bianca getanzt.« Ich hebe die Hände. »Versteh mich nicht falsch. Ich liebe sie. Ihr wärt ein süßes Paar.«

Ich necke ihn gern, weil Charlie den Frauen abgeschworen hat. Er will Single sein, wenn er aufs College geht, um dort die Frauenwelt aufzumischen. Seine Worte, nicht meine.

»Mit ihr kann man Spaß haben. Das ist alles«, erwidert er. »Außerdem zieht sie weit weg. Ich glaube, nach Georgia. Oder Alabama.«

»Das ist doch nicht weit«, widerspricht Wes.

»Weit genug. Außerdem hast du gut reden. Du kannst es kaum erwarten, bis du und Sophie in derselben Stadt lebt, obwohl ihr jetzt auch nur dreißig Minuten voneinander entfernt wohnt.«

Wes grinst in den Rückspiegel. »Erwischt.«

Kurz darauf stehen wir vor meinem Haus. Sophie übernachtet bei mir und übernimmt morgen mein Handy, während ich auf dem Golfplatz bin.

Ich gehe rein, steige unter die Dusche und gehe ins Bett, während sie und Wes sich ausgiebig voneinander verabschieden. Plötzlich bin ich nervös wegen morgen. Ich nehme mein Handy vom Nachttisch und google *Golf*. Und *Golfturniere*. Und sehe mir Bilder und Videos an.

Golf ist eine große Sache.

Es wird immer offensichtlicher, dass ich dem Golfkurs nicht viel Beachtung geschenkt habe, denn die meisten Fachbegriffe sind mir unbekannt. Wahrscheinlich ist es die einzige Sportart, bei der man die niedrigste Punktzahl erzielen will. Und irgendwas sagt mir, dass das keine neue Info sein sollte. Obwohl ich zu meiner Verteidigung sagen muss, dass wir größtenteils Bälle geschlagen und an unserer Technik gearbeitet haben.

Aber diese Turniere sind Profiliga. Und ich verstehe, warum. Ein einziges gutes Spiel kann darüber entscheiden, ob man in ein Collegeteam aufgenommen wird (und ein Stipendium bekommt) oder nicht.

Schließlich kommt Sophie ins Zimmer. Es dauert nicht lange, bis sie sich zu mir ins Bett legt. Ich lege das Handy weg und versuche einzuschlafen.

Morgen wird ein langer Tag.

Wahrheit #4: Golfball-Pyramiden sind überbewertet.

Dienstag, 10. Mai, Morgen

OLIVIA

06:00 Uhr ist echt früh. Als mein Handywecker klingelt, ertönt neben mir Stöhnen und Murren.

»Mach ihn aus«, knurrt Sophie. »Mach, dass es aufhört.« Es fällt gerade genug Licht ins Zimmer, dass ich sehen kann, wie sie sich das Kissen aufs Gesicht drückt.

»Sorry«, flüstere ich und schleiche ins Bad. Zum Glück habe ich gestern Abend schon geduscht, also muss ich mir nur noch die Haare zusammenbinden und die Zähne putzen. Ich ziehe Shorts an, die ich in Moms Kleiderschrank gefunden habe, und ein T-Shirt mit dem Logo meiner

Schule. Auf den Fotos, die ich gestern gesehen habe, sah es aus, als würden alle Mädchen Tennisröcke tragen, aber der Coach meinte, ich solle in Shorts kommen. Ein Hoch auf den Teamgeist – obwohl sie gar nicht als Schulteam antreten. Aber was soll's.

»Sophie«, flüstere ich. »Ich muss jetzt los. Wir müssen noch die Handys tauschen.«

Sie knurrt. »Meins lädt auf dem Schreibtisch. Lass deins einfach hier.«

Nachdem der Handytausch vollzogen ist, mache ich mir einen Kaffee zum Mitnehmen und schnappe mir noch einen Müsliriegel, den ich auf dem Weg nach *Ellerbe Hills* verspeise.

Während der Fahrt male ich mir aus, wie mein Job wohl aussehen wird. Vielleicht muss ich die Punkte der Spieler notieren? Oder vielleicht Fotos machen und auf Social Media posten? Das wäre cool.

Ich will nicht lügen. Als ich wieder vor dem Pförtnerhaus stehe, benehme ich mich ein wenig überheblich. Es ist derselbe Typ, der mich gestern nicht reinlassen wollte.

Er tritt an mein Fenster und schenkt mir wieder den gleichen Blick. »Kann ich dir helfen?«

»Ja! Ich treffe mich hier mit Coach Cantu. Ich bin seine Assistentin.«

»Name?«

»Olivia Perkins.«

Sein Finger wandert über die Liste, bis er meinen Namen findet. »Ausweis?«

Ernsthaft? Wer würde denn bitte versuchen, sich hier hineinzuschleichen, um zu arbeiten?

Ich gebe ihm meinen Ausweis, und er hält ihn vor eine kleine Kamera, die an der Wand des Pförtnerhauses befestigt ist.

»Olivia Perkins. Mit Coach Cantu hier.«

Er gibt mir den Ausweis zurück, drückt in seinem Häuschen auf einen Knopf, und die Schranke öffnet sich.

Ich fühle mich wie eine Siegerin.

Der Weg führt durch ein Waldstück hindurch. Dahinter liegt das grünste Gras, das ich je gesehen habe. Es ist wirklich atemberaubend. Dann kommt das Clubhaus in Sichtweite. *Majestätisch* ist das treffendste Wort, das mir einfällt. Das Hauptgebäude ist ein zweistöckiges Haus aus rotem Backstein, mit umlaufender Veranda und deckenhohen Fenstern. Kräuselmyrte, riesige Farne und Rosenbüsche füllen die Blumenbeete. Direkt vor dem Haus ragt ein Springbrunnen in den Himmel. Und das alles, um einen kleinen weißen Ball in ein kleines Loch zu schießen.

Coach Cantu wartet auf dem Bürgersteig auf mich, in seinen Händen hält er einen dampfenden Kaffee.

Ich winke ihm zu, doch er wirft einen Blick auf seine Armbanduhr. Ich spähe auf Sophies Handy. Es ist 07:36 Uhr.

»Sorry. Kommt nicht wieder vor«, murmle ich. Kommen die sechs Minuten jetzt noch obendrauf?

»Lass uns loslegen. Wir müssen noch alles vorbereiten.«

Ich folge ihm zum Clubhaus. »Wann kommen die Spieler?«

»Heute ist Training, deshalb sind heute nicht alle da. Nur die, die noch üben wollen. Sie werden so spielen, wie es morgen vorgesehen ist, damit sie wissen, was auf sie zukommt. Für diejenigen, die nicht von hier sind, ist es wichtig, vor dem Turnier alles einmal durchzugehen. Vor allem bei einem so neuen Golfplatz wie diesem hier. Die meisten haben hier noch nicht gespielt.«

»Dann sind Sie heute also nicht als Coach hier? Ist das nicht seltsam?«

»Ich bin für den Club hier. Aber meine Spieler wissen, dass sie mich jederzeit alles fragen können«, erwidert er.

»Glauben Sie, heute kommen viele zum Üben?«, will ich wissen.

»Wenn sie das Turnier gewinnen wollen, werden sie auftauchen.«

Alles klar.

Coach Cantu öffnet eine Tür auf der Rückseite des Gebäudes. Dort stehen riesige Container mit Golfbällen, Stapel an grünen Behältern und einige pyramidenförmige Körbe.

»Wir müssen die Trainingsbälle verteilen. Ich zeige dir, wie es gemacht wird.«

Coach Cantu nimmt sich einen Eimer, befüllt ihn mit Golfbällen und stellt ihn auf die Rasenfläche vor dem Haus. Dann nimmt er einen der rechteckigen grünen Behälter und stellt ihn daneben. Als nächstes betritt er wieder den Raum und greift nach einem von diesen komischen Pyramidenkörben aus Metall. Er setzt ihn auf den grünen Behälter, und er rastet sofort ein. Dann schüttet er die Bälle aus dem Eimer in die Öffnung. Als er fertig ist, nimmt er den Metallkorb ab, und zurück bleibt eine perfekte Pyramide aus Golfbällen.

»Boah«, staune ich. »Das ist ja cool.«

Der Coach deutet in Richtung des Golfplatzes. »Es gibt fünfundzwanzig Stationen, an denen sich die Spieler aufwärmen können. Jede Station braucht eine solche Pyramide aus Bällen. Sobald ein Spieler fertig ist, bereitest du für den nächsten eine neue Pyramide vor.«

Ich nicke, als würden seine Anweisungen total Sinn ergeben. Und dann ist er weg und geht in Richtung Eingang des Clubhauses.

Also werde ich wohl keine Fotos für Social Media machen.

Es erscheint mir logisch, dass ich alle Sachen zuerst mit zu den einzelnen Stationen nehme, bevor ich die Pyramiden baue, ansonsten würden sie beim Transport in sich zusammenfallen. Aber ich habe nicht bedacht, wie schwer ein Eimer voller Golfbälle sein kann. Ich bin richtig am Schwitzen. Ich habe an der ersten Station alles vorbereitet, bereit, den Metallkorb abzunehmen. Doch dann bleibe ich an der Pyramide hängen. Die Bälle kullern herunter und verteilen sich in alle Richtungen. Als ich versuche, die Pyramide von Hand wiederaufzubauen, wird das Desaster nur noch größer. Also beginne ich noch mal von vorn. Ich brauche drei Versuche, bis ich meine erste perfekte Pyramide hinkriege.

Ich lasse den Blick über den Rasen schweifen. Noch vierundzwanzig weitere Stationen.

Als ich mit der fünften Pyramide fertig bin, taucht Lily auf. Sie gibt mir das gleiche kurzärmlige Trikot, das der Coach auch trägt, und ein Namensschild.

»Danke«, sage ich.

»Kein Problem. Mit dem Namensschild hast du Zutritt zu allen Bereichen.« Sie will gerade gehen, fügt dann aber lachend hinzu: »Du wirst alle Eltern eifersüchtig machen.«

Ich lache ebenfalls, obwohl ich ihren Scherz nicht verstehe.

Lily beginnt, auf kleinen Kreidetafeln die Namen der Spieler zu notieren, die sich zum Training angemeldet haben, während ich weiter meine Pyramiden baue. Von dieser Form werde ich heute Nacht bestimmt noch träumen. Alles, was ich sehe, verwandelt sich in eine Pyramide.

Die ersten Spieler erscheinen, bevor ich fertig bin. Für die letzten freien Plätze bildet sich bereits eine Schlange.

Ein Mädchen in einem weißen Tennisrock wippt ungeduldig mit dem Fuß. »Uns wurde gesagt, der Übungsplatz sei bereit, wenn wir ankommen«, schimpft sie.

Ich blicke zu ihr hoch und puste mir eine Haarsträhne aus dem schweißüberströmten Gesicht. Sie zieht die Nase kraus.

Am liebsten würde ich ihre Pyramide verfluchen.

Lily merkt, dass ich Hilfe brauche, also bauen wir die letzten drei Pyramiden gemeinsam auf.

Gerade als wir mit der letzten Station fertig sind und einer der Spieler anfängt zu üben, erscheint Coach Cantu. »Das darf morgen nicht noch mal passieren. Das bringt alle aus dem Konzept.«

»Ja, Coach«, murmle ich. »Was soll ich jetzt machen?«

Der Coach deutet auf einen kleinen Bereich in der Nähe einer Bank. »Warte dort drüben, während sich die Spieler aufwärmen. Sobald ein Spieler fertig ist, füllst du die Bälle nach. Falls jemand etwas braucht – Wasser, ein Handtuch, ein frisches T-Shirt, Batterien –, werden sie dir Bescheid geben. Der Shop befindet sich im Clubhaus. Entweder geben sie dir das Geld, oder sie lassen es sich auf die Rechnung setzen. Die meisten Clubs hier in Louisiana gehören demselben Netzwerk an, also können die Spieler sich die Rechnung an ihren Heimclub schicken lassen.«

»Okay, das kriege ich hin.«

Er will gerade gehen, bleibt dann aber noch mal stehen und fügt hinzu: »Ich habe meinen Spielern deine Nummer gegeben, falls sie mich dringend brauchen.«

O Gott. Das muss ich sofort Sophie sagen, damit sie mir die Nachrichten weiterleitet. Am liebsten würde ich ihn anschreien, dass er gefälligst selbst ein Handy bei sich tragen soll. Ich entferne mich ein Stückchen von den Golfern, damit ich niemanden ablenke, aber auch nicht zu weit weg bin. Mein Blick fällt auf das Shirt, das mir Lily gegeben hat. Ich muss mich unbedingt umziehen, habe aber Angst, meinen Posten zu verlassen. Also ziehe ich das Trikot über den Kopf und versuche, aus meinem Shirt zu schlüpfen, ohne mich allzu sehr zu entblößen. Wahrscheinlich sieht es total lächerlich aus.

Ich knülle mein T-Shirt zusammen und lege es neben meine Handtasche. Ich trage das neue Shirt erst seit ein paar Sekunden, fühle mich aber schon jetzt verschwitzt.

Mein Gott, diese Hitze.

Ich versuche, nicht darüber nachzudenken, wie elend ich mich fühle, und konzentriere mich auf die Spieler. Es dauert nicht lange, bis ich merke, dass jeder einen anderen Aufschlag hat. Manche vollführen lustige kleine Rituale.

Die Spieler meiner Schule sind vor ein paar Minuten angekommen, weshalb ich ihnen besonders viel Aufmerksamkeit schenke. Lily hat mir erzählt, dass neben Chloe, Tanika und Em Beth auch Locke, David Pham und Cal Rivers beim Turnier antreten werden.

Chloe benutzt ihren Schläger, um sich einen Ball von der Pyramide zu nehmen, aber ganz vorsichtig, damit sie nicht über den Haufen fällt. Jetzt, da ich weiß, wie leicht die Bälle herunterkullern, bewundere ich sie für ihr Geschick. Dann stellt sie sich in Position. Doch bevor sie den Ball abschlägt, wackelt sie ein wenig mit dem Po, stellt sich kurz auf die Zehenspitzen und wackelt erneut. Dann schlägt sie. Sie schlägt vier Bälle mit demselben Schläger, bevor sie ihn auswechselt. Doch die Routine bleibt dieselbe.

Ich lasse den Blick die Reihe hinabwandern und beobachte die Jungs. Auch sie scheinen ihre ganz eigenen Routinen zu haben. Cal hält den Schläger hoch über seinen Kopf und dehnt sich, bevor er zum Schlag ausholt. Jedes. Mal.

Es ist faszinierend.

Von den verschiedenen Routinen einmal abgesehen, wird mir auch bewusst, dass die Griffe der Schläger ebenfalls stark variieren. Die, die wir in der Schule benutzt haben, hatten weiße Griffe, die vom jahrelangen Gebrauch schon ziemlich abgenutzt waren. Doch der von Tanika ist grell pink und der von Locke langweilig schwarz (was mich nicht überrascht).

Alle Spieler sind hochkonzentriert. Es ist vollkommen still. Keiner redet. Alles, was man hört, ist das Geräusch, wenn der Ball abgeschlagen wird. Gerade als Locke zum nächsten Schlag ausholen will, ertönt Sophies Telefon in meiner Handtasche. Locke vermasselt seinen Schlag und trifft statt des Balls die Pyramide. Die Bälle spritzen in alle Himmelsrichtungen.

Ich krame nach dem Handy und versuche, es so schnell wie möglich auf lautlos zu stellen.

»Mach das Ding aus«, schimpft Locke.

»Und lass es aus«, fügt David hinzu.

Em Beth schenkt mir ein kleines Lächeln. »Schon okay. Du wusstest es ja nicht.«

Ich schäme mich. Noch nie in meinem ganzen Leben bin ich in irgendwas so schlecht gewesen.

Ich gehe ans Telefon, ohne nachzusehen, wer anruft, doch es überrascht mich nicht, als ich Sophies Stimme höre.

»Deine Mom hat schon angefangen zu schreiben. Ich dachte, es wäre einfach, ihr zu antworten, aber ich glaube, ich denke zu viel darüber nach.«

Ich gehe ein wenig beiseite, damit ich den Spielern mit meiner Stimme nicht den kompletten Tag ruiniere.

»Was will sie denn?«, flüstere ich.

»Warum flüsterst du?«, will Sophie wissen.

»Weil ich schon auf dem Golfplatz bin. Eine ziemlich ernste Angelegenheit, wie ich festgestellt habe. Ich dachte, sie würden mich umbringen, als das Handy geklingelt hat.«

»O nein! Tut mir leid! Ich hätte dir lieber schreiben sollen.«

»Nein, schon okay. Was will sie?«

Sie atmet laut aus. »Sie wollte mir einen guten Morgen wünschen. Und wissen, was meine Pläne für heute sind. Ich habe noch geschlafen. Deshalb hat sie mich ein wenig auf dem falschen Fuß erwischt. Ich weiß, dass heute Mittag die Teeparty und heute Abend die Toga-Party stattfindet. Aber gibt es sonst noch irgendwas, das ich heute tun sollte?«

»Sorry, so ist sie nun mal. Warte, deine Mom etwa nicht?« Unsere Mütter sind Zwillinge. Ich dachte immer, Sophie hätte die gleichen Probleme wie ich.

»Nein. Wahrscheinlich wird Mom heute nur einmal schreiben, um sicherzugehen, dass alles in Ordnung ist. Dann muss ich nur *Alles gut! Hänge mit O ab!* antworten. Das reicht ihr.«

Okay, das ist nicht fair.

»Schreib ihr einfach, dass du bis zur Teeparty zu Hause rumhängst. Ich versuche, pünktlich um zwölf da zu sein. Ich lasse mir irgendeine Ausrede einfallen, warum ich nicht bis zum Schluss bleiben kann. Dann düse ich zurück zum Golfplatz. Nach der Teeparty schreibst du ihr, dass wir an unseren Togen nähen oder irgendwas. Hoffentlich dauert das hier nicht allzu lange heute.«

»Okay, das könnte funktionieren. Auf der Einladung steht, dass die Party in irgendeinem Bed & Breakfast stattfindet. Ich werde ein paar Minuten eher da sein und davor auf dich warten. Muss ich dir irgendwas zum Anziehen mitbringen?«

Ich blicke an meinem verschwitzten Shirt herab. »Ja, bitte. Such irgendwas aus. Und Deo. Und passende Schuhe. Und meine Make-up-Tasche.«

Sophie lacht. »Sonst noch was?«

»Wenn ich vor der Party noch kurz duschen könnte, würde ich es tun.«

»Ich weiß nicht, ob ich dir damit helfen kann. Ruf an, falls dir noch was einfällt.«

»Danke, Soph! Ohne dich würde ich das nicht schaffen.«

Wir legen auf, und ich stelle sicher, dass das Handy auf lautlos ist, bevor ich es in meine Hosentasche stecke. In diesen Mom-Shorts und dem Shirt, das alles andere als hübsch ist, wirke ich völlig fehl am Platz. Die Mädchen hier tragen alle nur die teuersten Sportoutfits. Die kurzen Röcke, die engen Tops – und jede von ihnen hat eine große Schleife im Haar oder eine Schildmütze. Und alles passt farblich perfekt zusammen. Bis hinunter zu den Golfschuhen und den Socken, die man eh kaum sieht.

Langsam gehe ich hinter den Golfern auf und ab und beobachte, wie die Pyramiden immer kleiner werden.

»Guter Schuss, Leo!«, ruft ein Typ.

Moment mal. Er darf hier rumschreien, und ich ernte Todesblicke, weil mein Handy klingelt? Und dann realisiert mein Gehirn den Namen.

Das kann nicht sein. Das muss ein Zufall sein. Doch dann dreht er sich um.

Ich will gerade abhauen, als ich höre: »Olivia? Bist du das?«

Mist. Das passiert gerade nicht wirklich. So viel zum Thema *Meine Familie wird niemals herausfinden, was ich treibe*.

»Hey«, erwidere ich und versuche, die aufkeimende

Panik, erwischt zu werden, beiseitezuschieben. »Hey! Was machst du denn hier?«

Was machst du denn hier? Ähm, er spielt Golf. So blöd.

»Ein bisschen trainieren«, antwortet er gelassen, als hätte ich gerade nicht die dümmste Frage aller Zeiten gestellt.

»Ja. Natürlich«, entgegne ich.

Der andere Typ spielt weiter, während Leo mit seinem Golfschläger in der Hand auf mich zukommt. Der Griff ist leuchtend grün, was mich irgendwie überrascht, doch ich weiß nicht genau, warum.

Mir gehen eine Million Gedanken durch den Kopf. *Bitte sag keinem, dass ich hier bin! Wenn du erzählst, dass du mich getroffen hast, bist du ein toter Mann. Ich bin nicht Olivia, aber ich werde ständig mit ihr verwechselt!*

»Ich wusste nicht, dass du auch hier sein würdest. Arbeitest du hier? Keiner hat was davon gesagt.«

Jetzt ist es so weit.

»Ja, mir hat auch keiner gesagt, dass du hier sein würdest«, antworte ich und ignoriere seine Frage. *Aber wenn ich es gewusst hätte, hätte ich mich darauf vorbereitet! Ich hätte die ganze Zeit nach dir Ausschau gehalten.*

»Ja, ich mache morgen beim Turnier mit. Ich hoffe, dass ich für Herbst einen Platz im LSU-Team bekomme.«

Er muss ziemlich gut sein, um überhaupt die Chance zu bekommen, in ein Collegeteam aufgenommen zu werden. Seit Leo weggezogen ist, weiß ich nicht mehr viel über ihn. Hat er schon Golf gespielt, bevor er gegangen ist? Keine Ahnung! Ich weiß nur, dass er jetzt in Baton Rouge lebt, sich aber immer noch regelmäßig mit den

Bösen Joes trifft, denn manchmal sind sie an den Feiertagen (unwichtigere wie der Memorial Day oder der vierte Juli) bei seiner Familie, statt sie mit uns zu verbringen. Ich nehme an, er übernachtet während des Turniers bei Tante Maggie Mae.

»Oh, gut … Viel Glück …« Ich überlege, was ich noch sagen könnte, aber eigentlich will ich das Gespräch nur hinter mich bringen. »Hör zu. Meine Familie weiß nicht, dass ich diese Woche hier arbeite. Und das soll auch so bleiben. Wenn du es also bitte niemandem sagen würdest?«

Als er eine Augenbraue hebt, hebe ich auch eine. Dann lächelt er breit und strahlt übers ganze Gesicht.

»Nicht mal die anderen wissen davon?«, fragt er.

»Welche anderen?«

»Die anderen aus deiner Gang.« Er blickt hinauf in den blauen Himmel und blinzelt. »Wie nennt euch Mary Jo noch mal?«

Unweigerlich zucke ich zusammen. »Sie hat einen Namen für uns?« Das ist das Dümmste, was ich hätte fragen können. Ich weiß nicht mal, warum es mich so überrascht, schließlich haben wir auch einen Namen für uns: die Fantastischen Vier. Aber ich bin sicher, dass uns die Bösen Joes anders nennen. Und wir haben schließlich auch einen Namen für sie.

Dann fällt es ihm wieder ein. »Die Falschen Vier! Das war's!«

Falsch? Warum sind wir bitte falsch? »Was für ein dummer Name«, protestiere ich. Wenn ich das Charlie erzähle …

»Weiß einer von den Falschen Vier, wo du bist?«, fragt er.

Wieder hebe ich eine Augenbraue. »Nenn uns nicht so.« Ich warte kurz, bevor ich fortfahre. »Und ja, Charlie, Sophie und Wes wissen, dass ich hier bin. Aber das war's.«

Jetzt wird er ernst. »Warum willst du nicht, dass die anderen es erfahren?« Er lässt den Blick über den Golfplatz schweifen. »Es ist doch nicht schlimm, hier zu sein.«

Ich hole tief Luft. »Das ist meine Sache. Und es bedeutet mir sehr viel, hier zu sein. Können wir es bitte dabei belassen?«

Kurz mustert er mich. »Klar. Es bleibt unser kleines Geheimnis.«

Oh, ich weiß nicht, ob mir die Art gefällt, wie er *Geheimnis* betont hat.

»Entschuldigung?«, ruft mir einer der Golfer zu. »Wo bekomme ich noch mehr Bälle her?«

Die Hälfte der anderen Spieler ruft ihm zu, er solle gefälligst still sein.

»Ich muss los«, sage ich und gehe, bevor Leo noch etwas erwidern kann.

Das ist offiziell der schlimmste Tag aller Zeiten – und es ist gerade mal halb neun.

***

TELEFONDIENST: SOPHIE

Charlie hat mich bereits vorgewarnt, dass Tante Lisa eine Menge schreiben würde. Und das war kein Witz. Aber ich verstehe trotzdem nicht, warum er sich so beschwert hat. Wenn man es erst mal verstanden hat, ist es total logisch. Tante Lisa redet gern, und solange man ihr irgendeine Antwort gibt, ist alles gut. Sie ist wie meine Mom – nur in Warpgeschwindigkeit. Wir haben ein paar Mal hin- und hergeschrieben, was ehrlich gesagt ziemlich hilfreich war. Sie hat mich daran erinnert, was Olivia zur Party tragen soll. Schließlich habe ich von Olivia keine konkreten Anweisungen bekommen. Ich habe vollkommen das hübsche türkisfarbene Kleid vergessen, das wir letzten Monat zusammen in Dallas gekauft haben. Oh, und die goldenen Kreolen werden großartig dazu aussehen, vor allem, wenn sie die Haare zusammenbindet.

Doch dann fällt mir ein, dass sie ja einen Hut tragen soll. Ich muss unbedingt den Hut finden.

Da das Kleid ärmellos ist, packe ich noch einen Rasierer ein, falls sie sich unter den Armen rasieren möchte. Ich kenne mich in Olivias Zimmer so gut aus wie in meinem eigenen, deshalb fällt es mir leicht, alle Sachen zu finden, die sie haben will.

MOM: Die goldenen Schuhe mit dem Keilabsatz wären entzückend! Zieh die an!

Oh, tolle Idee, Tante Lisa. Die sind perfekt!

Ich tippe *Ja! Die werden super aussehen!*, lösche es aber wieder, weil das überhaupt nicht zu Olivia passt. Also schreibe ich stattdessen nur: *Ok*.

Olivias Handy vibriert immer weiter. Einer ihrer Gruppenchats dreht gerade vollkommen durch. Ich sehe nach, ob es irgendwas gibt, das sie wissen sollte, aber es geht hauptsächlich darum, wer was anzieht. Sollte ich für sie antworten? Oder geht das zu weit? Ein paar aus der Gruppe kenne ich, aber es fühlt sich falsch an, so zu tun, als wäre ich Olivia. Dann müssen sie sich eben wundern, warum sie nicht antwortet.

Es ist echt merkwürdig, für einen anderen die Kommunikation zu übernehmen. Olivia hat mir schon ein paar Nachrichten von meiner Freundin Addie in Minden weitergeleitet und eine von Wes, da er anscheinend vergessen hat, dass ich mit Olivia getauscht habe. Ich verstehe, warum sie nicht eine ihrer Schulfreundinnen gebeten hat, die Handys zu tauschen. Es gibt nur wenige Menschen, denen ich einen so tiefen Einblick in mein Leben gewähren würde.

Hm. Vielleicht hätte ich meine Unterhaltung mit Wes löschen sollen, bevor ich Olivia mein Handy gegeben habe. Wenn sie auf die Idee kommt, durch die Nachrichten zu scrollen, wird sie mich für immer und ewig damit aufziehen. Allein beim Gedanken werde ich rot.

Ich packe alles in eine Tasche, schließe die Haustür ab und verstecke den Schlüssel unter der Fußmatte, bevor ich zu meinem Auto gehe. Wes hat mir die Wegbeschreibung zu dem Bed & Breakfast geschickt, wo die Party stattfindet. Ich breche lieber frühzeitig auf, falls ich mich verfahre. Aber eigentlich ist es nicht weit.

Bis ich dort bin, hat Olivias Telefon etliche Male vibriert. Dieser Gruppenchat explodiert förmlich. Ich zücke das Handy, um nachzusehen, ob sie irgendwas Wichtiges verpasst, aber es ist ihre Mom.

MOM: Vergiss nicht, Mrs Woods guten Tag zu sagen und dich für die Einladung zu bedanken! Sie ist eine der Gastgeberinnen und in meiner Bunco-Gruppe. Sie redet seit Monaten von der Party!
ICH: Jawohl, Ma'am!

Ich drücke auf »Senden«, bevor ich das Ausrufezeichen wieder löschen kann. Na ja. Vielleicht denkt Tante Lisa dann, Olivia hätte heute besonders gute Laune. Ich darf nicht vergessen, Olivia zu sagen, dass sie sich unbedingt mit Mrs Woods unterhalten muss.

Ich verlasse den Chat mit Tante Lisa und sehe eine ungelesene Nachricht. Also öffne ich sie.

UNBEKANNTE NUMMER: Ich weiß nicht, wohin du verschwunden bist, aber sie suchen nach dir.

O nein. Ich rufe sofort mein Handy an. Olivia geht beim ersten Klingeln ran.

»Bin fast da! Sorry! War schwerer, als ich dachte, mich davonzuschleichen«, erklärt sie. Sie klingt nervös. Oder abgehetzt.

»Ich glaube, du musst zurückfahren«, erwidere ich. »Irgendjemand hat gerade geschrieben und meinte, sie würden dich suchen.«

»Was?«, kreischt sie. »Wer denn?«

»Ich weiß nicht. Du hast den Kontakt nicht abgespeichert. Soll ich fragen?«

»Nein!«, antwortet sie hastig. »Der Coach hat mir die Nummern von allen Leuten von meiner Schule gegeben, aber die von Locke war die einzige, die ich noch nicht hatte. Wahrscheinlich ist es er. Ignorier ihn einfach. Antworte ihm nicht.« Ich kann förmlich ihre Reifen quietschen hören, als sie umdreht. »Ich schätze, ich verpasse die Teeparty.«

O Mist!

»Warte! Deine Mom will, dass du Mrs Woods hallo sagst! Ich habe ihr schon geantwortet, dass du es tun würdest.«

Wir stöhnen beide.

»Dann musst du reingehen. Sei ich. Es wird ihr nicht auffallen«, bittet Olivia.

»Machst du Witze?« Meine Stimme klingt so schrill, dass ich sie selbst kaum wiedererkenne. »Ich meine, ja, man sieht, dass wir verwandt sind, das war's dann aber auch schon. Jeder, der dich kennt, weiß, dass ich nicht du bin.«

»Na ja, aber ich kann nicht kommen. Und wir können nicht schon am ersten Tag scheitern!«, erwidert sie. »Ich habe Mrs Woods seit Jahren nicht mehr gesehen. Wirklich. Seit Jahren. Wir sind gleich groß, haben die gleiche Haarfarbe, die gleiche Statur. Außerdem trägst du einen Hut. Sie wird es nicht merken. Ich schwöre. Du schaffst das!«

Während ich das türkisfarbene Kleid aus der Tasche ziehe, wird mir wieder bewusst, dass sie es immer schafft, mich zu dummen Sachen zu überreden. Ich klettere auf den Rücksitz, während mir Olivia über den Lautsprecher weiter gut zuredet.

»Geh rein, sag Mrs Woods kurz Hallo und geh wieder.

Ich schicke dir ihr Facebook-Foto, damit du weißt, wie sie aussieht. Sie haben einen Haufen Mädchen eingeladen. Du wirst nicht auffallen. Und sie werden nicht merken, wenn du gehst.«

»Ich fasse nicht, dass ich das wirklich tue«, murmle ich. Ich ziehe das Kleid an und schlüpfe aus meinen Shorts. Dann ziehe ich die Schuhe an und fahre mir durchs Haar, bevor ich den Hut aufsetze.

»Geh direkt rein. Du bist so früh dran, dass du weniger Leuten begegnen wirst. Okay, ich bin jetzt wieder auf dem Golfplatz. Ruf an, wenn du fertig bist. Ich hab dich lieb!«

Dann ist sie weg.

»Ich *fasse* nicht, dass ich da reingehen und so tun werde, als wäre ich sie«, schimpfe ich ins Leere. »Das ist das Dümmste, Blödeste, Lächerlichste, worum sie mich je gebeten hat. Und ich mache es auch noch.«

Ich steige schließlich aus, renne halb die Einfahrt zum Bed & Breakfast hinab und halte meinen Hut fest, damit er nicht weggeweht wird. Bisher sind nur wenige Autos hier, also hat Olivia vielleicht recht. Rein und raus. Es ist ein dreistöckiges blaues Haus. Wäre es ein normales Wohnhaus, würde man die Farbe als hässlich empfinden, aber für ein Bed & Breakfast funktioniert es irgendwie. Die Fensterrahmen wurden weiß gestrichen, und das Haus hat eine umlaufende Veranda, mit hängenden Farnen zwischen den Pfosten. Ich entscheide mich gegen die Haustür und gehe in den Garten, um den Hintereingang zu benutzen. Ich habe das Gefühl, ich muss zuerst herausfinden, worauf ich mich hier einlasse, bevor ich hineingehe.

Die Tür quietscht, als ich sie öffne, um einen Blick hineinzuwerfen. Vier Mütter arrangieren gerade die Blumen und das Essen. Der Raum ist erfüllt mit ihrem Geschnatter, und ich frage mich, wie sie dem Gespräch überhaupt folgen können, wenn alle gleichzeitig reden. Ich betrachte das Foto von Mrs Woods, das mir Olivia gerade geschickt hat. Sie ist blond, schlank, und ihr Haar endet direkt auf den Schultern. Wieder werfe ich einen Blick in das Zimmer. Großartig. Die anderen drei Moms sehen genau gleich aus.

Ich ziehe mich zurück und schließe leise die Tür. Dann stelle ich mich neben das Haus und rufe Wes per FaceTime an.

»Hey, was geht ab?«, fragt er, als die Verbindung steht. »Du siehst süß aus mit dem Hut!«

Hach! »Selber süß!«

Doch dann fällt mir wieder ein, wo ich bin und was ich hier tue. »Ich drehe gleich durch!«, flüstere ich panisch. Mein Gesicht ist so nahe am Display, dass er mir bestimmt direkt in die Nase gucken kann. »Olivia schafft es nicht. Und jetzt muss *ich* reingehen und einer Frau namens Mrs Woods Hallo sagen, weil Tante Lisa es so will. Und Olivia denkt, sie würde nicht merken, dass ich nicht sie bin. Aber komm schon, natürlich wird sie es merken. In diesem Zimmer sind vier Moms, und ich habe keine Ahnung, welche es ist oder ob die anderen Olivia kennen. Habe ich schon erwähnt, dass ich gleich durchdrehe?« Als ich zu Ende geredet habe, muss ich nach Luft schnappen.

»Okay. Alles wird gut. Keine Panik«, flüstert er zurück. »Kannst du das Handy so halten, dass ich die Moms sehen kann? Ich habe vor ein paar Jahren mit ihrem Sohn Fußball gespielt. Ich glaube, ich würde sie erkennen.«

Ich schleiche zurück zur Hintertür und öffne sie gerade weit genug, um das Smartphone durch den Spalt zu schieben. Ich gebe ihm vier Sekunden, bevor ich es wieder zurückziehe.

»Hast du sie gesehen?«

Und da ist dieses breite Grinsen, das ich so sehr liebe. »Ja, die im gelben Kleid. Die anderen Mütter kennen Olivia definitiv. Von denen solltest du dich also fernhalten. Warte, bis Mrs Woods allein ist. Dann ist alles gut. Sie ist ein bisschen schusselig. Olivia hat recht. Sie wird nicht merken, dass du nicht sie bist.«

Ich küsse das Display und verspreche ihm, ihn sofort anzurufen, sobald ich fertig bin. Ich muss jetzt erst mal herausfinden, ob es einen besseren Weg gibt, Mrs Woods allein zu erwischen. Also schleiche ich um das Haus herum, bis ich vor einem weißen Holztor stehe. Ich spähe durch die Latten und sehe, dass die Party hier hinten stattfinden wird. Es wirkt wie ein geheimer Garten. Kleine Bäume, blühende Pflanzen und Ranken säumen einen alten Steinweg, der zu einem Brunnen in der Gartenmitte führt. Seitlich steht ein langer Tisch mit drei riesigen Blumensträußen, einer links, einer rechts und einer in der Mitte. Ich zoome rein und knipse ein paar Fotos, um sie später Tante Lisa zu schicken. Überall stehen kleine runde Tische, auf denen kleinere Sträuße stehen, die zu den großen passen. Die fotografiere ich auch.

Ich will die beste Olivia sein, die ich sein kann.

Die Moms kommen aus dem Haus und arrangieren

die Tabletts mit dem Essen sorgfältig auf dem langen Tisch. Da keine mit gelbem Kleid dabei ist, renne ich zurück zur Seitentür und hoffe, dass Mrs Woods noch drin ist und ich sie allein erwische.

Ich reiße die Tür auf und gehe direkt auf sie zu.

»Hi!«, sage ich lauter als beabsichtigt.

Sie schreckt zusammen, schenkt mir dann aber ein breites Lächeln. Es ist offensichtlich, dass sie keine Ahnung hat, wer ich bin. Wird schon schiefgehen.

»Ich bin Olivia …«

»Ja, natürlich! Lisas Tochter. Du bist ihr wie aus dem Gesicht geschnitten!« Unsere Mütter sind Zwillinge, also ergibt das irgendwie Sinn. Strahlend und mit offenen Armen kommt sie auf mich zu.

»Vielen Dank für die Einladung! Alles sieht so hübsch aus.«

Sie umarmt mich vorsichtig. Wahrscheinlich wegen der Hüte und des Make-ups. »Schön, dass du da bist. Sarah ist noch oben. Sie sollte aber jeden Moment hier sein.« Dann lässt sie mich los und wendet sich wieder den Croissants zu, die frisch aus dem Ofen kommen. Mir läuft das Wasser im Mund zusammen. »Fühl dich wie zu Hause. Nimm dir was von der Bowle!«

Jetzt bin ich gefangen. Ich kann mich doch nicht einfach umdrehen und abhauen. Aber ich kann auch nicht raus in den Garten, sonst werde ich mit den anderen Müttern sprechen müssen, die genau wissen, dass ich nicht Olivia bin.

»Ich müsste mal zur Toilette«, sage ich. Ganz ruhig bleiben.

Mrs Woods deutet den schmalen Flur hinab. »Jedes der Schlafzimmer hat auch ein Badezimmer. Such dir eines aus!«

Und weg bin ich. Ich entscheide mich für das Schlafzimmer, das am weitesten entfernt ist, und schließe die Tür hinter mir ab. Dann rufe ich wieder Wes an.

»Hast du es lebend rausgeschafft?«, fragt er sofort.

»Nein!« Jetzt flüstere ich wieder panisch. »Ich bin in einem Schlafzimmer gefangen. Ich habe mit Mrs Woods gesprochen, aber dann habe ich Panik bekommen.«

Ich gehe im Zimmer auf und ab. Ich schwitze. Ich schwitze wie ein Verbrecher! Ich hätte das Deo benutzen sollen, das ich für Olivia mitgebracht habe.

»Geh einfach. Du denkst zu viel nach. Keiner wird etwas sagen. Also verschwinde einfach.«

»Natürlich denke ich zu viel darüber nach! Aber es hilft mir auch nicht, dass ich das weiß. Ich kann nichts dagegen tun.« Vor einem der Fenster bleibe ich stehen. »Ich klettere zum Fenster raus.«

»Was?« schreit er. »Soph, benutz einfach die Tür. Irgendeine Tür.«

Doch ich schüttle den Kopf. »Nope. Ich kann da nicht wieder raus. Ich rufe dich wieder an.« Ich lege auf und schiebe das Handy in meinen BH, denn das Kleid hat keine Taschen und ich werde beide Hände brauchen. Ich schiebe die Vorhänge zurück und öffne das Fenster. Als ich sehe, dass es zur vorderen Veranda zeigt, atme ich erleichtert aus. Ich renne zurück zur Tür und schließe sie auf, lasse sie aber zu. Gott, wenn mich jetzt jemand sieht, weiß ich nicht, wie ich das erklären soll.

Sophie Patrick, Eindringling und Flüchtling.

Ich versuche, das zweite Bein nachzuziehen, bleibe jedoch mit dem Keilabsatz am Sims hängen und stürze mit dem Kopf voran aus dem Fenster. Mein Hut rollt über die Veranda. Ich blicke auf. Vor der Haustür stehen drei Mädchen.

»Alles in Ordnung?«, fragt eine. Bestimmt habe ich mich gerade entblößt, aber darum kann ich mir jetzt keine Sorgen machen.

Ich kenne keine von ihnen, was gut ist. »Ja, ich bin ja so tollpatschig. Tut mir leid. Ich habe mich aus Versehen im Zimmer eingesperrt, als ich eine Toilette gesucht habe.«

Bestimmt halten sie mich für verrückt, aber wenigstens stellen sie keine Fragen. Das Mädchen, das am nächsten an der Tür steht, greift nach der Türklingel. Ich muss hier weg, bevor die Tür aufgeht, sonst bin ich wieder dort, wo ich angefangen habe.

Ich stürme an ihnen vorbei, schnappe mir meinen Hut, eile die Treppe hinab und verschwinde um die Ecke. Eine von ihnen höre ich fragen: »Wer war das?« Und eine andere antwortet: »Keine Ahnung, aber ich *liebe* ihre Schuhe.«

Erst als ich wieder im Auto sitze, kann ich mich ein wenig entspannen. Als in meinem BH Olivias Handy klingelt, fahre ich vor Schreck zusammen. Es ist Wes.

»Alles okay?«, fragt er sofort.

»Ja, ich bin jetzt raus. So etwas mache ich nie wieder.«

Er lacht so lange, dass ich beinahe auflege. Schließlich erwidert er: »Komm, wir treffen uns zum Mittagessen. Ich will alles wissen.«

»Ich kann nicht! Ich bin Olivia, schon vergessen? Ich

muss hier im Auto sitzen, bis die Party vorbei ist. Sonst erfährt Tante Lisa davon.«

»Okay. Ich besorge was zu essen und komme zu dir. Picknick in deinem Auto?«

»Ja! Croissants, wenn's geht!«

***

OLIVIA

Ich habe *Ellerbe Hills* erst vor neun Minuten verlassen, doch es fühlt sich an wie Stunden. Vielleicht habe ich aber auch vollkommen mein Zeitgefühl verloren, jetzt, da ich quasi hier lebe.

Als ich gegangen bin, haben die Spieler die Übungsstation verlassen, um eine ganze Runde zu spielen, so, wie sie es morgen beim Turnier tun werden. Ich habe die Bälle aufgefüllt, sie mit Snacks und Wasser und Batterien für Geräte versorgt, die ich noch nie in meinem Leben gesehen habe. Was könnte der Coach also jetzt noch von mir wollen?

Wenigstens erkennt mich der Pförtner sofort und winkt mich durch.

Ich parke so weit hinten wie möglich, damit mich der Coach nicht aus dem Auto steigen sieht, falls er in der Nähe ist. Ich eile über den Parkplatz. Es dauert nur wenige Minuten, bis ich das Clubhaus passiert habe und wieder auf dem Golfplatz bin. Und natürlich steht Coach Cantu da, die Hand schützend über die Augen gehalten, und sucht nach mir.

Als er mich schließlich entdeckt, wirkt er verärgert. »Olivia, du musst diese Flaggen verteilen.« In einem Karton liegen etliche kleine rote Flaggen an Metallstangen. Dann deutet er auf den Rasen. »Siehst du, wie ich die Flaggen entlang des Cartweges direkt neben dem Grün in die Erde gesteckt habe? Du weißt doch, was das Grün ist, oder? Der Bereich mit dem kurzen Gras direkt um das Loch?«

Ich nicke und versuche, mich nicht dafür zu schämen, dass er denkt, ich wüsste gar nichts über Golf. Ich meine, ja, ich weiß, was das Grün ist, aber ansonsten liegt er gar nicht so falsch.

»Du musst die Flaggen entlang des Weges aufstellen, immer neben dem Grün, damit die Eltern nicht zu nahekommen. Sie versuchen immer, alles aus nächster Nähe zu sehen, aber das wird hoffentlich helfen.«

»Alle paar Meter?«

»Ja, einfach den Weg entlang. Immer in der Nähe des Grüns.«

Ich dachte, beim Golfen müsste man immer ganz still sein, um bloß niemanden zu stören, aber wenn ich bis Mitternacht mit dem Aufstellen der Flaggen fertig werden will, muss ich *fliegen*.

»Bleib auf dem Cartweg. Und bleib stehen, wenn gerade jemand abschlägt«, sagt der Coach, als könnte er meine Gedanken lesen. Dann reicht er mir ein Walkie-Talkie. »Stell es auf die niedrigste Lautstärke. So kann ich dich wissen lassen, falls ich dich brauche.«

Ein Handy hat er nicht bei sich, aber ein Walkie-Talkie. Jetzt werde ich den Platz nie verlassen können.

Coach Cantu lädt eine Kühlbox in mein Golfmobil, zusammen mit einer Tasche voller Snacks, Papiertücher und Waschlappen.

»In der Kühlbox sind kalte Snacks, Wasser und Energydrinks«, erklärt er. »Die Waschlappen kann man im Eiswasser tränken, falls einer der Spieler überhitzt. Und es gibt auch einen Erste-Hilfe-Kasten. Melde dich, falls du etwas brauchst.«

Er winkt mit seinem Walkie-Talkie und verschwindet in Richtung Clubhaus. Es dauert viel zu lange, bis ich kapiere, wie man mit dem Golfcart umgeht. Die leichteste Berührung des Gaspedals lässt das Mobil nach vorn schießen, und wenn ich auf die Bremse trete, fliege ich fast durch die nicht vorhandene Windschutzscheibe. Und von dem schrecklichen Geräusch, wenn ich das Mobil in den Rückwärtsgang schalte, will ich gar nicht erst anfangen.

Ich beschließe, in numerischer Reihenfolge vorzugehen, also ist Loch Nummer eins als Erstes dran. Wie es aussieht, sind heute sowohl Leute da, die morgen am Turnier teilnehmen werden, als auch Golfer, die noch eine letzte Runde spielen wollen, bevor der Platz ab morgen für die Öffentlichkeit geschlossen wird. Es ist leicht zu erkennen, wer wer ist, denn zwischen den beiden Gruppen liegt ein Altersunterschied von mindestens vierzig Jahren.

Wenn keiner in der Nähe ist, fahre ich schneller, doch sobald ich jemanden sehe, bremse ich ab. Die Leute sind überall verteilt, und ich will niemandem das Spiel vermasseln. Es fahren noch ein paar andere Golfmobile herum, wahrscheinlich Eltern der Spieler. Manche machen Videos, während andere ihren Kindern Ratschläge zurufen.

Aber am allerwenigsten mag ich den Kerl, der jedes Mal mit seiner Tochter schimpft, wenn sie den Ball nicht so trifft, wie er es will.

»Sierra, das war ein Fehlschlag! Ich glaube, du hörst mir überhaupt nicht zu!«

Doch Sierra reagiert nicht. Stattdessen steckt sie den Schläger zurück in die Tasche und geht dahin, wo der Ball gelandet ist.

»Freddy, hör auf, sie die ganze Zeit anzuschreien«, ruft eine Frau aus einem anderen Golfmobil. »Sonst schmeißen sie dich wieder raus.«

Freddy schlägt den Kopf gegen das Lenkrad. »Ich schwöre, das macht sie mit Absicht. Weiß sie denn nicht, wie wichtig dieses Turnier ist?«

Ist ihm denn nicht bewusst, wie fürchterlich er ist? Ich verlasse ein wenig den Weg, damit ich um die beiden herumfahren und abhauen kann.

Jedes Loch ist anders. Zwischen manchen muss ich etliche Flaggen aufstellen, und der Weg schlängelt sich zwischen ihnen hindurch, während andere Löcher nur wenige Meter voneinander entfernt liegen.

Die Leute von meiner Schule sind gerade bei Loch vier. Ein paar Eltern sind auch dabei, aber niemand schreit so rum wie Sierras Dad. Als Cal und David ein Wasser brauchen, fühle ich mich endlich nützlich. Sie gehen gerade zurück zu ihren Taschen, als Locke auf mich zukommt.

»Hey! Brauchst du was zu trinken? Einen Snack?« Ich versuche, nett zu sein, weil er mir gesagt hat, dass der Coach nach mir sucht, aber es ist vergebliche Liebesmüh.

»Nein, aber hast du auch Schmerztabletten dabei?«

Ich drehe mich um und greife nach dem Erste-Hilfe-Set. Ich muss ein wenig suchen, finde aber schließlich eine kleine Flasche. »Wie viele brauchst du?«, frage ich.

»Vier«, erwidert er.

Das ist wahrscheinlich viel zu viel, aber ich gebe sie ihm trotzdem. »Sonst noch was?«, frage ich, nachdem er die Tabletten mit Wasser heruntergespült hat.

»Bist du die ganze Woche hier?«, will er wissen.

Ich zucke mit den Schultern. »Wahrscheinlich schon. Je nachdem, was der Coach sagt.« Natürlich weiß ich, dass ich die ganze Woche hier sein werde.

Kurz schweigt er, bevor er erwidert: »Die meisten von uns müssen gut abschneiden. Vor allem die, die ihren Abschluss machen. Mach uns das Leben also nicht schwerer, als es eh schon ist.«

Dann ist er weg.

Was war das denn? Beeinträchtige ich auf irgendeine Art und Weise sein Spiel? Haben die zwanzig Sekunden, die es gedauert hat, um mir die Nachricht wegen des Coachs zu schreiben, gereicht, um ihm den Tag zu ruinieren?

Ich steige wieder auf mein Golfcart und fahre weiter zum nächsten Loch. Ich weiß nicht, ob ich das eine ganze Woche lang aushalten werde.

Wahrheit #5: Nicht alle Togen sind aus demselben Stoff geschneidert.

Dienstag, 10. Mai, Nachmittag

TELEFONDIENST: SOPHIE

»Ich wünschte, ich hätte gesehen, wie du aus dem Fenster gefallen bist«, sagt Wes leise.

Er lacht, und ich ramme ihm den Ellbogen in die Rippen, was ihn nur noch mehr zum Lachen bringt.

»Ich bin sicher, ich habe den armen Mädchen meine Unterhose präsentiert. Wenigstens wussten sie nicht, wer ich bin.«

»Ich will nicht lügen. Ich habe ein bisschen Angst vor morgen«, gesteht Charlie.

Ja, wir machen uns alle Sorgen um Charlies Tag morgen.

Wir sitzen gerade bei Nonna in der Küche und essen Erdbeerkuchen. Ich bin immer noch Olivia und bekomme die ganze Zeit Nachrichten von ihrer Mom und ihren Freunden, die wissen wollen, wo sie ist. Und da sie sich auf ihren Social-Media-Profilen nicht ausgeloggt hat, kriege ich aus allen Richtungen Mitteilungen.

Ich antworte nur Tante Lisa, aber die Nachrichten stapeln sich.

»Soll ich Bailey und Mia auch antworten?«, frage ich Wes und Charlie. »Sie schreiben die ganze Zeit.«

Wes zuckt mit den Schultern und sieht mich ratlos an. »Vielleicht ganz knapp?«

Ich beschließe, nur auf Nachrichten zu reagieren. Alles andere kann Olivia später machen.

Ich tippe *Tut mir leid, dass ich die Party verpasst habe! Sah wundervoll aus! Musste meiner Großmutter im Laden helfen!*

Doch dann sagt Charlie: »Aber pass auf mit den Ausrufezeichen. Du bist viel enthusiastischer als Olivia. Das merkt man.«

Also überarbeite ich die Nachricht noch mal. Ich hasse es, wenn er recht hat. Ich schicke den Text ab und sehe, dass ich schon wieder eine neue Nachricht bekommen habe.

»Das ist schon die zweite Nachricht, die sie von dieser Nummer bekommt. Olivia meinte, es sei ein Kerl namens Locke«, erzähle ich.

Beide drehen die Köpfe zu mir.

»Zeig mal«, fordert Charlie.

Doch ich drücke das Handy an meine Brust. »Vielleicht will sie ja nicht, dass du es siehst«, erwidere ich.

Irritiert zieht Charlie die Stirn kraus. »Ich werde es morgen sowieso sehen, wenn ich DEN GANZEN TAG ihr Handy habe.« Dann nimmt er mir das Telefon weg.

Charlie liest die Nachricht laut vor. »Tut mir leid. Ich wollte mich vorhin nicht wie ein Arschloch verhalten. Hoffentlich hast du keinen Ärger bekommen.«

»Hä? Warum hat er sich wie ein Arschloch verhalten?«, fragt Wes.

»Sollen wir antworten?«, will Charlie wissen. »Und ihm sagen, dass er …«

»Nein!«, erwidere ich, ehe er den Satz beenden kann. »Er hat sich entschuldigt. Vielleicht ist er einfach nur gestresst?«

»Locke übertreibt es ziemlich. Golf ist für ihn wie die Luft zum Atmen.« Wes liest die Nachricht erneut.

Charlie zuckt mit den Schultern. »Ich kenne ihn nicht wirklich.«

»Weil er immer nur Golf spielt«, erwidert Wes.

Charlie will etwas entgegnen, als wir aus dem Flur Nonnas Stimme hören. Normalerweise ist sie um diese Uhrzeit im Laden, doch heute Nachmittag hat sie sich freigenommen, weil der Klempner vorbeikommt, um eins der Waschbecken oben zu reparieren.

»Ich habe diese kleinen Bilderrahmen gekauft, von denen ich dir erzählt habe. Da machen wir ihre Fotos vom Jahrbuch rein. Auf dem Konsolentisch im Flur werden sie bestimmt richtig hübsch aussehen«, sagt sie laut.

Ich stecke den Kopf in den Flur, um nachzusehen, ob sie mit uns redet, doch sie sortiert die Post, ihr Handy liegt auf dem Konsolentisch.

Und dann höre ich über den Lautsprecher Tante Lisas Stimme. »Oh, perfekt, Mom. Ich habe die Fotos zu Hause. Ich habe sie drucken lassen, bevor wir gefahren sind. Warum gibst du nicht Olivia die Bilderrahmen und sagst ihr, dass sie sie auf meinen Schreibtisch legen soll?«

Ich drehe mich zu Charlie und Wes um, die genauso panisch dreinblicken wie ich.

»Ich gebe sie ihr, sobald ich sie sehe, aber heute ist sie noch nicht hier gewesen«, erwidert Nonna.

»Huch? Das ist ja merkwürdig. Ich sehe doch, dass sie bei euch ist«, entgegnet Tante Lisa.

Charlie schnappt sich Olivias Handy und rast wie ein geölter Blitz zur Hintertür hinaus.

»Wie meinst du das?«, fragt Nonna. Ihre Schritte kommen näher. Dann späht sie in die Küche, als würde sie nach irgendwas Ausschau halten.

»Ihr Handy. Eine App. Ich sehe, dass sie bei euch ist«, erklärt Tante Lisa.

Wes und ich sehen Nonna an und sie uns.

»Ist Olivia hier?«, fragt sie uns.

Ich öffne den Mund, doch es kommt nichts heraus. Wes kommt mir zuvor.

»Sie war eben hier. Ist kurz reingerannt, während du oben warst. Aber sie ist gerade mit Charlie gegangen.«

Nonna hat diesen Blick drauf. Sie weiß, dass wir lügen. Es ist der Blick, bei dem man sich am liebsten krümmen würde. Doch ich konzentriere mich darauf, mich *nicht* zu krümmen.

»Aha«, erwidert sie und durchbohrt uns immer noch mit ihrem Blick.

»Ich kann ihr die Bilderrahmen vorbeibringen, Nonna«, biete ich an, nachdem ich endlich meine Stimme wiedergefunden habe.

Sie legt den Kopf schief. »Schon okay. Ich gebe sie ihr später.«

Nonna weiß, dass irgendwas los ist. Das ist überhaupt nicht gut. Sie wirft uns einen letzten Blick zu, bevor sie die Küche verlässt und sich weiter mit Tante Lisa unterhält.

»Sieht aus, als wäre sie wieder zu Hause«, erklärt Tante Lisa.

In Rekordzeit spülen Wes und ich unsere Teller ab und stellen sie zurück in den Schrank. Wir müssen so schnell wie möglich zu Olivia und sichergehen, dass Charlie nichts Dummes zu Tante Lisa sagt.

***

OLIVIA

Ich habe einen Sonnenbrand und bin völlig erschöpft. Außerdem bin ich ziemlich sicher, dass ich mir einen Muskel gezerrt habe. Heute war echt ein harter Tag. Und ich habe noch drei Tage vor mir.

Ich liege im Wohnzimmer auf dem Fußboden, der Deckenventilator läuft auf höchster Stufe, als Charlie hereinstürmt, dicht gefolgt von Sophie und Wes. Charlie stößt mich mit dem Fuß an.

»Ist sie tot?«, fragt er.

Ich hebe die Hand und zeige ihm den Mittelfinger.

»Nope!«, sagt er. »Lebendig wie eh und je!«

Sophie lässt sich neben mich plumpsen. Aus dem Augenwinkel sehe ich, wie ihre Hand über meinem Arm schwebt.

»Das sieht schmerzhaft aus«, bemerkt sie. Ich weiß, dass sie am liebsten den Finger auf meine Haut drücken würde, um zu sehen, wie schlimm es ist.

»Ich stehe in Flammen!«, erwidere ich.

Sofort springt sie auf. »Nonna hat bestimmt etwas gegen Sonnenbrand! Bin gleich wieder da.« Dann ist sie weg.

Charlie und Wes setzen sich hinter mir aufs Sofa.

»Harter Tag heute?«, fragt Wes.

Auch er kriegt den Stinkefinger zu sehen. Beide fangen an zu lachen.

»Ich glaube, Nonna ist uns auf den Fersen«, meint Charlie. »Sie hat mit deiner Mom telefoniert, als ›du‹ bei ihr warst.« Er zeichnet Gänsefüßchen in die Luft.

Ich richte mich auf. »Was ist passiert?«

Doch Wes winkt ab. »Wir haben uns darum gekümmert. Wir waren brillant.«

»So brillant, dass uns Nonna jetzt möglicherweise auf den Fersen ist?«

Sie sehen einander an und dann wieder mich. »Na ja, du weißt ja, dass sie einfach *alles* rausfindet, oder?«, erwidert Wes.

»Okay, vielleicht solltet ihr euch ab jetzt von ihr fernhalten«, sage ich.

»Aber bei ihr gibt es immer Kuchen«, erwidert Charlie entrüstet.

Es dauert nicht lange, bis Sophie mit der Salbe für meine Arme und Beine zurückkommt. Wahrscheinlich wären wir alle schon längst verendet, würde Nonna nicht zwei Blocks entfernt wohnen.

»Du solltest zuerst duschen, bevor du sie aufträgst«, sagt Sophie und wendet sich dann den Jungs zu. »Wir gehen jetzt hoch und ziehen uns um. Sollen wir uns dann wieder hier treffen?«

»Klar«, erwidert Wes und steht vom Sofa auf.

»Ich weiß nicht, ob ich aufstehen kann«, sage ich im selben Moment.

»Du gehst auf jeden Fall zu der Party. Vielleicht wird es deine letzte sein«, entgegnet Charlie, bevor er hinzufügt: »Sophie soll dir erzählen, wie sie heute aus dem Fenster gefallen ist.«

Sophie verdreht die Augen. »Ich bin gestolpert.«

»Du bist aus einem Fenster gefallen?«, kreische ich. »Bitte sag mir, dass es nicht bei der Teeparty war.«

Sophie hilft mir auf. »Ich erzähle es dir, während wir uns fertigmachen.«

Eine Stunde später sind wir so weit. Ich merke, dass Sophie große Mühe hat, sich das Lachen zu verkneifen. Von den Ellbogen abwärts ist meine Haut wie frittiert. Mein ohnehin dunkler Teint an den Oberarmen und der nackten Schulter wirkt im Gegensatz dazu regelrecht blass. Abgesehen von meinem Hals und meinem Gesicht.

Die sind auch knallrot. Und das strahlende Weiß der Toga betont das Rot und die Blässe besonders gut.

Es sieht … schlimm aus.

Ich breite die Arme aus. Ich will mir die Party heute Abend nicht entgehen lassen, vor allem, nachdem ich schon Sarahs Teeparty verpasst habe, aber ich sehe einfach zu lächerlich aus. »Ich weiß nicht, ob ich so gehen kann.«

»So schlimm ist es nun auch wieder nicht«, versichert Sophie kichernd. »Versprochen.«

Doch als Charlie und Wes auftauchen, weiß ich mit Sicherheit, dass es tatsächlich so schlimm ist. Sie müssen so heftig lachen, dass sie beinahe in Tränen ausbrechen.

Charlie hebt den Zipfel seines roten Tuchs mit den weißen Punkten. »Vielleicht sollten wir tauschen! Das ist eher deine Farbe.«

»Lasst uns gehen, bevor ich es mir anders überlege«, knurre ich und stapfe an ihm vorbei zu seinem Truck.

Die Fahrt dauert zwanzig Minuten. Ich sitze auf dem Beifahrersitz, Wes und Sophie hinten.

»Morgen ist keine Party, oder?«, fragt Wes.

»Nein, zum Glück nicht«, erwidere ich. Ich hasse es, dass ich so mürrisch klinge. Das hier hätte die beste Woche der ganzen Highschool werden sollen – und ich fühle mich miserabel.

»Warum nicht?«, will Charlie wissen.

»Judd ist jetzt in einer Band«, erklärt Wes. Es entsteht eine kurze Stille, bevor wir alle in Gelächter ausbrechen.

»Hoffentlich ist er nicht der Sänger!«, presst Sophie hervor. Wir mussten alle schon miterleben, wie Judd Karaoke gesungen hat.

»Nee, er spielt Schlagzeug«, erwidert Wes.

Charlie sieht Wes über den Rückspiegel an. »Seit wann spielt Judd Schlagzeug?«

Ich drehe mich nach hinten, doch Wes zuckt nur mit den Schultern. »Keine Ahnung. Aber sie haben morgen ihren ersten Auftritt im Superior. Ich habe ihm gesagt, dass wir vorbeikommen.«

»O ja, das können wir uns nicht entgehen lassen«, erwidere ich lachend und zucke zusammen, denn das viele Lachen tut höllisch weh.

Schließlich erreichen wir unser Ziel. Das Haus ist ein Monstrum und liegt in einer der schönsten Gegenden der Stadt. Die Party wurde von sechs Familien für vier Jungs organisiert. Sie wird also riesig. Enorm.

Als Charlie vor dem Haus hält, steht schon ein Parkservice bereit, um seinen Truck entgegenzunehmen.

»Ich weiß nicht, was ich davon halten soll.« Charlie lässt seine Autotür geschlossen, während er und der Typ vom Parkservice sich durch die Scheibe anstarren. »Keiner fährt diesen Truck außer mir.«

Wir steigen aus und lassen Charlie allein zurück. Irgendwann gibt er nach, behält seinen Truck aber im Blick.

Seitlich neben zwei riesigen weißen, freistehenden Säulen steht eine Gruppe von Jungs. Ihre Togen sehen hochwertig aus, nicht wie billige Bettlaken.

»Zur Party da lang«, sagt einer von ihnen und deutet einen Weg hinab, der ebenfalls von Säulen gesäumt ist, die jeweils ungefähr sechs Meter auseinanderstehen.

Charlie tritt an einen der Jungs heran. »Wie habt ihr diesen Job bekommen? Und wie ist der Stundenlohn?«

Doch sie ignorieren ihn.

Wir wollen gerade den Weg hinabgehen, als ein Auto vor dem Haus hält. Es sind die Golfer von unserer Schule, die heute auf dem Golfplatz trainiert haben.

»O Gott«, flüstere ich. Sie waren genauso lange in der Sonne wie ich, aber keiner von ihnen sieht aus wie ein knuspriges Hähnchen.

»Was ist? Wer ist das?«, will Sophie wissen.

»Es ist Locke«, erwidert Charlie und betont seinen Namen komisch.

Ich drehe mich um und sehe ihn an. »Warum sagst du das so?«

»Ich hätte nicht gedacht, dass man mit einem Sonnenbrand noch rot werden kann, doch du kannst es!« Wes und Charlie geben sich ein High Five. Sie kommen sich unglaublich lustig vor. Sophie und ich boxen sie.

»Er hat dir heute geschrieben. Sich entschuldigt, weil er gemein zu dir war.« Sophie flüstert, da sie auf uns zukommen. »Ich habe ihm nicht geantwortet, weil ich nicht wusste, ob ich seine Entschuldigung annehmen soll.«

Sophie meinte zwar, ich hätte viele Nachrichten bekommen, aber ich habe sie mir noch nicht angesehen.

»Hey«, begrüßt uns Lily, als sie näherkommen. Als sie meinen Sonnenbrand entdeckt, zuckt sie zusammen. »O nein, du hast vergessen, dich einzucremen.«

Ich weiß genau, dass mich heute Abend *jeder* darauf ansprechen wird.

»Japp«, erwidere ich. »Ich bin überrascht, dass ihr alle hier seid.«

Die meisten Jungs wirken darüber nicht sehr erfreut.

»Wir haben sie gezwungen. Sie haben nur Golf im Kopf. Man kann doch nicht jede einzelne Abschlussparty verpassen. Also haben sie zugestimmt mitzukommen«, erklärt Em Beth.

»Eine Stunde«, knurrt Locke.

»Gegen die Party im Wagon Wheel gestern hattest du doch auch nichts.« Ich habe mir fest vorgenommen, nicht mehr mit Locke zu reden – doch ich kann es mir nicht verkneifen.

»Das war der Abend vor dem Training. Nicht der Abend vor dem Turnier.«

Lily schnappt sich David, und Em Beth hängt sich an Cal, als sie sagt: »Nun, dann sollten wir keine Zeit verschwenden.«

Doch Locke hat es nicht so eilig. Ich spüre, dass er noch irgendwas sagen will, doch er beäugt Wes, Sophie und Charlie. Es ist offensichtlich, dass er keine Zuschauer will. Schließlich folgt er seinen Freunden.

Sophie klatscht in die Hände. »Oh, wie er dich angesehen hat!«

»Was soll das denn heißen?«, fragt Charlie irritiert, und Sophie verzieht das Gesicht.

»Na ja, er konnte den Blick gar nicht von ihr lassen. Liebestrunken. Mit Herzchenaugen.«

»Das hast du dir nur eingebildet«, widerspreche ich.

Wir lassen den anderen ein wenig Vorsprung, bevor wir ihnen den von Säulen gesäumten Weg hinabfolgen, der hinters Haus führt. In der Mitte des Gartens befindet sich ein Pool. Und noch mehr Säulen. Und überall sind kleine Feuerstellen. Es ist wie im Film.

Es sind schon jede Menge Leute hier. Viele haben wie Charlie beschlossen, die Tradition über Bord zu werfen und andere Stoffe zu tragen, die ein wenig »unterhaltsamer« sind. Ein Typ trägt ein *Star Wars*-Laken und ein Laserschwert. Und eine Gruppe von Mädchen sieht aus wie ein Regenbogen. Gemeinsam gehen wir herum und suchen nach Leuten, die wir kennen.

Ross, einer der Jungs, für die die Party veranstaltet wird, kommt zu uns und begrüßt Wes und Charlie mit einem Handschlag. »Ihr habt's geschafft!«

»Das ist echt verrückt!«, staunt Wes.

Sophie und ich sind immer noch dabei, alle Eindrücke in uns aufzusaugen. »Nicht mal meine Hochzeitsfeier wird so schön werden«, flüstert sie mir zu.

»Meine auch nicht.«

Auf der gegenüberliegenden Seite des Pools wurde ein Zelt mit Essen aufgebaut, und im hinteren Teil des Gartens steht eine Band, die sich bereit macht zu spielen.

»Essen gibt's da drüben«, sagt Ross und deutet auf das Zelt. »Und hinter den Büschen haben wir ein Bierfass versteckt«, fügt er hinzu und deutet in die entgegengesetzte Richtung. Dann geht er weiter zur nächsten Gruppe, die gerade angekommen ist.

Charlie entdeckt Bianca – und weg ist er. Wes und Sophie gesellen sich zu Judd, der bereits die Tanzfläche gestürmt hat. Ich gehe hinüber zu Bailey und Mia.

Als sie meinen Sonnenbrand sehen, verziehen sie die Gesichter.

»Das sieht aber schmerzhaft aus!«, bemerkt Mia.

»Ist es auch«, erwidere ich.

Japp, Gesprächsthema Nummer eins.

Es wird allmählich dunkel, und die Feuerstellen tauchen alles in einen weichen Schein. Immer mehr Gäste strömen in den Garten. Inzwischen haben die meisten das Fass in den Büschen entdeckt.

»Blöd, dass du heute arbeiten musstest. Du hast echt was verpasst auf Sarahs Party!«, meint Bailey.

Sophie hat mir erzählt, was sie ihnen geschrieben hat, warum ich nicht kommen konnte. Jetzt bin ich in einer doofen Situation. Ich kann ihnen nicht sagen, was ich diese Woche mache, sonst muss ich ihnen beichten, dass sich Sophie als mich ausgegeben und sie angelogen hat. Jetzt, da Sophie die ganze Zeit hier ist, ist die Situation zwischen uns sowieso schon angespannt, und ich habe das Gefühl, schon viel zu tief in der Sache drinzustecken. Früher hat meine Mom meinem Bruder immer wieder dieses dumme Sprichwort gesagt (meistens, wenn er beim Lügen erwischt wurde): *Oh, was für ein verstricktes Netz wir weben, wenn wir zuerst die Täuschung üben.* Es ist mir unangenehm, dass das jetzt auf mich zutrifft.

»Was ist passiert?«, frage ich. Ich habe ein bisschen Angst, dass sie mir jetzt die Story erzählen, wie Sophie aus dem Fenster gefallen ist.

»Mrs Woods wollte sich ein Sandwich vom Tablett nehmen, und die Federn ihres Huts haben an einer Kerze Feuer gefangen«, erzählt Mia. »Drei Leute haben ihre Teetassen auf ihrem Kopf ausgekippt, um sie zu löschen!«

Beide fangen an zu lachen, und bei der Vorstellung muss auch ich kichern. Und wie. Schade, dass ich das verpasst habe.

Irgendwas hinter mir weckt Baileys Aufmerksamkeit. »Wer ist der süße Typ, den Mary Jo und Jo Lynn dabeihaben?«

Ich drehe mich um und sehe, wie die Bösen Joes den Garten betreten. Ihre Togen sind kurz, eng geschnitten und aus einem glänzenden Stoff. Tante Maggie Mae hat sie bestimmt extra schneidern lassen.

»Ja, wer ist ihr heißer Freund?«, will jetzt auch Mia wissen.

Quietschend schiebe ich Bailey vor mich und spähe über ihre Schulter. Leo folgt den Zwillingen. Und er sieht äußerst attraktiv aus in seiner Toga.

Nahezu lächerlich attraktiv. Wer hätte gedacht, dass sich unter dem Golfshirt so viele Muskeln befinden?

»Das ist Leo Perez. Erinnert ihr euch noch an ihn?«

»Das ist Leo?«, fragen sie wie aus einem Mund.

Es ist, als hätte er uns gehört, dabei ist er nicht mal in der Nähe. Sein Blick landet auf uns. Er entschuldigt sich bei den Bösen Joes und kommt auf uns zu.

»Er kommt hierher«, raunt Mia ein wenig atemlos.

Aber er ist nicht der Einzige. Als die Bösen Joes merken, auf wen er zusteuert, folgen sie ihm.

Großartig.

Leo und ich kommen gerade so miteinander klar, wenn die Bösen Joes nicht da sind. Und ich glaube nicht, dass wir uns besser verstehen, wenn sie dabei sind. Und was, wenn er erwähnt, dass er mich heute gesehen hat? Vielleicht hat er mich nicht ernst genommen, als ich ihn darum gebeten habe, das Geheimnis für sich zu behalten.

Panik steigt in mir auf. »Wo ist die Toilette?«, frage ich Bailey.

Sie sieht zuerst mich an, dann Leo, dann wieder mich und deutet auf das Haus. »Drinnen.«

Ich muss schnell hier weg. Ich kann nicht vor ihnen mit Leo reden. Vor allem nicht, wenn er die Bösen Joes im Schlepptau hat.

Doch statt hineinzugehen, entdecke ich neben der Veranda eine Treppe, die hinauf zu einem Balkon führt. Hier ist es dunkel. Wem auch immer das Haus gehört – er will bestimmt nicht, dass man diese Treppe entdeckt, also wird sich die Party nicht hier hochverlagern. Ich nehme immer zwei Stufen auf einmal. Dabei stolpere ich fast über meine Toga.

Auf dem Balkon stehen ein paar Stühle. Von hier oben hat man die perfekte Aussicht auf die Party. Ich entdecke Leo sofort. Er unterhält sich mit Mia und Bailey. Die Bösen Joes gehen auf den Busch mit dem Bierfass zu. Ich lasse den Blick über die Menge schweifen und entdecke die Golfgruppe, was mich wieder daran erinnert, dass Sophie meinte, Locke habe mir geschrieben. Ich ziehe mein Handy aus dem Hosenbund meiner Shorts, die ich unter dem Tuch trage, öffne seine Nachricht und speichere ihn unter *Locke* ab. Während ich die beiden Nachrichten lese, frage ich mich, was ich tun soll. Soll ich ihm antworten? Ist es seltsam, wenn ich ihm jetzt schreibe, obwohl wir uns eben erst gesehen haben? Vielleicht hat er deshalb versucht, vorhin mit mir zu reden.

Ich beschließe, ihm zu antworten.

ICH: Danke für die Entschuldigung. Und danke, dass du mich vorgewarnt hast. Du hast mir eine Menge Ärger erspart.

Ich blicke zu ihm herunter und warte darauf, dass er sein Handy zückt und meine Nachricht liest. Doch er bewegt sich nicht. Aber da unten ist es ziemlich laut, und wahrscheinlich hat er sein Handy sowieso auf lautlos.

Endlich entfernt sich Leo von Bailey und Mia. Ich denke, jetzt ist es sicher, wieder nach unten zu gehen. Ich habe fest vor, heute Abend Spaß zu haben, auch wenn ich das Gefühl habe, mich auf einem Minenfeld zu befinden.

»Du hast ihn verpasst!«, sagt Bailey, als ich mich wieder zu ihnen geselle.

»Er wollte wissen, wo du hin bist«, neckt mich Mia, als wüsste sie, dass ich ihm absichtlich aus dem Weg gehe.

Doch ich winke ab. »Er ist schon ein paar Mal bei Nonna gewesen, seit er in der Stadt ist. Und wir sind ein wenig aneinandergeraten wegen … Mary Jo und Jo Lynn.«

»Kommt, wir gehen ein wenig näher ran an die Band. Der Gitarrist ist ziemlich heiß.« Bailey zieht Mia und mich auf die Tanzfläche.

Bailey wählt eine Stelle ganz in der Nähe von Sophie und Wes aus. Es ist schön, mit allen gemeinsam zu tanzen. Es dauert nicht lange, bis Judd auf dem Boden liegt und die Menge einen Kreis um ihn gebildet hat. Er versucht, eine Art Backspin hinzulegen, verheddert sich jedoch in seiner Toga. Nach ein, zwei Drehungen reißt der Stoff. Als er aufsteht, trägt er nur noch seine Boxershorts mit roten und orangefarbenen Flammen und den goldenen Gürtel, der seine Toga zusammengehalten hat.

Doch es ist ihm total egal. Er klettert auf die Bühne und beginnt, zur Musik der Band Luftgitarre zu spielen. Wie kann man nur so selbstbewusst sein?

Die Band ist gut, und wir tanzen ein paar Songs lang. Auf der anderen Seite des Gartens entdecke ich Leo. Er steht mit den Bösen Joes und ein paar seiner alten Schulfreunde zusammen. Mary Jo erzählt irgendwas, und alle fangen an zu lachen. Und zwar richtig. Als würden sie vor lauter Lachen gleich umkippen. Und es nervt mich, dass Leo sie so unterhaltsam findet.

»Ich brauche eine Pause«, sage ich zu Mia und bahne mir einen Weg durch die Menge.

Auf der Terrasse lasse ich mich auf einen Stuhl plumpsen. Langsam holt mich der anstrengende Tag ein. Ich muss bald nach Hause.

Ich lasse den Blick über die Menge schweifen und entdecke Charlie, der neben Bianca sitzt. So, wie es aussieht, sind sie noch nicht bereit, in nächster Zeit aufzubrechen. Wes und Sophie stehen in der Nähe der Band in einer größeren Gruppe. Mia und Bailey sind auch dabei. Sophie kennt hier nicht viele Leute. Und ich will ihr nicht den Spaß verderben, wenn sie sich gerade so amüsiert, denn alle scheinen sich hervorragend zu verstehen. Es gibt keinen Grund, warum die anderen gehen sollten, nur weil ich nach Hause will.

Ich rufe ein Uber und schreibe Charlie, Sophie und Wes.

ICH: Der Sonnenbrand bringt mich um. Ich bin fix und fertig. Uber ist auf dem Weg.

CHARLIE: Nein, warte. Ich bringe dich nach Hause.

WES: Wir können alle zusammen nach Hause fahren.

SOPHIE: Ich kenne hier eh kaum jemanden.

ICH: Nein, bleibt ruhig noch. Ich gehe sowieso gleich schlafen. Total langweilig.

ICH: Wirklich. Alles gut.

ICH: Uber ist fast da.

Sie fragen ein zweites und drittes Mal nach, doch ich bleibe stark. Meine Mitfahrgelegenheit wird in wenigen Minuten hier sein, also fasse ich meine schwere Toga zusammen und mache mich auf den Weg.

»Olivia!«

Ich erstarre zu Stein. Das war Leos Stimme.

Er schließt zu mir auf, und ich sage: »Hey.« Dann sehe ich mich um, um sicherzugehen, dass die Bösen Joes nicht aus dem nächsten Busch springen.

Er grinst mich breit an, als hätte er uns nicht vor wenigen Stunden die Falschen Vier genannt. Dann beäugt er meinen Sonnenbrand – wie alle anderen auch. Aber bevor er irgendwas sagen kann, komme ich ihm zuvor.

»Ich weiß. Ich bin knallrot. Es sieht schrecklich aus. Aber ist schon okay.« Dann setze ich meinen Weg fort.

»Gehst du?« Seine Stimme sollte eigentlich weiter entfernt sein, ist sie aber nicht.

Ich werfe einen Blick über die Schulter und stelle fest, dass er mir folgt. »Ja, ich muss morgen wieder sehr früh auf dem Golfplatz sein. Ich bin müde.«

»Ja, ich auch. Mae wollte, dass ich die Mädchen begleite, obwohl ich völlig fertig bin. Es ist schwer, Nein zu ihr zu sagen.«

Oh, ich weiß.

Es ist seltsam, dass er Tante Maggie Mae *Mae* nennt und die Bösen Joes *Mädchen.* »Sie erlaubt dir, sie Mae zu nennen?«, rutscht es mir heraus. »Sie trichtert der Familie immer ein, dass sie Maggie Mae heißt und man ihren Namen nicht abkürzen soll.«

Mit seinen langen Beinen schließt er die Distanz zwischen uns. Jetzt gehen wir Seite an Seite den Weg mit den Säulen entlang.

»Als ich klein war, hatte ich eine Sprachstörung. Ich habe gestottert. Ich habe versucht, sie Mrs Messina zu nennen, bin aber immer über das *M* und das *S* gestolpert. Also hat sie mir gesagt, ich solle sie einfach Mae nennen. Und so ist es bis heute geblieben.«

Meine Güte. So, wie er von ihnen redet, könnte man fast meinen, sie wären normal.

Zeit, das Thema zu wechseln. »Bist du aufgeregt wegen morgen?«

»Ja. Davon hängt ganz schön viel ab.« Er sieht mir direkt in die Augen und blickt ernst drein. »Genau wie bei den anderen.«

Wir bleiben in der Nähe des Parkservices stehen, winken aber ab, als sie nach unserem Ticket fragen.

»Wie kommst du zu den Bös …« Ich halte gerade noch rechtzeitig inne, bevor mir die *Bösen Joes* herausrutscht. »Zu Tante Maggie Mae?«

»Oh«, erwidert er und zieht sein Handy aus seiner

Toga. »Ich wollte mir ein Uber rufen. Aber ich wurde abgelenkt.« Kurz lächelt er mich an, bevor er wieder auf sein Smartphone blickt.

Wahrscheinlich werde ich gerade wieder rot. Zum Glück sind Charlie und Wes nicht hier, um mich darauf hinzuweisen. »Du kannst mit mir mitfahren. Und dann fahre ich dich zu Tante Maggie Mae. Ich meine, wir müssen sowieso in dieselbe Richtung. Es wäre dumm, zwei Uber zu rufen.«

Er stimmt mir schnell zu. »Ja, das wäre super. Aber ich kann von dir aus auch zu Fuß gehen. Ist ja nicht weit.«

Ich werfe einen Blick aufs Handy, um zu checken, wie weit das Uber noch weg ist, denn jetzt ist es ein bisschen seltsam, mit ihm und den zwei Typen vom Parkservice hier herumzustehen.

»Ich muss zugeben, dass es mich in den Wahnsinn treibt, dein Geheimnis für mich zu behalten, aber ich weiß nicht, warum.« Seine Stimme ist kaum mehr als ein Flüstern.

Ich halte den Blick auf das Display gerichtet. »Für mich ist es vollkommen in Ordnung, wenn du lügst.« Ich grinse dabei. Und ich kann es nicht unterdrücken.

Als das Uber vor dem Haus hält, bin ich erleichtert, auch wenn es ein kleiner Viertürer ist und wir uns zusammen auf den Rücksitz quetschen müssen.

Der Fahrer redet kein Wort – und wir auch nicht. Jetzt ist es noch seltsamer als vorher.

»Soll deine ganze Familie nichts davon wissen, dass du beim Golfturnier arbeitest oder nur die Mädchen?«, fragt er.

Ich hole tief Luft. »Alle.« Ich hasse es, es laut auszusprechen. »Aber vor allem sie.«

»Was glaubst du, warum ihr euch nicht mit Jo Lynn und Mary Jo versteht?«, will er schließlich wissen.

Es geht nie gut, wenn wir uns über die beiden unterhalten, aber anscheinend lässt es sich nicht vermeiden.

»Weil sie gemein sind?«

Er hebt die Schultern und wiegt den Kopf hin und her, als würde er über meine Antwort nachdenken. »Ich glaube, sie halten *euch* für gemein«, erwidert er irgendwann. »Ihr kennt sie nicht, wie ich sie kenne.«

Ich versuche, mich zu ihm zu drehen, doch im Auto ist es so eng, dass ich mit meinen Knien gegen seine stoße.

»Sie waren schon lange vor uns gemein. Schon als wir noch klein waren. Wir setzen uns nur zur Wehr.«

»Ich war damals auch schon dabei. Es ist nicht so, als wüsste ich nicht, wie es früher war.«

Mir fehlen die Worte. »Wie bitte? Ist das dein Ernst? Ich weiß, dass du ihnen nahestehst, aber was sie angeht, bist du vollkommen blind. Wenn du nur wüsstest, was sie letztes Weihnachten mit Sophie gemacht haben!«

Er verzieht das Gesicht. »Reden wir schon wieder über dieses Filmdate?«

»Es war ein Porno! Im Autokino!«

Als der Fahrer abrupt auf die Bremse tritt, fliegen wir beinahe nach vorn. Wir sehen ihn an, und er starrt uns über den Rückspiegel an. »Hier gibt es ein Autokino, das Pornos zeigt?«

Ich verziehe das Gesicht. »Igitt.«

Leo schüttelt ungläubig den Kopf.

Mir fallen gleich die Augen aus dem Kopf. »Du bist so naiv!«

»Ich will damit nur sagen, dass die Medaille immer zwei Seiten hat. Und ich glaube, ihr versucht nie, die Dinge aus ihrer Perspektive zu sehen.«

Ich murmle bereits *nein, nein, nein* vor mich hin, bevor er überhaupt zu Ende gesprochen hat. »Als du noch hier gewohnt hast, warst du genauso schlimm. Genauso schlimm wie sie. Du hast versucht, Charlie zu vermöbeln.«

Ihm entweicht ein Lachen, das beinahe wie ein Knurren klingt. Viel zu laut für dieses winzige Auto. »Redest du von damals, als wir im Park die Party gefeiert haben?«

Ich weigere mich, ihn anzusehen. »Du weißt genau, wovon ich rede.«

»Charlie hat sie dreimal angerempelt, bevor er Jo Lynn schließlich umgeworfen hat«, argumentiert Leo. »Sieht er mich deshalb die ganze Zeit so an, als wollte er sich noch mal mit mir prügeln?«

»Sie haben Football gespielt. Und Jo Lynn saß quasi mitten auf dem Spielfeld und hat gehofft, dass einer der Jungs sie bemerkt. Und nein, Charlie ist darüber hinweg«, lüge ich.

Er will etwas erwidern – bestimmt will er sie verteidigen –, doch ich komme ihm zuvor. »Wir werden jetzt nicht weiter darüber reden.«

»Dann haben wir jetzt schon zwei Tabuthemen«, murmelt er. »Worüber *können* wir denn reden?«

Ich öffne den Mund, bringe jedoch keinen Ton heraus. Wir sind uns viel zu nahe. Ist es heiß hier drinnen?

Als ich den Kopf drehe, um aus dem Seitenfenster zu

starren, kichert er leise, weil er gewonnen hat und ich zuerst weggesehen habe. Den Rest des Weges schweigen wir.

Wir quetschen uns aus dem Auto und beobachten, wie der Fahrer wegfährt. »Wie viel kriegst du für die Fahrt?«, fragt Leo.

»Schon gut«, erwidere ich und winke ab.

»Dann sehen wir uns wohl morgen.« Wir stehen auf dem Bürgersteig vor meinem Haus.

»Ich kann dich fahren.«

Er vermeidet den Blickkontakt. »Ich kann zu Fuß gehen.« Er macht ein paar Schritte und bleibt stehen. Dann dreht er sich wieder um. »Ich bereue es, dass wir die Zeit verschwendet und uns während der gesamten Fahrt gestritten haben.«

Bevor ich etwas erwidern kann, setzt er seinen Weg fort. Ich habe keine Ahnung, was es zu bedeuten hat, dass ich mich nicht vom Fleck rühre, bis ich ihn nicht mehr sehe.

Er hat kein einziges Mal zurückgeblickt.

Ich schleppe mich hinein und gehe noch mal duschen. Hoffentlich kriege ich dadurch wieder einen klaren Kopf. Ich bin gerade dabei, ins Bett zu kriechen, als ich die ganzen Mitteilungen auf meinem Handy sehe. Die von Mom öffne ich zuerst.

MOM: Sieht aus, als hättest du die Party früh verlassen? Hat es denn keinen Spaß gemacht? Tolles Foto von euch vieren in euren Togen! Aber warum hast du so einen Sonnenbrand? Ich dachte, das Kleid, das du heute getragen hast, wäre ärmellos?

ICH: Nach der Teeparty habe ich ein T-Shirt und Shorts angezogen und saß mit Sophie draußen. Habe gar nicht gemerkt, wie schnell die Zeit vergangen ist.

Als Nächstes öffne ich den Gruppenchat mit Sophie, Wes und Charlie.

SOPHIE: Wollte nur sichergehen, dass du gut nach Hause gekommen bist!
ICH: Ja! Habe gerade geduscht und gehe jetzt ins Bett. Viel Spaß noch.

Und dann sehe ich, dass mir Locke zurückgeschrieben hat.

LOCKE: Lass uns noch mal von vorn beginnen. Lass uns nicht mehr über MJ und JL reden. Und auch nicht über Charlie. Und ich werde dich nicht mehr fragen, warum du auf dem Golfplatz arbeitest. Deal?

Mist. Mir dreht sich der Magen um. Das ist nicht Locke. Diese Nummer kann nur einem gehören.

Leo.

Kein Wunder, dass er so gelächelt hat, als wir uns auf der Party begegnet sind. Ich hatte ihm gerade geschrieben, dass ich seine Entschuldigung dafür annehmen würde, dass er uns die Falschen Vier genannt hat.

Aber wie ist er an meine Nummer gekommen? Und warum hat er mir nicht gesagt, wer er ist?

Seltsam.

Als ich seinen Namen von Locke zu Leo ändere, zittern meine Finger. Ich lese mir noch mal unsere Unterhaltung durch, und mir wird klar, dass *er* derjenige war, der mich vor dem Coach gewarnt hat. Doch bevor ich auf »Speichern« drücke, halte ich inne. Charlie hat morgen mein Handy. Er denkt immer noch, Locke hätte mir heute geschrieben. Und ich will nichts davon hören, dass ich mich mit dem Feind verbünden würde – und das wird garantiert passieren, wenn Charlie meine Nachrichten liest oder Leo schreibt, während er mein Handy hat. Also speichere ich seinen Kontakt einfach unter *L* ab.

Jetzt überlege ich, was ich ihm am besten schreibe, damit er mir meine Fragen beantwortet, ohne dass ich wie eine Idiotin dastehe.

ICH: Deal. Wie bist du eigentlich an meine Nummer gekommen?

Okay, nicht sehr subtil.

L: Ich habe sie seit Jahren. Noch von damals, als Nonna die Fotos von uns im ersten Highschool-Jahr in der Gruppe gepostet hat.
L: Aber mir wird gerade klar, dass du meine Nummer damals nicht abgespeichert hast.
L: Jetzt komme ich mir super cool vor.

Ich muss grinsen. Und zwar breit.

ICH: Wahrscheinlich habe ich sie abgespeichert, aber ich habe letztes Jahr mein Handy und damit alle Kontakte verloren.
L: Du musst mich jetzt nicht trösten!
ICH: Okay. Du hast recht. Ich habe deine Nummer nicht abgespeichert.
L: Okay. Vergiss es. Du darfst mich doch anlügen.

Ich muss laut lachen. Am liebsten würde ich mir die Bettdecke über den Kopf ziehen, weil ich mich vor mir selbst schäme.

ICH: Wir fangen noch mal von vorn an. Folgende Tabuthemen: MJ, JL, die Bösen Joes, Maggie Mae, Charlie, Sophie, Wes, die Fantastischen Vier, die Falschen Vier und warum ich auf dem Golfplatz bin. Diese Punkte sind nicht verhandlungsfähig.

Vor allem versuche ich zu vermeiden, dass Leo morgen Charlie irgendwas über *Charlie* schreibt.

L: Diese Wörter habe ich aus meinem Vokabular gestrichen.

Ich mache es nur ungern, aber ich lösche die Nachricht mit den Tabuthemen und alles andere, was verraten könnte, dass es nicht Locke ist. Ich bin gerade fertig, als ich noch ein paar Nachrichten von ihm bekomme.

L: Vergiss morgen nicht die Sonnencreme!

L: Und vergiss nicht, genug zu trinken. Es wird heiß!
ICH: Danke für die Ratschläge. Viel Glück morgen!

Um ehrlich zu sein, wünsche ich uns beiden Glück – denn wir werden es beide brauchen.

Wahrheit #6: Charlie ist auf jeder Party der Star.

Mittwoch, 11. Mai, Morgen

OLIVIA

Charlie erscheint auf den letzten Drücker. Keine Ahnung, wann er, Sophie und Wes gestern Nacht nach Hause gekommen sind. Ich war sofort weg, als mein Kopf das Kissen berührt hat, obwohl mich die Fahrt mit dem Uber und die Nachrichten von Leo ein wenig aufgewühlt haben. Doch als ich heute Morgen aufgewacht bin, lag Sophie schlafend neben mir.

Ich wünschte, sie wäre heute nicht mit ihrer Mom verabredet, denn sie hat die Sache mit meiner Mom wunderbar geregelt, auch wenn sie es hier und da ein bisschen übertrieben hat. Ich habe mir die Nachrichten noch mal angesehen. Sophie hat es klingen lassen, als wäre ich *sehr glücklich!!* Und Mom hat es gefallen. Sie hat mehrere Male geschrieben, wie froh sie sei, dass ich einen *so schönen Tag habe!!*

Doch da heute wieder Charlie dran ist, so zu tun, als wäre er ich, bin ich sicher, dass wir noch vor zwölf Uhr auffliegen werden.

Wie beim letzten Mal ist Charlie auch heute hereingekommen, hat mir sein Telefon in die Hand gedrückt und ist sofort auf dem Sofa eingeschlafen. Ich habe auf meinem Handy den Wecker gestellt, bevor ich es neben ihn auf den Fußboden gelegt habe, damit er nicht verpennt. Okay, ich habe drei Wecker gestellt. Jeweils im Abstand von zehn Minuten. Er wird begeistert sein.

Nonnas Salbe hat wahre Wunder gewirkt. Heute ist meine Haut schon viel weniger gerötet, und es tut auch nicht mehr weh. Ich habe mich dick mit Sonnenmilch eingecremt und habe fest vor, alle zwei Stunden neue aufzutragen.

Ich suche mir die fröhlichste Playlist aus, die ich habe, und drehe während der Fahrt die Musik so laut auf, dass ich nicht mehr darüber nachdenken kann, was heute alles schiefgehen könnte. Ich versuche, einen kühlen Kopf zu bewahren. Wenn man der Wetter-App Glauben schenken kann, wird es heute extrem warm, ohne eine einzige Wolke am Himmel. Und dem Zeitplan nach zu urteilen, den ich auf der Website des Turniers gefunden habe, wird es ein langer Tag werden. Ich werfe einen Blick auf die Tasche auf dem Beifahrersitz, in der mein Western-

Outfit steckt. Nach gestern glaube ich nicht, dass ich es schaffen werde abzuhauen. Aber die Hoffnung stirbt zuletzt!

Und ich muss dringend herausfinden, wie ich ab jetzt mit Leo umgehen soll. Wird es komisch sein, wenn wir uns heute über den Weg laufen? Er behält mein Geheimnis für sich – aber wie lange? Und es hilft auch nicht, dass er findet, dass wir gemein sind zu den Bösen Joes. Aber er hat KEINE AHNUNG, was uns die beiden im Laufe der Jahre alles angetan haben. Jetzt, da ich darüber nachdenke, sollte ich eigentlich sauer auf ihn sein, weil er sich über etwas eine Meinung bildet, von dem er keinen Schimmer hat.

Und dann gibt es da noch die Turnierregeln. Lily hat mir gestern eine Broschüre in die Hand gedrückt, bevor ich gegangen bin. Und o mein Gott, so viele Regeln. Ich habe echt versucht, mir alles durchzulesen, habe es aber nicht ganz geschafft. Und manche Regeln ergeben überhaupt keinen Sinn! Eine lautete: *Geben Sie keine Ratschläge*. Ja, alles klar, kein Problem. Als wüsste ich überhaupt irgendwas!

Ich habe keine Ahnung, ob ich dafür sorgen soll, dass die Regeln eingehalten werden oder ob ich die Spieler verpetzen soll. Bestimmt wollte sie mich einfach nur darüber informieren.

Als ich am Club ankomme, habe ich nicht damit gerechnet, dass hier so viel Verkehr herrschen würde. Ich muss zweimal um den gesamten Parkplatz fahren, bevor ich eine freie Lücke finde.

Soviel ich weiß, sind manche der Turniere für Schulteams und andere wiederum für einzelne Spieler. Dieses hier ist für einzelne Spieler, und es sieht ganz so aus, als hätten alle ihre Eltern oder ihren Coach mitgebracht. Das Turnier dauert drei Tage. Am Ende des dritten Tages findet die Preisverleihung statt.

Auf dem Weg zum Clubhaus sehe ich sofort, wer zur Turnierleitung gehört. Sie tragen alle das gleiche Shirt und die gleiche Mütze mit dem Logo des Clubs. Da Coach Cantu jetzt für den Club arbeitet (und ich für ihn), wird es unsere Hauptaufgabe sein sicherzustellen, dass mit dem Golfplatz alles in Ordnung ist und die Spieler so gut es geht zu unterstützen.

Ich finde den Coach und Lily bei der Tür, hinter der die Golfbälle und die Pyramiden aufbewahrt werden.

Natürlich wirft der Coach zuerst einen Blick auf seine Armbanduhr, bevor er sagt: »Guten Morgen, Olivia. Lasst uns die Stationen vorbereiten. So wie gestern.« Er reicht mir ein Walkie-Talkie, und ich klippe es am Hosenbund meiner Shorts fest.

Zum Glück hilft Lily mir dieses Mal. Wir kommen wesentlich schneller voran als ich gestern, auch wenn ich mit dem Aufbauen der Pyramiden immer noch meine Probleme habe.

»Sind das alle, die beim Turnier antreten?«, frage ich. Obwohl viele Menschen hier sind, sind nur ungefähr die Hälfte von ihnen Spieler.

Lily vollendet gerade eine weitere perfekte Pyramide. »Im Laufe des Morgens werden ständig Spieler eintrudeln. Je nach Punktestand sind die Startzeiten anders. Je besser jemand ist, desto später fängt er an.«

»Ja, das ergibt Sinn.« Nein, tut es nicht, aber ich habe keine Lust mehr, ständig wie ein Trottel dazustehen, was Golf betrifft. An den Übungsstationen bilden sich bereits Schlangen, also bauen wir schnell die letzten Pyramiden auf, in dem Wissen, dass wir schon bald wieder von vorn beginnen müssen.

Nachdem ich eine Stunde lang ununterbrochen Bälle nachgefüllt habe, meldet sich Coach Cantu über das Walkie-Talkie.

»Olivia, komm bitte zum Anmeldetresen«, sagt er.

»Alles klar, Coach«, erwidere ich und gehe über die große Grünfläche zur hinteren Veranda des Clubhauses.

»Hey, Coach«, sage ich, als ich den langen Anmeldetisch erreiche.

»Olivia, das ist Donald Williams von der Turnierleitung. Du wirst ihn heute herumfahren.«

Mr Williams würdigt mich kaum eines Blickes. »Schön, dich kennenzulernen, Olivia.« Am rechten Arm trägt er einen Gips, der in einer Schlinge hängt. Sein Blick ist auf das Klemmbrett in seiner linken Hand gerichtet.

Der Coach lehnt sich zu mir und flüstert: »Normalerweise fahren sie selbst herum, aber er ist auf Hilfe angewiesen. Deine Aufgabe ist es heute, in dorthin zu fahren, wo er hinwill. Denk daran, immer schön leise zu sein, wenn jemand abschlägt. Und bleib auf den Wegen. Melde dich, falls du irgendwas brauchst.«

Dann geht der Coach, und ich bin mit Mr Williams, der mich immer noch ignoriert, allein. »Ich hole ein Golfmobil und hole Sie dort drüben ab«, sage ich und deute auf eine offene Fläche rechts neben der Veranda.

Während ich zum Golfcart gehe, zücke ich Charlies Handy, um ihm zu schreiben.

> **ICH:** Ich muss den ganzen Tag diesen Typen herumfahren und werde es nicht schaffen, um elf bei der Party zu sein. Das heißt, du musst in der Nähe von Danlees Haus abhängen. Sorry!! Schreib mir, falls du mich brauchst. Ich melde mich dann so schnell wie möglich.

Wahrscheinlich schläft er noch. Der erste Wecker klingelt erst in einer halben Stunde.

Ich schnappe mir das erstbeste Golfmobil und steige auf, um Mr Williams abzuholen. Er hat eine Tasche dabei, eine Kiste, ein Klemmbrett und eine Kühlbox. Es dauert eine Weile, bis wir alles so verstaut haben, wie es ihm gefällt. Ich habe ungefähr dreißig Sekunden gebraucht, um zu merken, dass er ziemlich speziell ist. Nahezu lächerlich.

Auf der Liste auf dem Klemmbrett stehen die Namen aller Spieler, ihre Startzeiten und noch andere Infos, die ich nicht entziffern kann. Leo ist als Dritter an der Reihe, Locke nur wenige Plätze hinter ihm. Das sind die einzigen Namen, die ich erkenne, bevor Mr Williams das Klemmbrett wegzieht.

Ich wünschte, ich hätte beim Golfkurs besser aufgepasst, denn es nervt mich, nicht zu wissen, was diese ganzen Zahlen und Begriffe zu bedeuten haben.

Endlich scheint Mr Williams bereit zu sein. Das Klemmbrett liegt auf seinem Schoß, sein Handy steckt im Getränkehalter, und in der linken Hand hält er einen Stift. »Okay, beginnen wir beim Abschlag von Loch eins. Ich will, dass du bei jedem Loch hältst. Ich sage dir dann, wohin ich als Nächstes will und wann. Bitte sprich weder mit mir noch mit sonst jemandem, es sei denn, ich sage dir, dass es in Ordnung ist.«

Ich nicke, denn ich traue mich nicht mal, etwas zu erwidern, und stelle das Mobil in den »Drive«-Modus. Es macht einen Satz nach vorn, aber wenigstens fliegt er nicht durch die nicht vorhandene Windschutzscheibe.

Wir müssen nicht weit fahren. Ich halte direkt in der Nähe des Abschlags. Ich sitze vollkommen still, während er sich auf seinem Klemmbrett Notizen macht. Man merkt, dass er Schwierigkeiten hat, mit der linken Hand zu schreiben. Ich denke darüber nach, ihm meine Hilfe anzubieten, aber er meinte, ich solle still sein, also sage ich nichts. Nach ein paar Minuten scheint er zufrieden.

»Abschlag Nummer zwei.« Da ich mich nicht so schnell in Bewegung setze, wie er es gern hätte, fügt er knapp hinzu: »Jetzt.«

Wir beobachten die Spieler. Er bittet die Zuschauer um Ruhe und sagt ihnen, dass sie auf den Weg zurückkehren sollen. Er macht sich Notizen, spricht in sein Walkie-Talkie. Ich entdecke mehrere Leute von meiner Schule an verschiedenen Löchern. Locke ist bei Loch Nummer sieben, Cal und David bei Nummer acht und neun. Die Mädchen von meiner Schule sind weiter hinten auf dem Platz an den Löchern elf, vierzehn und sechzehn. Da Locke das erste bekannte Gesicht war, das ich heute gesehen habe, habe ich ihm kurz zugewinkt, doch als Mr Williams geknurrt hat, habe ich schnell die Hand gesenkt. Jetzt ignoriere ich jeden, den ich kenne, denn ich will niemanden in Schwierigkeiten bringen. Ich hoffe, sie wissen, dass ich nur versuche, die Regeln zu befolgen.

In meiner hinteren Hosentasche vibriert die ganze Zeit Charlies Handy. Ich hoffe, die Nachrichten sind für ihn bestimmt. Nicht, dass er versucht, mich zu erreichen.

Wir beginnen gerade wieder bei Loch eins, als ich Leo entdecke.

Vier Spieler stehen dort bereits in der Schlange. Leo hält seinen Schläger vor sich und macht irgendeine Art Dehnübung. Noch hat er mich nicht bemerkt, also nutze ich die Gelegenheit und beobachte ihn eine Weile.

Er trägt eine graue Hose und ein weißes Golfshirt mit Kragen, das einen starken Kontrast zu seiner gebräunten Haut bildet. Unter seiner Baseballmütze blitzen wilde Locken hervor. Die Mütze selbst sieht ziemlich verschlissen und ausgeblichen aus. Man sieht, dass sie mal dunkelblau war, aber inzwischen ist sie beinahe lila. Sie muss ihm etwas bedeuten, denn seine restlichen Klamotten wirken brandneu und wie frisch gebügelt.

Ich mustere ihn immer noch von Kopf bis Fuß und stelle erschrocken fest, dass er mich direkt ansieht, als mein Blick wieder nach oben wandert. Er grinst. Ich kichere. Als ich mich wegdrehe, merke ich, dass mich Mr Williams böse anstarrt.

»Wie viele von den Golfern kennst du?«

Ich zähle kurz nach. »Sieben«, erwidere ich leise.

»Wird das ein Problem darstellen?«, will er wissen.

Ich schüttle den Kopf. »Nein. Nein, Sir. Überhaupt nicht.«

Mr Williams legt das Klemmbrett auf das Armaturenbrett und steigt aus. Dann nähert er sich Loch eins, als wollte er genauer sehen, was dort vorgeht.

Ich vermeide weiteren Blickkontakt mit Leo, ergreife jedoch die Chance und checke mein Handy, denn es dreht immer noch vollkommen durch in meiner Hosentasche. Nachrichten von Bianca. Viele Nachrichten. Während Mr Williams die Spieler beim Abschlagen beobachtet und versucht, sich Notizen zu machen, öffne ich ihre Nachrichten. Ich meine, was, wenn es etwas Wichtiges ist und ich Charlie Bescheid geben muss?

Doch es sind keine Textnachrichten. Es sind Fotos von ihr in ihrem Westernkostüm für die Party heute. Und sie sieht bezaubernd aus.

BIANCA: Zu viel??? Könnte sein, dass ich die Einzige bin, die so kurze Shorts trägt!
BIANCA: Wäre das schlimm??

Ich kann sie nicht so hängen lassen. Doch da Mr Williams direkt vor mir steht, kann ich Charlie nicht anrufen. Also beschließe ich, ihr so zu antworten, wie es Charlie tun würde.

CHARLIE: 🔥🔥🔥🔥🔥

Charlie ist kein Mann großer Worte. Sie schickt mir einen Kuss-Emoji zurück. Jetzt weiß ich, dass ich die richtige Entscheidung getroffen habe.

Schließlich kommt Mr Williams zurück und steigt wieder in das Golfmobil. »Okay, fahren wir weiter zum nächsten Loch.«

Ich muss all meinen Willen zusammennehmen, um nicht noch mal zu Leo zu blicken, bevor ich weiterfahre.

***

TELEFONDIENST: CHARLIE

Ich beäuge Olivias Handy, als wäre es besessen. Der dumme Wecker ist dreimal losgegangen, obwohl ich ihn ausgemacht und nicht auf Snooze gedrückt habe. Doch jetzt bin ich bereit für Tante Lisa. Auf die erste Nachricht antworte ich: *Springe jetzt unter die Dusche*. Ich weiß, wie lange Olivia und Sophie brauchen, um sich fertigzumachen, das sollte mir also mindestens eine Stunde Zeit verschaffen. Nur blöd, dass ich jetzt wach bin.

Ich öffne jeden Schrank, auf der Suche nach Nahrung. Nichts sieht wirklich lecker aus. Als Nächstes folgt die Speisekammer. Treffer! Cocoa Puffs machen das Rennen. Dann öffne ich den Kühlschrank, doch meine Hoffnung auf Schokomilch stirbt, als ich nur Bio-Mandelmilch entdecke.

Tante Lisa ist tatsächlich ein Monster.

Ich stelle das Müsli zurück und sehe nach, was der Kühlschrank sonst noch hergibt. Truthahnbacon. Nope.

Obst. Nope. Joghurt – mancher mit Frucht, mancher ohne. Nope. Nope. Hier gibt es nichts zu essen. Toll. Jetzt bin ich wach UND hungrig. Kurz denke ich darüber nach, zu Nonna zu gehen, doch dann erinnere ich mich an das Fiasko gestern, als Tante Lisa dachte, Olivia wäre da. Vielleicht gehe ich zu Wes. Die haben immer was zu essen. Ich will gerade Olivias Handy holen, als mir einfällt, dass ich Tante Lisa gerade gesagt habe, Olivia würde jetzt duschen gehen.

»Gibt's Kaffee?«

Mir entweicht ein Schrei. Dann schreit Sophie, weil ich geschrien habe.

»Verdammt! Ich habe ganz vergessen, dass du auch da bist«, sage ich.

»Du hast jeden Küchenschrank geöffnet und wieder zugeknallt. Ich konnte dich von oben hören.« Sie geht zur Küchentheke und beginnt, Kaffee zu machen.

Ich öffne mal wieder den Kühlschrank. »Hier gibt es nichts zu essen.«

»Bei Nonna gibt's bestimmt Frühstück«, murmelt Sophie.

»Ja, ich weiß, aber …« Ich springe auf, nehme Olivias Handy vom Tisch und schiebe es Sophie zu. »Pass du auf das Telefon auf. Ich bin gleich wieder da!«

Doch sie kommt mir zuvor. »Nicht mein Tag! Ich muss nach Hause und mich mit Mom treffen!« Sie lässt den Kaffee einfach stehen und stürmt zur Hintertür hinaus. Ich schwöre, ich kann sie kichern hören.

Besondere Zeiten erfordern besondere Maßnahmen. Ich lasse das Handy einfach hier. Offiziell steht Olivia sowieso gerade unter der Dusche. Es ist also nicht so, als könnte sie im Moment antworten. Ich schlüpfe in meine Flip-Flops und bin so schnell zur Tür hinaus, dass ich sehe, dass Sophie noch nicht mal um die Ecke gebogen ist.

Ich kann die Zimtschnecken schon riechen, bevor ich überhaupt Nonnas Hintertür geöffnet habe. Heute Morgen sind nur wenige Familienmitglieder hier. Onkel Sal und mein Cousin Banks. Tante Kelsey, die aber nur zwei ihrer Töchter, Mary und Frannie, dabeihat. Und natürlich Nonna und Nonno.

»Mein Gott, das riecht gut«, schwärme ich. Nonna nimmt mich fest in den Arm, denn ich bin ihr Lieblingsenkel.

»Wollte Wes kein Frühstück? Oder die Mädchen?«, fragt sie und sieht sich um, um sicherzugehen, dass sie sich nicht unbemerkt hereingeschlichen haben.

»Nope. Nur ich!«

»Ich habe Olivia seit Tagen nicht mehr gesehen«, bemerkt sie.

Ich zucke mit den Schultern und schiebe mir eine ganze Zimtschnecke in den Mund, damit ich keine Fragen beantworten muss. Sie sieht mich merkwürdig an. Und es gefällt mir nicht.

»Sie haben diese Woche viel zu tun, Mom«, erklärt Tante Kelsey.

Ich wünschte, ich könnte ihr ein High Five geben!

»Nun, Michael kommt heute Nachmittag. Also treffen wir uns heute Abend hier zum Familiendinner. Ich schreibe in unseren Familienchat.« Nonna greift nach ihrem Handy, und kurz darauf fangen alle Handys an zu piepen.

Ich esse auf und spüle mein Geschirr ab. »Danke, Nonna!«. Dann mach ich mich schnell auf den Weg zurück zu Olivia. Als ich wieder in ihrer Küche stehe, nähere ich mich vorsichtig ihrem Smartphone.

Da ist sie. Direkt unter Nonnas Nachricht.

MOM: Welches Shirt trägst du zu dem Jeansrock? Etwas Rotes wäre süß! Vielleicht das Top, das wir in Dallas gekauft haben? Allerdings brauchst du dazu einen trägerlosen BH.

Ich stehe neben dem Tisch, die Hände in die Hüften gestemmt. Was zum Teufel? Schon wieder. Da ich weiß, dass ich Olivia nur im Notfall anrufen soll – obwohl … das hier *ist* ein Notfall! –, rufe ich stattdessen Sophie an.

»Hey«, meldet sie sich. »Steckst du jetzt schon in Schwierigkeiten? Ich bin erst vor zwanzig Minuten losgefahren.«

»Hat Tante Lisa Olivia an deinem Tag auch gesagt, welchen BH sie tragen soll? Oder passiert das nur bei mir? Ich glaube nämlich, es passiert nur bei mir. Es ist wie ein Fluch.«

»Haha, ich wünschte, ich könnte gerade dein Gesicht sehen!« Sie findet es witzig. Typisch.

Ich lese ihr Tante Lisas Nachricht vor.

»Schreib einfach *Okay*.«

»Ist es seltsam, dass sie sich so in Olivias Leben einmischt?«, frage ich.

»Ein bisschen. Ich glaube, sie dreht durch, weil sie weiß, dass Olivia bald wegzieht.«

»Aber deine Mom verhält sich doch auch nicht so. Oder etwa doch? Sag jetzt nicht, dass Tante Eileen auch ein Psycho ist. Ich glaube, das verkrafte ich nicht.« Ich tippe die Antwort, die Sophie vorgeschlagen hat, und hoffe, dass nichts mehr zurückkommt.

»Mom hat Margot und Anna. Ich meine, ja, ich glaube schon, dass sie traurig ist, dass ich gehe. Aber seien wir mal ehrlich. Ich ziehe nur nach Südlouisiana, in die Nähe von Margot. Wahrscheinlich passt ihr das ganz gut, weil sie dann Anna öfter besuchen kann.«

Die drei hüpfenden Punkte erscheinen. »Bleib dran. Sie schreibt schon wieder.«

MOM: Der Jeansrock ist ein bisschen kurz. Vielleicht solltest du eine kurze Hose darunterziehen. Nur zur Sicherheit.

»Und jetzt reden wir über Unterwäsche.« Ich lese Sophie die Nachricht vor.

Sophie bricht in Gelächter aus. Sie muss so heftig lachen, dass sie anfängt zu grunzen. Bräuchte ich sie gerade nicht, würde ich jetzt auflegen.

»Ein einfaches *Okay* sollte auch hier genügen«, bringt sie schließlich hervor.

»Es ist erst halb zehn. Wie soll ich bitte den Tag überstehen?«

»Du wirst es überleben! Muss Schluss machen. Wes ruft an.« Dann legt sie auf.

Großartig. Noch eine Nachricht. Was will Tante Lisa jetzt schon wieder? Ich bin kurz davor, Sophie erneut anzurufen, als ich sehe, dass die Nachricht nicht von Tante Lisa ist. Es ist jemand namens *L.*

L? Ich öffne die Nachricht.

L: Sieht aus, als hättest du heute einen ziemlich lässigen Job.

Ich scrolle nach oben und lese die Nachrichten von gestern Abend. Sieh mal einer an. Sieht ganz so aus, als würde zwischen Olivia und Locke was laufen. Wahrscheinlich weiß sie nicht, dass Sophie mir erzählt hat, wer die Nachrichten gestern geschrieben hat. Anscheinend versucht sie, seine Identität hinter seinem Anfangsbuchstaben zu verbergen. Wie süß.

Ich werde so was von antworten.

ICH: Ja, ziemlich cool.

Es dauert nicht lange, bis er zurückschreibt. Mir entweicht ein böses Lachen. Das macht Spaß.

L: Musst du den ganzen Tag mit diesem Typen verbringen?

Oh. Moment. Das könnte schwieriger werden, als ich dachte. Es dauert kurz, bevor ich antworte:

ICH: Ich weiß noch nicht.

L: Vielleicht sehen wir uns noch mal, wenn er nicht in der Nähe ist.

Wahrscheinlich wird sie mich dafür umbringen.

ICH: Komm und such mich später.

Vielleicht wird der Tag heute doch nicht so schlimm, wie ich befürchtet hatte.

***

OLIVIA

Ich habe ganze dreißig Minuten Zeit, um zu Mittag zu essen. Aber vor allem dreißig herrliche Minuten, die ich nicht mit Mr Williams verbringen muss. Gäbe es eine Maschine, die einem jegliche Lebensfreude raubt – sie wäre nach seinem Vorbild gebaut. Ich wollte Tanika Hallo sagen, als sie darauf gewartet hat, an die Reihe zu kommen und rein gar nichts zu tun hatte, doch Mr Williams hat mir mit seinem Klemmbrett auf den Arm geschlagen und geschimpft: »Mit Spielern wird nicht geredet.«

Bräuchte ich die Stunden nicht, um meinen Abschluss zu bekommen, hätte ich ihm das Klemmbrett auf seinen gebrochenen Arm gedonnert.

Jetzt sitze ich unter einem Baum in der Nähe des Clubhauses und verdrücke mein Fertigessen. Mr Williams sitzt im Speisesaal, und die Spieler sind auf dem gesamten Golfplatz verteilt, daher ist hier kaum etwas los.

Ich rufe Charlie an, denn mittlerweile sollte er vor der Partylocation in seinem Auto sitzen.

Nach dem dritten Klingeln geht er ran. »Hey!«

Ich höre laute Hintergrundgeräusche. »Was ist los? Ich hoffe, du stehst vor Danlees Haus!«

»Ja! Ja, genau da bin ich!«

»Warum ist es bei dir so laut?«, frage ich. Ich stelle meine Essensbox ins Gras und beginne, auf und ab zu gehen. Ich hoffe stark, dass er es nicht vermasselt.

»Das Radio«, erwidert er.

Er lügt.

»Charlie …«, setze ich an, doch er unterbricht mich.

»Ich rufe dich zurück.« Dann legt er auf.

Mist! Ich werde ihn umbringen.

»Du hast es mir ziemlich schwer gemacht, dich zu finden«, höre ich eine Stimme hinter mir. Ich wirble herum. Leo.

Beim Gedanken, dass er nach mir gesucht hat, werde ich ein wenig nervös. Ich versuche, nicht allzu breit zu grinsen. Nur ein bisschen, damit er weiß, dass ich mich freue, ihn zu sehen, aber auch nicht so breit, dass er etwas merkt.

Er wirkt immer noch frisch und sauber, während ich bestimmt total fürchterlich aussehe. Da das Golfmobil keine Windschutzscheibe hat, wurden meine Haare die ganze Zeit durchgepustet. Und es ist heiß. Sehr heiß. Wahrscheinlich stinke ich.

Mit dem Kopf deutet er auf meine Essensbox auf dem Rasen. »Mittagspause?«

»Ähm, ja. Ganze dreißig Minuten!«

Er kommt ein Stück näher, und ich widerstehe dem Drang, unter meinen Achseln zu riechen.

»Hast du auch Mittagspause?«

»Nein, ich bin gerade mit den ersten neun Löchern fertig geworden. Wir sind schneller als die Gruppe vor uns, daher hatte ich ein paar Minuten, um mir etwas zu trinken zu holen«, erklärt er und hält einen weißen Styroporbecher mit dem Clublogo in die Höhe.

»Und? Wie läuft's bisher?«, will ich von ihm wissen.

Er zuckt mit den Schultern. »Ich gebe mein Bestes. Das hier ist eine ziemlich schwierige Anlage. Wir haben alle unsere Probleme. Aber solange alle schlecht spielen, ist es schon in Ordnung. Und wie war dein Tag bisher?«

Ich verdrehe die Augen. »Ich muss die Fluraufsicht herumfahren. Er stellt nicht nur sicher, dass keiner etwas falsch macht, nein, er will auch, dass sich alle möglichst miserabel fühlen.«

»Ja, der Typ nervt total. Ich bin ihm schon ein paar Mal bei Turnieren begegnet. Bei ihm gibt es keine Grauzonen. Gar keine.«

»Ich hoffe, ich muss das jetzt nicht jeden Tag machen. Obwohl. Besser, als Golfbälle in Pyramiden aufeinanderzustapeln. Wer auch immer auf diese Idee gekommen ist, ist für mich gestorben.«

Er lacht – und ich mag den Klang. Wenn er so breit grinst, ist er sogar noch süßer.

»Bei vielen Anlagen bekommt man einfach einen Eimer mit Bällen in die Hand gedrückt. Ich dachte, du wärst mit den Leuten vom Turnier hier, aber anscheinend arbeitest du für den Club, wenn du Bälle verteilst.«

Ich stemme die Hände in die Hüften. »Ist das deine unterschwellige Art, mich zu fragen, warum ich hier bin? Unser erstes richtiges Gespräch heute, und du brichst schon jetzt die Regeln.«

Leo weiß, dass ich es nicht wirklich ernst meine. Er hebt abwehrend die Hände. »Es ist nicht unser erstes Gespräch. Ich habe extra bis zum zweiten gewartet. Und nein, ich breche keine Regeln. Ich will nicht wissen, warum. Es geht eher darum, *was* du machst. Da du Williams herumfährst, dachte ich, du wärst mit den Veranstaltern des Turniers hier.«

Der erste Teil von dem, was er gesagt hat, wirft mich ein wenig aus der Bahn. Bestimmt hat er mir geschrieben – und Charlie hat ihm geantwortet. Zum Glück habe ich ihn nicht unter seinem richtigen Namen abgespeichert. Aber was um alles in der Welt hat Charlie ihm geschrieben?

Aber da Leo nach mir gesucht hat, kann es nicht allzu schlimm gewesen sein.

»Wahrscheinlich ist dir nicht entgangen, dass Mr Williams einen Gipsarm hat. Ich bin seine Chauffeurin.« Ich mache eine Art Knicks. Keine Ahnung, warum.

Es liegt bestimmt an der Hitze, aber zum Glück grinst er immer noch.

Leos Blick wandert zur Anlage, bevor er mich erneut ansieht. »Ich muss jetzt wieder zurück.« Aber irgendwas in seiner Stimme und seiner Körperhaltung sagt mir, dass er noch nicht gehen will. Und es freut mich.

»Wir sehen uns bestimmt, sobald wir wieder unsere Runden drehen. Aber ich darf mit niemandem sprechen.

Nur damit du weißt, dass ich dich nicht absichtlich ignoriere.«

Dieses Lächeln. Ist es schon immer so süß gewesen? Vielleicht fällt es mir auch erst jetzt auf, weil es früher nicht mir gegolten hat.

»Ich weiß. Bei Turnieren herrschen immer strenge Regeln.« Dann ist er weg. Ich lasse mich wieder ins Gras plumpsen, damit ich zu Ende essen kann. Ich denke darüber nach, ob ich Charlie fragen soll, ob er »L« geschrieben hat, aber damit würde ich nur erreichen, dass er ihm auf jeden Fall schreibt. Jetzt, da er die Macht über mein Sozialleben hat, kann ich nur hoffen, dass sich der Schaden in Grenzen hält.

***

TELEFONDIENST: CHARLIE

»Ich hätte Wes zwingen sollen mitzukommen«, sage ich laut. Zu niemandem. Denn ich sitze allein im Auto.

Ein paar Mädchen, die ich kenne, gehen die Einfahrt zu Danlees Haus hinab, und ich sinke tiefer in meinen Sitz. Ich komme mir vor wie ein Spanner. Danlee lebt am Stadtrand auf einem riesigen Grundstück. Hier kann man sich nirgendwo verstecken.

Ich wusste, dass die Party bei Danlee stattfinden würde, habe aber nicht wirklich darüber nachgedacht, bis Tante Lisa geschrieben hat: *Pass auf, dass du nicht zu spät kommst. Du weißt, wie weit es bis zu ihr ist.* Also bin ich rechtzeitig losgefahren, damit »Olivia« pünktlich da sein würde, denn nein, ich hatte keine Ahnung, wie weit entfernt Danlee wohnt. Aber anscheinend ist keiner pünktlich erschienen, denn ich war der Erste.

Ich habe alle Mädchen beobachtet, die angekommen sind. In ihren Kostümen. Was ziemlich interessant war. Stephs Gürtelschnalle war so groß, dass sie bestimmt nicht aufrecht stehen kann. Das ist unmöglich.

Aber ich habe Schiss, dass mich irgendjemand erwischt, denn so, wie ich hier im Auto sitze, wirke ich wie ein Perverser.

Klopf, klopf, klopf.

»Verdammt«, schreie ich und schrecke hoch.

Bianca lacht mich aus, während ich das Fenster herunterkurble. »Charlie, ich wollte dich nicht erschrecken.«

Sie kann sich kaum halten vor Lachen.

»Was machst du hier?« Bestimmt fragt sie sich, warum ich in meinem Auto vor Danlees Haus sitze. Allein.

Da ich Olivia nicht verraten will, bleibt mir nichts anderes übrig, als wie ein Idiot dazustehen.

»Ich warte auf Olivia. Sie hat ihre Tasche in meinem Truck vergessen. Und ich wusste, dass sie hier sein würde.« Die dümmste Lüge aller Zeiten.

»Oh«, erwidert sie.

Dann sehe ich sie mir genauer an. Sie sieht hübsch aus. Wirklich hübsch. Ich öffne die Tür und springe aus dem Truck. »Schönes Outfit.«

»In echt ist es noch besser, was?«, erwidert sie, dreht sich einmal um die eigene Achse und hebt auf süße Weise ihren Fuß, um mir ihre Cowboystiefel zu präsentieren.

»Ehm, ja«, kommentiere ich ein wenig geistesabwesend.

Bianca und ich flirten schon die ganze Woche miteinander. Ich mag sie. Sehr sogar. Aber ich traue mich nicht, etwas mit ihr anzufangen, weil wir ab Herbst sowieso alle getrennte Wege gehen werden. Aber solange es so locker zwischen uns bleibt, bin ich voll und ganz an Bord.

Weitere Autos kommen angefahren, und sie blickt zur Straße. Wahrscheinlich hält sie Ausschau nach Olivias Wagen. »Wir haben Olivia diese Woche kaum gesehen. Irgendwie merkwürdig. Soll ich ihre Tasche mitnehmen?«

»Nein, ich gebe ihr noch ein paar Minuten. Ich glaube, sie braucht etwas aus der Tasche, bevor sie hineingeht.«

Okay, *das* war die dümmste Lüge aller Zeiten. Ich schaufle gerade mein eigenes Grab. Gleich werde ich unter meinen ganzen Lügen ersticken.

»Okay, dann bis später«, sagt sie und entfernt sich ein paar Schritte. »Oder nicht?«

Ich schließe wieder zu ihr auf. »Doch, das lässt sich arrangieren. Heute Abend ist Familiendinner, aber danach spielt Judds Band im Superior. Wollen wir uns da treffen?«

»Judd spielt in einer Band?« Warum reagieren alle immer so schockiert auf diese Info?

»Ja, komm doch mit.«

Lächelnd streicht sie sich eine Haarsträhne hinters Ohr und beißt sich auf die Unterlippe. Es ist mir egal, ob sie das schon tausendmal vor dem Spiegel geübt hat, denn es funktioniert.

»Dann treffen wir uns dort.«

Sie geht die Einfahrt hinab und winkt mir noch einmal kurz zu, bevor sie ins Haus verschwindet. Yee. Haw!

Es kommen immer mehr Autos, die weiter unten parken. Als ich den Wagen der Bösen Joes entdecke, seufze ich laut. Das kann ich jetzt wirklich nicht gebrauchen.

Wieder sinke ich tiefer in meinen Sitz. Meinen Truck werden sie mit Sicherheit erkennen, aber vielleicht sehen sie mich ja nicht. Natürlich tragen sie das gleiche Kleid und die gleichen Cowboystiefel. Und sie haben irgendwas Komisches mit ihren Haaren angestellt und zu komplizierten Zöpfen geflochten, die aussehen wie Hörner.

Vielleicht kommen auch langsam ihre richtigen Hörner zum Vorschein, und sie versuchen, sie zu kaschieren.

Sie schlendern an meinem Truck vorbei und beginnen zu flüstern. Dann bleiben sie stehen.

Großartig. Einfach großartig.

Sie stellen sich vor den Truck, und Mary Jo schlägt mit der Faust auf die Motorhaube.

Blitzschnell richte ich mich auf und gebe mich zu erkennen, bevor ich überhaupt länger darüber nachdenken konnte.

»Hey!«, rufe ich durch das geschlossene Fenster.

»Freak«, bemerkt Jo Lynn.

»Warum bist du hier?«, fügt Mary Jo hinzu.

Ich rolle das Fenster herunter. Es gibt so vieles, was ich gern sagen würde, doch ich halte mich zurück. Ich werde mir von ihnen nicht auf der Nase herumtanzen lassen.

Mit einer Handbewegung scheuche ich sie weg. Schließlich gehen sie. Das Handy vibriert. Schon wieder Tante Lisa. Hoffentlich ist dieser Tag bald vorbei.

Sie sieht sicherlich, dass Olivia hier ist.

MOM: Mach Fotos von den Blumen und vom Essen. Dad und ich schmeißen nächsten Monat eine Party für die Fletchers, und ich denke darüber nach, denselben Floristen zu beauftragen, will aber vorher sehen, wie alles aussieht. Und beim Caterer genauso.
MOM: Und ich habe gehört, ihr werdet Line Dance tanzen! Bitte mach ein Video für mich!
MOM: Viel Spaß! Du weißt ja, dass ich gern ein Foto von dir und deinen Freunden hätte, aber ich will nicht nerven!

Was zur … Soll das ein Witz sein? Fotos von den Blumen? Und vom Essen? Klar, kein Problem. Ich werde einfach mein Stalkerlevel um das Zehnfache erhöhen.

Ich weiß, dass Bailey auch schon da ist, also schreibe ich ihr. Aber wenn sie mich anruft, statt zurückzuschreiben, bin ich am Arsch. Doch zum Glück antwortet sie schnell.

BAILEY: Kein Problem. Ich schicke sie dir.

Und noch eine Nachricht.

BAILEY: Ich wusste gar nicht, dass du heute auch arbeiten musst …

Ich lehne mich zurück und fahre mir durchs Gesicht. Ich muss nachdenken.

ICH: Nonna hat mich gebraucht. Da konnte ich nicht Nein sagen.

Wenige Minuten später beginnt Olivias Handy zu vibrieren. Jawoll! Es sind die Fotos von Bailey. Ich speichere sie ab und schicke sie Tante Lisa.

Ich frage mich, wie lange ich bleiben muss, um Tante Lisa zufriedenzustellen. Vielleicht kann ich Olivias Handy in den Briefkasten werfen und es später wieder abholen. Aber was, wenn der Postbote heute noch nicht da war und das Telefon dann aus Versehen mitnimmt? Japp, das wäre doof.

Während ich meine Optionen durchgehe, fällt mein Blick auf Bianca, die auf meinen Truck zukommt. In diesen kurzen Shorts wirken ihre Beine besonders lang. Mann, wie ich Mottopartys liebe.

Wieder rolle ich das Fenster herunter und überlege, was ich sage, wenn sie mich fragt, warum ich immer noch hier bin.

Bianca lehnt sich gegen die Fahrertür und steckt den Kopf durchs Fenster.

»Bailey hat Olivia gerade Fotos von den Blumen und vom Essen geschickt, weil sie nicht kommt. Muss arbeiten. Hat sie dir das nicht gesagt?«

Nervös kichernd greife ich nach Olivias Handy und versuche, die Hülle mit dem Blumenmuster zu verstecken. »Sie hat gerade angerufen.«

Bianca grinst. »Okay, ich wollte nur sichergehen, dass du nicht länger auf sie wartest. Ich habe dir geschrieben, aber du hast nicht geantwortet.«

Oh oh. Ich halte das Handy in die Höhe und bewege es umher. »Hier draußen hat man kaum Netz.«

Sie drückt sich vom Truck ab und geht langsamen Schrittes zurück zum Haus. Aber natürlich fahre ich nicht los, und sie fragt sich, warum. Bevor sie die Tür erreicht hat, macht sie kehrt und kommt zurück. Ich kurble das Fenster herunter. Mal wieder.

»Willst du irgendjemanden ausspionieren?«

Könnte ich den Kopf gegen das Lenkrad schlagen, würde ich es tun. »Nein. Ich … Es ist kompliziert.« Olivia will auf keinen Fall, dass irgendjemand von ihrem Chaos erfährt. Schule ist schon immer ihr Ding gewesen. Und ich weiß, wie hart sie dafür gearbeitet hat, zu den Besten des Jahrgangs zu gehören. Ich wäre jetzt gern sauer auf sie, aber sie ist immer für mich da gewesen, ganz egal, was ich machen wollte und wie dumm die Idee auch war. Ich meine, sie analysiert immer, warum die Idee dumm ist und wie schnell man uns erwischen wird, aber sie ist trotzdem immer da. Also werde ich eben wie ein Trottel dastehen, weil ich hier vor Danlees Haus sitze.

Mit einer Kopfbewegung deutet Bianca auf das Haus. »Danlees Mom hat diesen alten Typen engagiert, um Geige zu spielen. Er fängt gleich an. Willst du mit reinkommen?«

»Nein. Schon gut.«

Doch sie öffnet die Fahrertür und zieht mich aus meinem Truck. »Komm jetzt. Er soll richtig gut sein.«

Das ist eine ganz schlechte Idee. Es ist offensichtlich eine Party nur für Mädchen. Und die Bösen Joes sind auch hier. Doch Bianca wird kein Nein akzeptieren.

»Okay, ich komme mit. Aber wir halten uns im Hintergrund«, sage ich.

Wir durchqueren Danlees Haus bis zur Hintertür, die in den Garten führt. Ein Steinweg führt einen kleinen Hügel hinab zu einer Scheune und einer eingezäunten Koppel, auf der ein paar Pferde stehen. Doch was mich wirklich umhaut, ist das Innere der Scheune. An der Decke hängen Lichterketten, und auf den Heuballen liegen Jutesäcke, damit sich die Leute daraufsetzen können. Große metallene Tröge sind mit Eis und Drinks gefüllt, und es gibt eine lange Tafel voller Grillfleisch.

Bianca will weitergehen, doch ich bleibe stehen. »Ich bleibe entweder hier oder gehe zurück zum Truck.«

Schnaubend gibt sie nach. Wir suchen uns zwei Heuballen abseits der Menge aus. Zum Glück achten alle nur auf den alten Herrn auf der anderen Seite der Scheune.

Er greift nach seiner Geige und zupft ein paar Saiten. Dann legt er los. Und zwar so wild, dass es mich wundert, dass seine Geige nicht anfängt zu qualmen. Nach dem ersten Lied fordert er die Mädchen auf, sich für einen Line Dance aufzustellen. Ich nutze die Gelegenheit und mache ein kurzes Video, damit mir Tante Lisa nicht länger auf die Nerven geht. Dann schnappe ich mir ein paar Rippchen, denn meine Güte – sie duften einfach himmlisch. Nach ein paar Liedern – und einem großen Teller voller Essen – habe ich das Gefühl, nun lange genug geblieben zu sein. Doch dann fängt der Typ an zu reden.

»Okay, kommen wir nun zum besten Teil! Seid ihr bereit, komplett durchzudrehen?«

Als er an einem Seil zieht, öffnet sich der Vorhang

hinter ihm, und zum Vorschein kommt ein mechanischer Bulle.

»Wer ist bereit für seine acht Sekunden?«, ruft er.

Die Mädchen fangen an zu kichern und schubsen sich gegenseitig in seine Richtung, aber keines meldet sich.

Und dann spüre ich, wie sich mein Arm hebt.

Es ist Bianca, die ihn in der Luft hält und wie verrückt winkt. »Charlie will es ausprobieren!«

Was? Nein, Charlie will es NICHT ausprobieren!

Der alte Kerl winkt mich zu sich.

»Was hast du getan?«, frage ich sie.

Sie hebt die Schultern und verzieht das Gesicht. »Keiner hat sich gemeldet! Das war unangenehm!«

Sie schiebt mich in Richtung des Mannes, der bereits auf mich wartet. Alle Mädchen klatschen und rufen meinen Namen.

»Ich werde sterben«, jammere ich.

»Jetzt übertreib mal nicht«, erwidert Bianca.

Vorn angekommen zieht mich der Kerl zu sich. »Klingt, als wärst du Charlie!«, ruft er.

»Japp.« Vielleicht hätte ich von dem Kartoffelsalat keine zweite Portion essen sollen. Den Bösen Joes ist die Schadenfreude deutlich anzusehen. Die Handys haben sie schon griffbereit, um das Desaster zu filmen.

Er reicht mir einen Handschuh. »Sollen wir dich anfeuern?«

Das wird sowieso schon peinlich genug. Da muss ich nicht noch zusätzlich angefeuert werden, also schüttle ich vehement mit dem Kopf. Ich hebe ein Bein über das gigantische Ding und versuche, mich hochzuziehen.

Ich hatte wirklich gehofft, dass ich es beim ersten Versuch schaffe. Aber nein. Und beim zweiten Mal auch nicht.

Doch beim dritten Mal klappt es endlich!

Der alte Kerl nickt einem Typen zu, der seitlich an einem Bedienungspult sitzt, und der Bulle macht einen Satz nach vorn. Mit meiner behandschuhten Hand umklammere ich die Zügel, als würde mein Leben davon abhängen. Am Anfang bewegt er sich nur langsam, dreht sich gemächlich im Kreis. Doch dann geht's los.

Meine Knie drücken sich gegen den Bullen, und ich halte meine freie Hand nach oben.

Und ich sitze noch!

Ich bin ziemlich gut!

Die Mädchen feuern mich an, doch inzwischen dreht sich der Bulle so schnell, dass ich sie nur noch verschwommen wahrnehme.

Das macht Spaß!

Der Bulle verlangsamt sich. Statt herunterzuspringen, stelle ich mich auf seinen Rücken, stoße die Fäuste in die Luft und schreie: »Woooohoooo!«

Und die Menge dreht durch.

Nachdem der Bulle komplett zum Stillstand gekommen ist, hüpfe ich herunter. Mehr Jubeln.

»Sehr gut, Charlie!«, ruft der alte Mann.

»Das war so cool!«

Auf dem Weg zurück zu Bianca gebe ich jedem, an dem ich vorbeikomme, ein High Five, als in meiner hinteren Hosentasche Olivias Handy zu vibrieren beginnt. Ich ziehe es heraus und sehe meinen Namen auf dem Display.

»Hey!«, melde ich mich.

»Was ist das für ein Geräusch? Ich hoffe, du stehst vor Danlees Haus!«

Die Menge grölt so laut, dass ich mir das andere Ohr zuhalten muss, um sie zu verstehen. »Ja! Genau da bin ich!«

»Warum ist es bei dir so laut?«, will sie wissen.

Ich gehe ein wenig zur Seite. »Das Radio.« Sie merkt bestimmt, dass ich lüge.

»Charlie ...«, setzt sie an, doch ich unterbreche sie.

»Ich rufe dich zurück!«, schreie ich ins Telefon, lege auf und gehe zurück zu Bianca.

Sie schlingt die Arme um meinen Hals. »Du warst unglaublich!«

Ich hebe sie hoch und wirble sie herum. »Das war das Coolste, was ich je gemacht habe.« Dann setze ich sie ab, eine Hand auf ihrer Hüfte, die andere in ihrer. »Ich verschwinde jetzt. Danke, dass du mich mitgeschleppt hast. Das hat echt Spaß gemacht.«

Sie lehnt sich ein wenig nach vorn. Wir sind uns sehr nahe. Und es gefällt mir. »Bis später, Charlie Messina.«

Und mir gefällt, dass sie mich beim vollen Namen nennt. Und sie weiß, dass es mir gefällt. Dann löst sie sich langsam von mir, und ich halte ihre Hand so lange wie möglich fest.

Als ich schließlich wieder in meinem Truck sitze, vibriert das Handy wie auf Kommando.

MOM: Vergiss nicht, mir ein Video vom Line Dance zu schicken!

Ich schicke ihr das Video, das ich gemacht habe. Dann kriege ich noch eine Nachricht. Als ich sehe, von wem sie ist, muss ich kichern. Das gute alte L.

> **L:** Fertig für heute. Findet heute Abend irgendwo eine Party statt? Ich hätte nichts dagegen, dir wieder über den Weg zu laufen.

Oh, was für ein Charmeur. Ich lehne Olivias Handy gegen das Lenkrad, reibe mir die Hände und überlege, was ich am besten antworten soll. Heute Abend findet keine Party statt, aber nach dem Familiendinner bei Nonna gehen wir noch auf Judds Konzert im Superior. Perfekt.

> **ICH:** Keine Partys heute Abend. Und ich muss zum Familiendinner bei meiner Großmutter. Aber danach bin ich noch im Superior. Ein Freund spielt da mit seiner Band. Dort würden wir uns auf jeden Fall über den Weg laufen.

Seine Antwort lässt nicht lange auf sich warten.

> **L:** Fürs Abendessen habe ich bestimmt auch irgendwelche Pläne, aber ich hätte nichts gegen ein Konzert später. Wir werden uns rein zufällig begegnen.

Ha! Den Typen mag ich! Ich lösche die letzten drei Nachrichten. Olivia würde mich umbringen, wenn sie wüsste, dass ich für sie ein Treffen mit Locke arrangiert habe. Und dann würde sie nicht mit aufs Konzert kommen.

Was Olivia angeht, dreht sich in letzter Zeit alles nur noch um Schule, Noten und den Abschluss. Sie würde wochenlang mit Locke flirten, ohne sich tatsächlich mit ihm zu treffen. Sie braucht einen kleinen Schubs in die richtige Richtung.

Nach dem Dinner bei Nonna werden wir alle gemeinsam ins Superior gehen. Überraschung! Ratet mal, wer auch da sein wird.

Sie wird sich später bei mir bedanken.

Wahrheit #7: Schlagzeugsoli sind der reinste Kontaktsport.

Mittwoch, 11. Mai, Nachmittag

OLIVIA

Auch wenn der zweite Tag nicht so anstrengend war wie der erste, war es dennoch ein langer Tag. Vor allem, wenn man so viel Zeit wie ich mit Mr Williams verbringen musste. Ich weiß nicht, was schlimmer war – er oder die Hitze? Ich bin Leo noch ein paar Mal begegnet, hatte aber nie die Gelegenheit, mit ihm zu plaudern. Und es überrascht mich, wie enttäuscht ich darüber bin.

Ich kann es nicht erwarten, endlich mein Handy zurückzubekommen. Charlie wird mir einiges erklären müssen.

Auf allen Social-Media-Kanälen sieht man Posts von ihm, wie er auf einem mechanischen Bullen sitzt und *Yeehaw!* schreit. Er ist wirklich überall. Von wegen er saß die ganze Zeit vor Danlees Haus im Auto.

Und ich will unbedingt wissen, ob Leo mir geschrieben hat. Hätte Charlie inzwischen Ls wahre Identität herausgefunden, wüsste ich es schon längst.

Nonna hat uns heute Morgen geschrieben, dass wir zum Abendessen vorbeikommen sollen, da Onkel Michael in der Stadt ist. Und dann hat uns auch noch Wes an Judds ersten Auftritt im Superior erinnert. Wenn ich darüber nachdenke, wie lange es noch dauert, bis ich einfach ins Bett gehen kann, könnte ich heulen.

Familiendinner. Ich weiß nicht, ob ich dafür genug Energie habe. Aber Leo wird bestimmt auch da sein, da er bei den Bösen Joes übernachtet. Und das macht mich … nervös? Glücklich? Vielleicht ein bisschen von beidem?

Doch die Bösen Joes werden auch da sein. Und Charlie, Sophie und Wes. Bei dem Gedanken würde ich doch lieber ins Bett kriechen. Wie kann es sein, dass alles *noch* komplizierter geworden ist?

Als ich zu Hause ankomme, wartet Charlie bereits auf mich. Er sitzt auf der Veranda und steht neben meinem Auto, noch bevor ich es in den »Park«-Modus gestellt habe.

»Nimm es. Mir reicht's. Ich bin raus. Feierabend.« Er drückt mir das Smartphone in die Hand, bevor ich überhaupt ausgestiegen bin. »Ich liebe Tante Lisa. Wirklich. Aber für heute habe ich genug.«

Ich verdrehe die Augen und gebe ihm ebenfalls sein Handy zurück. »Schwächling.«

Kopfschüttelnd zuckt er mit den Schultern. »Schon okay. Dann bin ich eben ein Schwächling. Und du bist die Königin.«

»Sieht aus, als hättest du auf der Party eine ordentliche Show abgezogen«, bemerke ich.

Er strahlt übers ganze Gesicht. »Das war total abgefahren! Hast du es gesehen?« Er ist so aufgedreht, dass er auf und ab hüpft.

Ich boxe ihm gegen den Arm. »Natürlich habe ich es gesehen! Alle haben es gesehen! Dein Handy explodiert schon den ganzen Nachmittag.«

Er wischt über das Display und beginnt, seine Mitteilungen zu lesen, während er sich von mir entfernt. Sein Lachen hallt die gesamte Straße hinab. Wahrscheinlich wird sein Kopf nachher so groß sein, dass er nicht mehr durch Nonnas Hintertür passt. »Bianca sah auf jeden Fall *Fünf-Flammen-Emojis*-heiß aus! Gut gemacht!«, ruft er mir noch über seine Schulter zu. »Ich gehe jetzt zu Wes und später zu Nonna. Vergiss das Familiendinner nicht!«

»Ich glaube, du bist derjenige, den man daran erinnern muss! Die Hälfte deiner Nachrichten waren von verschiedensten Familienmitgliedern, die dir gesagt haben, dass du das Dinner nicht vergessen sollst«, rufe ich zurück.

Doch er winkt nur ab und geht weiter.

Ich schleppe mich ins Haus und lasse mich aufs Sofa plumpsen. Ich glaube, ich werde nie wieder aufstehen.

Mein Handy vibriert. Es ist Mom. Sie ruft tatsächlich an, statt nur zu schreiben. Zum Glück bin ich rechtzeitig nach Hause gekommen.

»Hey«, melde ich mich.

»Du klingst müde«, erwidert sie.

Wenn sie nur wüsste. »Es geht. Wie läuft's bei euch?«

»Oh, ganz gut. Die Tage sind nur sehr lang, wenn man die ganze Zeit auf Zahlen starrt. Ich hoffe, wir sind am Freitagmorgen fertig und können dann wieder nach Hause kommen.«

Zum Glück kann sie meinen Gesichtsausdruck nicht sehen, denn … *Freitagmorgen?!* Wenn sie zu früh losfahren, bin ich wahrscheinlich noch nicht fertig auf dem Golfplatz, bis sie hier sind.

»Super«, antworte ich mit so viel Enthusiasmus, wie ich aufbringen kann.

Sie redet und redet, und ich antworte nur, wenn ein *Mhm* nicht ausreicht.

»So, ich springe jetzt unter die Dusche und gehe dann zu Nonna«, verkünde ich.

»Ich habe gehört, Michael habe jemanden mitgebracht! Ich kann es gar nicht erwarten zu erfahren, was die anderen von ihm halten!«

Onkel Michaels Partner tut mir jetzt schon leid. Er hat ja keine Ahnung, worauf er sich da eingelassen hat.

Nach dem Telefonat mit Mom checke ich endlich meine Nachrichten, angefangen bei Leo.

Charlie und er haben ein paar Mal hin- und hergeschrieben, bevor er mich in seiner Mittagspause aufgesucht hat, doch danach kam nichts mehr von ihm – und das enttäuscht mich mehr, als ich gedacht hätte. Ich ignoriere den Rest und gehe nach oben in mein Zimmer, um zu duschen. Dreißig Minuten später bin ich auf dem

Weg zu Nonna. Der Anzahl der parkenden Autos nach zu urteilen sind die anderen bereits da. Meine Mom sollte die einzige Schwester sein, die heute Abend fehlt. Und Jake und Graham sind die einzigen Cousins, die nicht da sind, und Margot die einzige Cousine.

Chaos ist das einzige Wort, das so ein Familiendinner bei Nonna beschreibt. Und Nonna liebt jede einzelne Minute.

Ich schleiche mich durch die Hintertür. Oder zumindest denke ich, dass ich schleiche. Doch drinnen erwartet mich ein ganzer Chor aus Begrüßungen.

Nonna bahnt sich ihren Weg zu mir und schließt mich fest in die Arme. »Dich habe ich ja schon ewig nicht mehr gesehen.«

Immer so dramatisch.

»Wir haben uns letzten Sonntag gesehen«, entgegne ich, während ich ihre Umarmung erwidere. »Und neulich war ich auch hier, aber du nicht. Wir haben Pizza gegessen!«

»Ja, ich weiß. Ich habe davon gehört. Aber normalerweise sehen wir uns häufiger. Ich habe dich vermisst.«

Sie trägt ganz schön dick auf. Sophie meinte schon, dass Nonna wisse, dass wir irgendwas im Schilde führen, deshalb überrascht es mich nicht, dass sie mir gerade so viel Aufmerksamkeit schenkt. Was Geheimnisse angeht, ist Nonna der reinste Spürhund.

»Eine verrückte Woche! So viele Partys!« Ich löse mich von ihr und rufe: »Oh! Da ist ja Onkel Michael!«

Onkel Michael ist der Einzige von Moms Geschwistern, der noch nicht verheiratet ist. Und das ist eine

GROSSE SACHE in dieser Familie. Nonna lässt mich los, und ich steuere direkt auf ihn zu. Ich freue mich unheimlich, ihn zu sehen, denn er ist schon ewig nicht mehr in der Stadt gewesen. Als er mich entdeckt, breitet er die Arme aus. Es gibt keine Familienmitglieder, die ich am liebsten mag, aber wenn es welche gäbe … Moment mal, streicht das. Wem will ich hier etwas vormachen? Natürlich habe ich meine Lieblinge. Und er gehört definitiv dazu.

»Olivia!«, ruft er und umarmt mich fest. »Ich wollte schon kommen und dich aus dem Haus zerren.«

Ich drücke ihn ein wenig länger als nötig. »Ich bin froh, dass du da bist.« Meine Stimme wird ein wenig brüchig.

Er zieht den Kopf zurück und mustert mich besorgt. Mir kommen die Tränen, was mich total schockiert.

»Alles okay?«, flüstert er. »Sollen wir uns ein Plätzchen suchen und reden?«

Ich schüttle den Kopf. »Nein, alles gut. Ich bin einfach froh, dich zu sehen.« Ich weiß, dass er weiß, dass irgendwas ist, doch er bohrt nicht weiter nach. Das ist einer der Gründe, warum ich ihn so gern habe. Immer wenn er in der Stadt ist, gehen wir zusammen ins Kino oder essen oder hängen hier bei Nonna ab. Für mich ist er mehr wie ein großer Bruder.

Er nimmt mich beiseite, sein Arm immer noch um meine Schultern gelegt. »Olivia, ich würde dir gern Tim vorstellen. Tim, das ist meine Nichte Olivia.« Ich kann in Onkel Michaels Gesicht lesen, dass Tim ein ganz besonderer Mensch ist. Ich mag ihn sofort.

»Er hat mir schon so viel von dir erzählt! Die Zweitbeste! Glückwunsch«, sagt Tim fröhlich. Jetzt könnte ich wirklich heulen.

Dann kommt Tante Ayin und zieht die beiden weg, damit Tim meine Cousine Sara kennenlernt. Bevor er geht, drückt Onkel Michael meine Hand und flüstert: »Wir reden später noch mal.«

Ich schenke ihm ein kleines Lächeln, und weg ist er.

Okay. Ich muss mich zusammenreißen. Das ist nicht der richtige Ort, um jetzt emotional zu werden. Nonna riecht so etwas, wie ein Hai einen Tropfen Blut. Und ich kann Onkel Michael unmöglich erzählen, was los ist, denn ich will ihn nicht enttäuschen.

»Jeder befüllt sich jetzt seinen Teller und sucht sich einen freien Platz«, ruft Nonna über den Lärm hinweg.

Ich warte, bis es ein wenig leerer geworden ist, bevor ich zum Büffet gehe, das Nonna auf der Küchentheke hergerichtet hat. Mit meinem Teller und einer Wasserflasche in den Händen entdecke ich Charlie, Wes und Sophie am Klapptisch, der immer hervorgezaubert wird, wenn alle kommen.

Charlie winkt mich zu ihnen. »Beeil dich. Wir müssen den Tisch besetzen, bevor die Bösen Joes kommen«, sagt er und ruft dann nach seiner Schwester Sara, unserem Cousin Banks und unserer Cousine Hannah.

Schließlich sind alle Plätze belegt, und Charlie seufzt erleichtert, als in dem Moment die Bösen Joes durch die Hintertür treten. Sie kommen immer zu spät. Sophie ist überzeugt, dass sie es absichtlich machen, um die Aufmerksamkeit auf sich zu ziehen.

Leo folgt direkt hinter ihnen.

Wes lehnt sich ein wenig nach links, damit er an Sophie vorbeispähen kann. »Er ist immer noch in der Stadt?«

Sophie dreht sich um. »Anscheinend. Jedenfalls steht er direkt da.«

Wes bewirft sie mit seinem Brötchen. Sie wirft es zurück und erwischt ihn voll an der Stirn.

Ich tue so, als hätte ich nicht mit Leo geschrieben. Als würden wir uns auf dem Golfplatz nicht bei jeder Gelegenheit unterhalten, die sich uns bietet. Ich tue so, als wüsste ich nicht mal genau, wer er eigentlich ist.

Leo und die Bösen Joes landen an einem Tisch auf der gegenüberliegenden Seite des Raums, doch Leo sitzt genau in meiner Blickrichtung.

Wie nervenaufreibend!

Immer wenn sich unsere Blicke treffen, versucht er es genauso zu verstecken wie ich.

Er würde von den Bösen Joes genauso viel Widerstand bekommen wie ich von meinen Leuten. Und das weiß er. Sie wollten ihn schon damals nicht mit uns teilen, also werden sie ihn auch jetzt nicht teilen wollen.

Mein Handy vibriert auf dem Tisch. Charlies Blick wandert direkt hin, und ich bin froh, dass es mit dem Display nach unten liegt.

Ich ziehe es zu mir und drehe es erst um, als es auf meinem Schoß liegt.

»Wer ist das?«, will er wissen.

Als ich das L auf dem Display sehe, beginnen meine Wangen zu glühen.

»Bailey«, erwidere ich.

Er sieht mich an, als würde er mir kein Wort glauben.

Ich öffne die Nachricht und stelle sicher, dass niemand mitlesen kann.

L: Hey! Was geht ab? Ich esse gerade mit meiner Gastfamilie zu Abend. Sie sind viel lauter, als ich sie in Erinnerung habe.

Ich kann mir das Lachen nicht verkneifen.

»Ich habe Bailey gar nicht so lustig in Erinnerung«, bemerkt Charlie, der mich mit Argusaugen beobachtet.

»Sie ist unglaublich witzig«, erwidere ich. Dann schreibe ich Leo zurück.

ICH: Was für ein Zufall! Ich esse auch gerade mit meiner Familie zu Abend, und sie sind auch sehr laut!

Da Charlie mich ganz genau beobachtet, sehe ich nicht zu Leo hinüber. Stattdessen starre ich auf die drei hüpfenden Punkte und warte auf die nächste Nachricht.

L: Wir haben so viel gemeinsam. Echt merkwürdig.
ICH: Wie war's heute? Ich dachte, wir würden uns noch mal sehen, aber als ich mit Mr Williams die letzte Runde gedreht habe, warst du schon weg.
L: Ich habe meinen Platz verteidigt, aber morgen muss ich besser abschneiden.
ICH: Das schaffst du!

Ich kann einfach nicht anders. Als ich zu ihm blicke, sieht er auch in meine Richtung. Charlie mustert mich immer noch, doch er kann Leo nicht sehen, da Onkel Sal und Onkel Marcus seine Sicht blockieren.

»Onkel Michael wirkt sehr glücklich«, bemerkt Sophie. »Hoffentlich verjagen wir Tim nicht.«

»Nonna würde ihn am Ohr packen und zurückzerren, wenn er versuchen würde abzuhauen«, erwidert Charlie.

Wes wirft einen Blick auf seine Uhr. »Wir müssen in ungefähr dreißig Minuten los. Sonst verpassen wir den Anfang des Konzerts.«

Ich kichere. »Judd in einer Band. Ich kann es immer noch nicht fassen.«

Hannah lehnt sich weiter zu uns. Sie ist Onkel Sals älteste Tochter und hat erst letztes Jahr ihren College-Abschluss gemacht. »Wohin geht ihr? Auf ein Konzert?«

»Ja, willst du mitkommen?«, fragt Wes. »Je mehr Leute wir mitbringen desto besser.«

»Klar, bin dabei. Ich frage mal Onkel Michael und Tim, ob sie auch mitkommen wollen. Vielleicht brauchen sie eine kleine Verschnaufpause von Nonna.«

Sie steht auf und stellt ihren leeren Teller in die Spüle, bevor sie zu Onkel Michael geht, der mit den Bösen Joes an einem Tisch sitzt. Ich merke genau, als Charlie kapiert, was als Nächstes passieren wird.

»Nein. Nein. Nein. Nein. Hannah, nein«, flüstert er. Doch sie hat bereits die Aufmerksamkeit des gesamten Tisches. Und alle nicken.

Hannah dreht sich zu Wes um und ruft: »Alle dabei!«

***

In einer Kolonne fahren wir von Nonnas Haus zum Superior. Es kommen sogar noch mehr Onkel und Tanten mit. Judd wird begeistert sein.

Wir müssen ein paar Runden über den Parkplatz drehen, bevor wir eine freie Lücke finden. Ich frage mich, ob sie wissen, worauf sie sich eingelassen haben. Ich will damit gar nicht sagen, dass Judd kein Schlagzeug spielen kann, aber ich kenne ihn jetzt schon wirklich lange und habe ihn nie dabei beobachtet, wie er rhythmisch mit seinem Bleistift auf dem Tisch herumgetrommelt hat.

Unsere Truppe betritt das Superior. Judd springt auf und ruft: »Die Messina-Familie! Juhu!« Er führt uns an einen Tisch in Bühnennähe, den er extra für uns reserviert hat, aber es wird schnell klar, dass es nicht genügend Stühle gibt. Er hätte es besser wissen müssen.

Charlie und Wes helfen ihm, mehr Stühle herbeizuschleppen. Jetzt stehen an dem Tisch, der für sechs Personen gedacht ist, zwölf Stühle. Ziemlich eng.

Und natürlich sitzt mir Leo wieder direkt gegenüber. Doch diesmal sind wir gerade mal anderthalb Meter voneinander entfernt. Würde ich das Bein ausstrecken, würde ich ihn bestimmt mit dem Fuß berühren.

Charlie holt noch einen Stuhl und quetscht ihn neben mich.

»Für wen ist der?«, frage ich, denn inzwischen hat jeder einen Sitzplatz. »Bianca?«

Er blickt merkwürdig drein, springt auf und zieht einen weiteren heran. »Ich weiß nicht. Falls noch jemand auftaucht.«

Eine Kellnerin stellt uns Chips und Salsa hin und

nimmt unsere Bestellung auf. Da wir gerade gegessen haben, bestellen wir nur Getränke. Die, die schon alt genug sind, nehmen die Margaritas, für die das Superior bekannt ist.

Als die erste Runde serviert wird, taucht Bianca auf und setzt sich zu Charlie. Sie beäugt den freien Stuhl und will ihn wegschieben, damit sie mehr Platz hat, doch Charlie hält sie auf.

»Den brauchen wir vielleicht noch«, schreit er über das Warm-up der Band.

Dann sind sie bereit anzufangen. Judd schlägt seine Sticks zusammen und zählt den Countdown herunter. Er wirkt professionell, was uns alle ziemlich beeindruckt.

Die Band ist … nicht gut. Aber schrecklich sind sie auch nicht. Wenn sie noch ein paar Wochen üben, könnten sie ganz passabel sein. Ich nehme an, irgendein Bandmitglied ist mit jemandem vom Superior verwandt. So sind sie bestimmt an den Gig gekommen.

Doch Charlie und Wes kreischen und feuern sie an, als würden die Jonas Brothers da oben auf der Bühne stehen.

»Wie sind sie auf den Namen Wilder Blue gekommen?«, will Hannah wissen.

Charlie verdreht die Augen. »Der Sänger lebt in der Wilder Street in einem blauen Haus. Sie proben in seiner Garage.«

Nach den ersten paar Songs haben sie sich ein wenig eingespielt und werden besser. Oder wir haben uns einfach daran gewöhnt.

Charlies Blick wandert immer wieder zur Eingangstür. Und zwar nicht gerade unauffällig.

»Auf wen wartest du?«, frage ich.

Er winkt ab, doch sein Blick wandert immer wieder von der Bühne zur Tür und wieder zurück.

»Ich muss zur Toilette«, sage ich zu niemand bestimmten und gehe zurück in den Hauptraum des Restaurants. Vor der Damentoilette ist zwar eine Schlange, doch es geht ziemlich schnell voran. Als ich wieder herauskomme, lehnt Leo an der Wand gegenüber der Tür. Ich sehe mich kurz um, ob einer von den anderen in der Nähe ist, kann aber niemanden entdecken.

»Keine Sorge. Es ist keiner von der Tabu-Liste da«, sagt er. Vor der Bühne war es so laut, dass es jetzt beinahe ein wenig merkwürdig ist, ihn so gut zu verstehen.

Ich gehe weiter den Flur hinab, und er folgt mir.

»Ich habe mich darauf gefreut, dich hier zu treffen, aber ich hatte gehofft, es wäre ein bisschen weniger los.« Er grinst schief, und ich kriege Herzflattern. Ich lehne mich gegen die Wand. Er ist mir so nahe. So nahe, dass ich die goldenen Sprenkel in seinen braunen Augen sehen kann.

»Ja, scheint, als wäre ich immer von der Familie umgeben.« Klingt meine Stimme zu gehaucht? O Gott, ich glaube schon.

»Daran erinnere ich mich am besten. Immer mit ... Oh, jetzt breche ich das Tabu«, scherzt er, und ich schwöre – er ist noch ein Stückchen nähergekommen.

Als eine laut schwatzende Frauentruppe um die Ecke biegt, um zur Toilette zu gehen, zucken wir vor Schreck zusammen. Leo fasst sich in den Nacken. Er wirkt frustriert. Dann hebt er eine Augenbraue, und ich tue es ihm gleich.

Die Art, wie er mich ansieht, ist das Risiko, von meiner Familie erwischt zu werden, allemal wert.

Ich blicke ihm immer noch in die Augen, als er plötzlich meine Hand ergreift und mich über den Flur und zu einer Seitentür hinausführt. Hier draußen ist es dunkel und still. Die Band hört man nur noch gedämpft. So klingen sie viel besser, als sie tatsächlich sind. Wieder stehe ich mit dem Rücken zur Wand, und er ist direkt vor mir. Doch diesmal nicht so nah, wie ich es gern hätte.

»Hör zu«, setze ich an und atme lange und frustriert aus. »Ich weiß, dass du es wahrscheinlich dumm findest, dass ich ... Ich will es nicht verstecken ... Das ist es gar nicht. Ich meine, was auch immer das zwischen uns ist ... Und ich will damit gar nicht sagen, dass da irgendwas ist ... Es ist nur so viel einfacher, wenn ... Du weißt schon ... Wenn wir sie raushalten. Du weißt, was ich meine.«

Er lacht. Und zwar heftig. Ich lasse den Kopf hängen, denn ich schäme mich für den gestammelten Quatsch, der gerade aus meinem Mund gekommen ist.

Aber dann ist er auf einmal da. Er hat die Arme um mich geschlungen, und ich schmiege den Kopf an seine Brust. Und er flüstert mir leise ins Ohr.

»Ich habe noch nie ohne *sie* mit dir Zeit verbracht. Außer diese Woche. Und es gefällt mir. Es gefällt mir, dass ich dich gerade mit niemandem teilen muss. Mir gefällt, dass dieser Moment nur uns gehört und nicht ihnen. Was auch immer das zwischen uns ist. Es muss gar nichts sein. Aber es *kann* etwas sein.«

Meine Hände greifen nach seinen Oberarmen, denn ich will nicht, dass er geht. Denn es gefällt mir auch. Sehr.

Aber ich bin auch immer noch ein bisschen verlegen. Es ist einfacher, wenn er mir so nahe ist. Dann muss ich ihn nicht ansehen.

»Okay«, murmle ich. Ich würde gern so viel mehr sagen, aber gleichzeitig will ich meine Gefühle noch für mich behalten.

»Musst du bleiben? Oder können wir einfach gehen?«

Schließlich ziehe ich den Kopf zurück und sehe ihn an. »Wohin würden wir denn gehen?«

Er wirft einen Blick auf seine Armbanduhr. »Ich habe noch ungefähr eine Stunde, bevor ich schlafen gehen muss, damit ich morgen fit bin. Und wenn ich die Wahl hätte, würde ich diese Stunde lieber mit dir allein verbringen als da drin mit deiner Familie.«

Auf meiner Unterlippe kauend überlege ich, wie wir abhauen können, ohne dass es jemand merkt.

Als könnte er meine Gedanken lesen, sagt er: »Ich habe den Mädels schon gesagt, dass ich gehe. Sie wussten, dass ich nicht lange bleiben würde, da ich morgen spielen muss. Du könntest noch mal kurz reingehen, während ich hier draußen auf ein Uber warte. Ich schreibe dir, sobald es hier ist.«

Ich denke darüber nach, was ich die nächste Stunde gern machen würde. Mit Leo abzuhängen klingt nach einer ziemlich guten Wahl. »Ich bin gefahren, also treffen wir uns bei meinem Auto. Gib mir fünf Minuten.«

Ich verschwinde, bevor ich es mir anders überlegen kann. Und zwar so schnell, dass ich nicht mal mehr seine Antwort höre.

Judds Band macht gerade eine Pause. Judd sitzt nun

auf dem freien Stuhl, den Charlie vorhin herangezogen hat.

»Ich kenne ihn überhaupt nicht. Ich werde ihm nicht schreiben«, sagt Judd zu Charlie, als ich an den Tisch trete.

»Ich fasse nicht, dass er nicht hier ist«, schimpft Charlie und schreckt zusammen, als er mich entdeckt. »Oh, hey!« Dann wandert sein Blick wieder zur Tür. Irgendwas entgeht mir hier, aber da es sich um Charlie handelt, versuche ich erst gar nicht herauszufinden, was es ist.

»Ihr seid wirklich gut!«, lobe ich Judd. »Ich wusste gar nicht, dass du Schlagzeug spielst.«

Er wackelt mit den Augenbrauen. »Dann warte mal auf das nächste Set. Ich habe ein Solo.«

»Du singst?«, schreit Sophie.

Judd hält seine Sticks in die Höhe. »Nein. Ein Schlagzeugsolo.«

»Oh, gut«, erwidert sie und lehnt sich entspannt zurück.

Ich lehne mich weiter nach vorn, damit mich Sophie und Wes hören können. »Ich gehe jetzt. Ich bin ganz schön müde. Morgen wird wieder ein langer Tag.«

Wes schüttelt den Kopf. »Das ist schon der zweite Abend in Folge, an dem du uns einfach sitzen lässt.«

Ich zucke mit den Schultern. »Sorry. Geht nicht anders.«

Charlie blickt gequält drein. »Bist du sicher?«

»Positiv. Findet ihr eine Mitfahrgelegenheit?«

»Ja, bestimmt«, erwidert Sophie.

Onkel Michael steht von seinem Stuhl auf und kommt auf uns zu. »Gehst du?«

»Ja, ich bin müde. Ich fahre jetzt nach Hause.«

Er legt den Arm um meine Schultern und zieht mich zu sich. »Sicher, dass alles in Ordnung ist?«

Ich umarme ihn fest. »Alles gut. Ich schwöre.« Dann sehe ich zu, dass ich von hier wegkomme, bevor er noch mitfahren will.

»Schreib, wenn du zu Hause angekommen bist«, ruft mir Sophie hinterher.

Als ich den Parkplatz erreiche, steht Leo gegen mein Auto gelehnt da. »Kurz dachte ich, du hättest es dir anders überlegt.«

»Du weißt doch, wie schwer es ist, von ihnen wegzukommen. So viele Leute, von denen man sich verabschieden muss.«

Ich entriegle die Türen, und wir steigen ein. »Wohin soll's gehen?« Ich könnte vorschlagen, zu mir zu fahren, da meine Eltern eh nicht zu Hause sind, aber so weit sind wir noch nicht.

»Eis essen?«, fragt er.

»Oh, das klingt gut.«

Nicht weit von hier gibt es einen Baskin-Robbins. Vor dem Laden stehen pinke Metalltische, und sie haben meine absolute Lieblingssorte: Schoko-Erdnussbutter.

Als wir dort sind, probiert Leo drei oder vier Eissorten, bevor er sich entscheidet. Und dann nimmt er nicht mal die Sorten, die er probiert hat.

»Freak«, murmle ich und bin sicher, dass mir das Mädchen hinter dem Tresen zustimmt.

Nach kurzer Diskussion zahlt er für das Eis, weil ich neulich das Taxi bezahlt habe. Okay, das ist fair.

Zum Glück gibt es noch einen freien Tisch. Wir setzen uns einander gegenüber.

»Du gehörst bestimmt zu den Menschen, die sich vornehmen, mal was anderes zu probieren und dann doch immer wieder dieselbe Sorte nehmen«, necke ich ihn.

Er grinst. Er ist süß. »Ich probiere gern Neues aus«, erwidert er. Dann fügt er hinzu: »Aber ich kehre trotzdem immer wieder gern zu meiner Lieblingssorte zurück. Ich weiß sie dann wieder mehr zu schätzen.«

Ich bin nicht ganz sicher, ob wir tatsächlich noch über Eiscreme sprechen.

»Du wohnst jetzt in Baton Rouge?«, frage ich, um das Thema zu wechseln.

»St. Francisville.«

»Gefällt es dir dort?«

Er schiebt sich einen großen Löffel Eis in den Mund und zuckt mit den Schultern. »Ich wäre lieber hiergeblieben. Mir hat es hier gefallen. Ich mochte unser Haus, meine Freunde, die Schule. Es ist okay, aber ich komme mir immer noch vor wie der Neue. Ich glaube, das ist der Grund, warum ich angefangen habe, Golf zu spielen. Es wurde mein Ding. Und wenn ich bei diesem Turnier gut abschneide, ist das für mich eine große Sache. Wenn ich es ins Team schaffe, zahlen sie meine Studiengebühren. Darauf bin ich angewiesen.«

Ich denke darüber nach, wie wichtig meine Stipendien für meine Familie sind. Es macht wirklich einen riesigen Unterschied.

»Ich kann mir gar nicht vorstellen, wie es wäre, irgendwohin zu ziehen, wo ich niemanden kenne«, gestehe ich.

»Ich hatte schon immer meine Familie um mich. Es vergeht kein Tag, an dem ich nicht mindestens ein halbes Dutzend von ihnen sehe. Manchmal denke ich, es wäre schön, mal wegzukommen. Irgendwohin, wo niemand etwas über mich weiß.«

Er legt die Ellbogen auf den Tisch, und mit seinen Händen berührt er beinahe meine Fingerspitzen. Zwischen uns steht nur noch der riesige Becher Pfefferminzeis mit Schokostückchen.

»Und ich wünschte, ich könnte zurückkommen.«

»Aber ich glaube, bei uns beiden wird sich demnächst sowieso einiges ändern. Im Herbst werden wir alle woanders wohnen«, sage ich und stochere in meinem Eis herum.

»Neulich bei deiner Nonna ... Es hätte mich zwar nicht wundern sollen, aber ich war trotzdem überrascht zu hören, dass ihr alle auf die LSU geht. Ich dachte, mindestens einer von euch würde auf ein anderes College gehen. Nur, um aus der Masse herauszustechen. Ehrlich gesagt hatte ich auf Sophie getippt.«

Ich muss lachen. »Ja, sie hat sich an etlichen Colleges beworben. Charlie zieht sie immer noch damit auf.«

»Obwohl du bald aufs College gehst, wirst du immer noch deine Gang um dich haben«, bemerkt er.

Ich hebe eine Augenbraue und sehe ihn streng an. »Wir haben gesagt, wir reden nicht über die Gang.«

Er versucht, sich das Grinsen zu verkneifen, jedoch erfolglos. »Tun wir nicht.«

»Erzähl mir was übers Golfen. Irgendwelche Insider-Storys. Etwas Interessantes«, bitte ich.

»Oh, ich könnte dir Geschichten erzählen.«

»Spuck es aus!«

»Okay, einmal in der achten Klasse …«

Eine Stunde lang sitzen wir da, und er erzählt mir eine Story nach der anderen. Natürlich gibt es jede Menge Geschichten, denn an den Turnieren nehmen immer wieder dieselben Leute teil. Geschichten über Eltern, die geschummelt haben, indem sie ihren Kindern die Bälle wieder zugeworfen haben. Geschichten über Affären zwischen den Spielern und den Orten, wo besagte Affären stattgefunden haben. Geschichten über Ausraster, gestohlene Golfcarts und Prügeleien. Und Geschichten über knappe Spielausgänge, Streiche, die sie in Hotels gespielt haben und darüber, wie sie sich nachts in den Country Club geschlichen haben, um dort im Pool zu schwimmen.

»Ich glaube, du hast deine Familie gefunden«, sage ich schließlich. »Auch wenn manche davon total verrückt klingen, sind es deine Leute. Ich meine, ich bin auch von Chaoten umgeben. Da ist nichts Schlimmes dran.«

Er denkt kurz nach. »Ja, ich schätze, du hast recht. So habe ich es noch nie gesehen. Ich habe immer nur daran gedacht, was ich alles verpasse. Die Football-Spiele in der Schule. Die Partys an den Wochenenden.«

Ich verziehe das Gesicht. »O ja, das ist ganz schön hart.«

»Das Golftraining findet hauptsächlich an den Wochenenden statt«, erklärt er, aber es scheint ihn nicht sonderlich zu stören. »Das ist ein Grund, warum ich gestern mit zur Party gekommen bin. Ich wollte nicht alles verpassen.«

»Aber du bist früh gegangen!«

Er zuckt mit den Schultern. »Ich war lange genug da.« Jetzt vermeidet er den Blickkontakt. Stattdessen späht er auf sein Handy und checkt die Uhrzeit. »Ich sage es nur ungern, aber ich muss jetzt nach Hause.«

Ich stehe auf, nehme den leeren Becher und den Löffel und werfe sie in den nächsten Mülleimer. »Das verstehe ich. Ich muss morgen früh um halb acht wieder auf dem Golfplatz sein.«

***

Wir erreichen das Haus der Bösen Joes.

»Danke für das Eis«, sage ich.

»Danke, dass du mit mir abgehauen bist.«

Ich deute auf das Haus. »Ich könnte jetzt was sagen, aber ich lasse es lieber, sonst breche ich unsere Regeln.«

Leo kichert. »Ich kann es mir schon denken … Willkommen in der Hölle?«

»Das hast du jetzt gesagt! Nicht ich!« Lachend schubse ich ihn. Er ergreift meine Hand und zieht mich zu sich.

Als seine Lippen auf meinen landen, hüpft mir fast das Herz aus der Brust. Er küsst mich ganz sanft. Einmal. Zweimal. Dreimal. Dann zieht er den Kopf zurück. Ich muss mich zusammenreißen, um ihn nicht am Shirt zu packen und erneut zu küssen.

»Danke, dass du mich nach Hause gebracht hast«, flüstert er. Dann ist er ausgestiegen. Joggt die vordere Veranda hinauf. Ich sitze einfach da. Vollkommen perplex. Und grinse übertrieben breit.

Doch dann wird mir bewusst, wo ich eigentlich bin. Da ich auf keinen Fall von den Bösen Joes erwischt werden will, sehe ich zu, dass ich Land gewinne.

Bis zu mir sind es nur ein paar Blocks, aber ich schaffe es in Rekordzeit.

»O nein«, murmle ich, als ich in meine Einfahrt einbiege.

Charlie, Wes und Sophie sitzen auf meiner Veranda und warten auf mich. »Ist Judds Konzert schon vorbei?«, rufe ich ihnen zu, als ich aus dem Auto steige.

»Das Schlagzeugsolo hat ihnen den Rest gegeben«, prustet Sophie.

Charlie und Wes brechen ebenfalls in Gelächter aus.

»Was ist passiert?«, frage ich.

»Judd wurde ein bisschen zu enthusiastisch.« Wes steht auf und tut, als säße er am Schlagzeug. »Und dann hat er gegen die eine Drum getreten. Die große auf dem Boden. Die hat dann den Gitarristen erwischt, der von der Bühne gefallen ist. Er war so darauf erpicht, seine Gitarre festzuhalten, dass er nicht darauf geachtet hat, den Sturz abzufedern.«

»Sie mussten den Krankenwagen rufen. Sein ganzes Gesicht war voller Blut«, fügt Charlie hinzu.

Man merkt, dass sie ein schlechtes Gewissen haben, weil sie es so lustig finden, doch sie können trotzdem nicht aufhören zu lachen.

Dann hält Charlie abrupt inne. »Warte mal. Wo warst du? Du hast das Superior vor fast zwei Stunden verlassen.«

Auch Sophie und Wes warten auf eine Antwort.

»Oh«, sage ich und versuche, mir eine glaubwürdige Ausrede einfallen zu lassen. »Ich war noch Eis essen.«

Sophie verengt die Augen zu Schlitzen. »Allein?« Sie weiß genau, wie unwahrscheinlich das ist.

»Nein. Nicht allein.«

Jetzt starren wir uns alle gegenseitig an. Es ist einer dieser Blickduelle wie damals, als wir noch klein waren. Keiner bewegt sich. Keiner blinzelt. Sie warten darauf, dass ich ihnen verrate, mit wem ich unterwegs war, und ich denke darüber nach, was ich am besten sagen soll. Ich will sie nicht anlügen, doch ich muss auch daran denken, was Leo vorhin vor dem Superior gesagt hat. *Mir gefällt, dass dieser Moment nur uns gehört.* Und das will ich nicht aufgeben.

»Du musst es uns sagen«, fordert Wes und deutet auf sich, Charlie und Sophie. »Du weißt, dass wir fast platzen vor Neugier.«

»Ein Freund«, antworte ich. Und das ist nicht gelogen. Leo ist inzwischen ein Freund geworden.

»Ein Freund,« wiederholt Charlie und betont jedes Wort. »Und wie heißt dieser Freund?«

»Jemand, den ich auf dem Parkplatz getroffen habe, als ich gegangen bin. Dann haben wir beschlossen, noch ein Eis essen zu gehen.« Sie werden mich zwingen, ihnen alles zu erzählen. Aber ich werde ihnen nicht alles auf einmal verraten.

Doch aus irgendeinem Grund scheint meine Nicht-Antwort Charlie zufrieden zu stellen. Er springt von den Stufen auf und ruft: »Ich wusste es!« Nein, er weiß es nicht.

Mein Handy vibriert in meiner hinteren Hosentasche, doch ich wage es nicht, es herauszuziehen. Falls es Leo ist, will ich kein Publikum.

Ich gehe die Stufen hinauf und zur Haustür. »Ich gehe jetzt ins Bett. Ich muss morgen wieder sehr früh auf dem Platz sein.« Dann bleibe ich stehen und drehe mich zu Wes um. »Kannst du um sieben hier sein?«

Er stöhnt zwar, willigt aber ein.

»Die Poolparty ist im selben Club, wo auch das Turnier stattfindet. Also denke ich, dass ich kurz vorbeischauen kann. Wir können für ein paar Stunden die Handys tauschen, und nach der Party kriegst du meins wieder«, erkläre ich.

Wes wirkt erleichtert. »Oh, das macht die Sache wesentlich einfacher. Ich dachte schon, ich müsste wie Charlie und Sophie zur Party gehen.«

»Ich kann ein paar Stunden lang mit dir abhängen, bis ich nach Hause muss«, sagt Sophie und schlingt die Arme um seine Taille.

»Das ist gut, denn ich glaube, ich kann von uns allen Olivia am wenigsten verkörpern.«

Charlie geht zum Bürgersteig und dreht sich in Richtung Wes' Haus. »Bis morgen«, ruft er und geht, ohne auf Wes zu warten, der sich noch von Sophie verabschieden muss.

Ich gehe hinein, damit sie ein wenig Privatsphäre haben.

Als ich im Bett liege, greife ich nach meinem Handy, um meine Nachrichten zu checken. Die von Leo kann ich gar nicht schnell genug öffnen.

L: Es war ein sehr schöner Abend.
L: Sehen wir uns morgen wieder?

Ich quietsche laut und bin froh, dass keiner hier ist, der mich hören kann.

ICH: Ich fand den Abend auch sehr schön. Und ja, ich würde dich gern wiedersehen.
L: Wie wäre es mit einem frühen Abendessen? Oder einem Film?

Ich fange an zu tippen, doch dann fallen mir die Einladungen ein, die in der Küche hängen.

ICH: Oh, warte, morgen Abend findet wieder eine Abschlussparty statt.
L: Werden die anderen auch da sein?

Ich weiß genau, wen er mit »die anderen« meint.

ICH: Japp! Aber vielleicht kannst du ja auch kommen?
L: Ich werde da sein.
L: Wir sehen uns dann morgen früh.
ICH: Kann es kaum erwarten.

Ich starre noch ein paar Minuten lang auf das Display, doch er antwortet nicht mehr. Dann ziehe ich mir die Decke über den Kopf und lasse den Abend immer wieder Revue passieren. Während ich an die drei Küsse im Auto denke, schlafe ich irgendwann ein.

Wahrheit #8: Ricky Bobby hatte recht – bist du nicht der Erste, bist du der Letzte.

Donnerstag, 12. Mai, Morgen

OLIVIA

Ich bin so müde. Ich habe keine Lust mehr auf den Golfplatz. Leo ist der einzige Lichtblick, aber es ist nicht so, als könnte ich mich mit ihm unterhalten. Was das Ganze noch schlimmer macht. Und ich habe es satt, ständig Handys zu tauschen und Mom aus dem Weg zu gehen. Ich sollte mir den Ärger einfach ersparen und ihr alles beichten. Sie soll nach Hause kommen und mir sagen, was ich tun soll. Die Sache in Ordnung bringen.

Aber ich habe schon die Hälfte geschafft. Nur noch zwei weitere Tage.

Vielleicht wird es heute wie gestern, und ich muss lediglich den ganzen Tag Mr Williams herumfahren. Vielleicht kann ich mir einfach Ohrstöpsel in die Ohren stecken und ihn komplett ignorieren.

Sophie schläft noch, also stehe ich so leise wie möglich auf. Ich packe einen Badeanzug, ein Handtuch und was zum Überziehen in meinen Rucksack für Megans und Lindseys Party. Zum Glück ist sie direkt um die Ecke. Es sollte ein Leichtes sein, kurz vorbeizuschauen, denn zu der Zeit habe ich gestern meine Mittagspause gemacht.

Mein Handy vibriert. Es ist Wes, der mir sagt, dass er auf dem Weg ist. Sophie setzt sich auf und greift ebenfalls nach ihrem Telefon. Erst jetzt merke ich, dass er die Nachricht an uns beide geschickt hat.

Sie schnappt sich die Bettdecke, schleppt sich die Treppe herunter und kuschelt sich aufs Sofa, während ich Kaffee zubereite. Wes kommt durch die Hintertür. Er trägt immer noch seine Pyjamahose und ein T-Shirt.

»Hey«, murmelt er verschlafen und schiebt mir sein Handy zu.

»Danke, Wes«, sage ich. »Meins liegt im Wohnzimmer auf dem Couchtisch. Sophie liegt auf dem Sofa.«

Ich beobachte, wie er ins Wohnzimmer geht und sich an Sophie schmiegt. Sie deckt ihn zu. Dann sind sie sofort wieder eingeschlafen. Sie so zu sehen macht mich ein wenig eifersüchtig. Ich bin nicht nur auf ihre Beziehung neidisch, sondern auch darauf, dass sie noch länger schlafen dürfen.

Die Fahrt dauert eine gefühlte Ewigkeit. Bis ich einen Parkplatz gefunden habe, bin ich natürlich wieder fünfzehn Minuten zu spät. Doch als ich das Clubhaus erreiche, ist der Coach nicht da. Ein Wunder. Stattdessen wartet Lily auf mich.

»Hey!«, ruft sie, als sie mich sieht.

Wie kann es sein, dass sie so früh am Morgen schon so munter ist?

»Hey«, erwidere ich. »Bitte sag mir, dass wir heute keine Pyramiden bauen müssen.«

Lily verzieht das Gesicht. »Sorry.«

Als ich ihr zum Gebäude mit den Bällen und den Metallpyramiden folge, könnte ich heulen bei dem Gedanken, dass ich die nächsten zwei Stunden damit verbringen muss, eimerweise Bälle durch die Gegend zu schleppen und diese dummen Pyramiden zu bauen. Doch inzwischen bin ich Profi. Es passiert nur noch selten, dass ich es nicht beim ersten Versuch hinkriege.

Als wir alle Stationen vorbereitet haben, strömen auch schon die Spieler auf den Platz.

Mein Walkie-Talkie knistert.

»Olivia«, meldet sich Coach Cantu.

»Ja?«

»Komm mit dem Golfmobil zum Lieferanteneingang des Clubhauses und hol ein paar Kisten mit Wasserflaschen ab.«

»Ja, Sir. Bin auf dem Weg.«

Als ich hinter dem Gebäude ankomme, wartet dort bereits ein Kerl auf mich, der neben dem Wasser steht.

»Und wo soll ich das hinbringen?«, will ich wissen.

»Das ist für die Turnierleute. Bring es zum Anmeldetresen.«

Er lädt die Flaschen auf das Golfmobil, und ich düse los. Als in meiner hinteren Hosentasche Wes' Handy vibriert, halte ich kurz an, um nachzusehen.

Auf dem Display steht mein Name.

»Was ist los?«

»Du bist auf Lautsprecher. Sophie ist auch da«, sagt Wes, und Sophie unterbricht ihn mit einem lauten: »Hey!«

Dann fährt Wes fort. »Wir wollten dir nur sagen, dass du eine Nachricht von L bekommen hast.«

Oh. »Und was schreibt er?«

Wes liest die Nachricht laut vor. »Ich suche nach dir. Bin bereits auf dem Platz.«

Ich hole tief Luft. »Sonst noch was?«

»Nein. Gibt es irgendwas, das du uns sagen willst?«, fragt er.

»Nicht jetzt«, murmle ich. Es grenzt an ein Wunder, dass Leo nichts gesagt hat, was ihn verrät. Ich habe darüber nachgedacht, ihm vom Handytausch zu erzählen, aber dann hätte er sich erst recht gefragt, warum ich eigentlich hier bin. Also ja, ich improvisiere. Was ich noch nie in meinem ganzen Leben getan habe! Und jetzt weiß ich auch, warum. Improvisieren ist scheiße. Zu viele Dinge, die schiefgehen könnten.

»Gib uns wenigstens einen Hinweis! Bitte!«, bettelt Sophie. »Wir sagen es auch nicht Charlie.«

Ich verdrehe die Augen. »Wes würde es Charlie auf jeden Fall sagen. Und das weiß er genau.«

»Ja, wahrscheinlich würde ich schwach werden und es ihm erzählen. Aber wenigstens hätte ich ein schlechtes Gewissen.«

Ich muss jetzt los, damit ich die Wasserflaschen abliefern und nach Leo suchen kann. »Okay, danke fürs Bescheid geben.«

Bevor ich auflegen kann, ergreift Sophie erneut das Wort. »Warte! Welchen Badeanzug hast du dabei? Deine Mom will wissen, was du zur Party anziehst.«

»Uff. Was interessiert es sie, was ich zum Schwimmen anziehe? Sag ihr, den pinken.«

»Warte. Der pinke mit dem gelben Saum? Oder der mit den blauen Rüschen?«

»Gelber Saum«, erwidere ich.

»Okay, ich gebe es weiter«, antwortet Sophie. »Und jetzt geh und finde L!«

Ich lege auf, ohne mich zu verabschieden.

Es dauert eine Weile, bis ich das Wasser abgeladen habe. Danach fahre ich zurück auf den Golfplatz. Leos Nachricht klang nicht, als wollte er mich nur sehen, um guten Morgen zu sagen.

Als ich ihn finde, wartet er bereits auf mich, seine Tasche liegt auf einem dieser Schiebewagen. Er lässt den Blick über das Gelände schweifen und wirkt erleichtert, als er mich entdeckt.

Das ist kein gutes Zeichen.

Ich halte neben ihm und springe vom Golfmobil.

»Hey, was ist los?«

Er ist ganz offensichtlich besorgt, schenkt mir aber trotzdem ein süßes Lächeln. »Guten Morgen. Ich wollte dich noch sehen, bevor ich loslege.« Er ergreift meine Hand und drückt sie. Ich drücke ebenfalls seine Hand und widerstehe dem Drang, ihn zu mir zu ziehen.

»Und ich wollte dich warnen. Mae und die Mädchen kommen heute vorbei, um mir beim Spielen zuzusehen. Gegen Mittag findet hier eine Party statt, also dachten sie sich, sie kommen einfach ein bisschen früher. Mae hat mich eben angerufen.«

O Gott.

Anscheinend bemerkt er meine aufsteigende Panik, denn er fügt schnell hinzu: »Ich weiß, dass du nicht willst, dass irgendjemand erfährt, dass du hier bist. Ich habe ihnen gesagt, dass sie nicht kommen müssen, aber es tut ihnen leid, dass meine Eltern nicht hier sind. Ich glaube, meine Mom hat sie gebeten zu kommen. Tut mir leid.«

Ich realisiere, dass er ihnen meinetwegen gesagt hat, dass sie nicht kommen sollen, obwohl er sich bestimmt über ihre Unterstützung freuen würde. Dabei weiß er nicht mal, warum ich verheimliche, dass ich hier bin.

»Es muss dir nicht leidtun. Freut mich, dass sie herkommen, um dir zuzusehen. Danke für die Vorwarnung. Ich passe auf.«

Er scheint sich ein wenig zu entspannen.

»Darüber solltest du dir jetzt wirklich keine Sorgen machen. Ehrlich! Alles in Ordnung! Du gehst jetzt da raus und schlägst sie alle«, sage ich mit dem breitesten Lächeln, das ich zustande bringe.

Und ich meine es auch so. Ich werde ihnen einfach aus dem Weg gehen. Koste es, was es wolle!

Er legt die Hand an meine Wange und streichelt sie mit seinem Daumen. »Ich beginne bei Loch drei. Nur damit du weißt, wo wir sind.«

Ich wäre ihm gern näher. Ich will wieder diese drei Küsse. Und es scheint, als wollte er es auch. Er zögert kurz, bevor er die Hand senkt. Dann nimmt er seine Mütze ab, die blaue ausgebleichte, die er schon die ganze Zeit getragen hat, und setzt sie mir auf den Kopf.

»Vielleicht kannst du dich darunter verstecken, wenn sie dir zu nahekommen«, sagt er.

Ich lege die Hand an das Schild, drauf und dran, sie ihm zurückzugeben. »Nein, ich weiß, dass dir diese Mütze eine Menge bedeutet. Ich kann sie nicht annehmen.«

Doch er hält mich auf. »Aber der Gedanke, dass du sie hast, gefällt mir.«

Bevor ich mich zurückhalten kann, gebe ich ihm einen kleinen Kuss auf den Mund. »Viel Glück heute!« Dann springe ich wieder auf das Golfmobil und fahre davon.

Ich parke das Mobil hinter dem Lagerraum und mache mich wieder daran, Golfbälle nachzufüllen. Jetzt, da Leo weg ist, verspüre ich wieder Panik. Ich bin ein nervöses Wrack. Egal, wohin ich auch gehe – ich muss jedes Mal überprüfen, ob Tante Maggie Mae und die Bösen Joes in der Nähe sind. Ich mache keine zwei Schritte, ohne mich nach allen Seiten umzusehen. Es ist total verrückt.

Eine Stunde später haben sich alle Spieler aufgewärmt und sind startbereit. Und ich sitze wieder mit der Spaßbremse namens Mr Williams im Golfmobil.

Wir sind noch nicht lange unterwegs, als Tante Maggie Mae und die Bösen Joes auftauchen. Sie haben sich ein Mobil gemietet und sich zu dritt auf die vordere Bank gequetscht. Sie passen total hierher, denn sie tragen das gleiche Outfit wie die Spielerinnen.

Ich schiebe meine Haare unter Leos Mütze und ziehe sie tiefer ins Gesicht, das sowieso schon zur Hälfte durch meine Sonnenbrille verdeckt wird. Ich bete, dass sie mich nicht erkennen, aber sie sind sowieso nicht meinetwegen hier.

Mr Williams will, dass ich ihn zu Loch Nummer vier fahre. Das Loch, an dem Leo gerade sein sollte. Ich mache mich auf dem Fahrersitz so klein wie möglich. Mr Williams sieht mich merkwürdig an. Verständlich. Am liebsten würde ich ins Lenkrad kriechen.

»Halte da drüben.«

Wir sind nur wenige Meter von Tante Maggie Maes Golfmobil entfernt. Zum Glück konzentriert sich Leo nur auf sein Spiel.

Leo macht sich zum Schlag bereit und führt sein kleines Ritual durch. Er blickt auf den Ball, dann auf die Stelle, wo der Ball landen soll. Das wiederholt er ein paar Mal. Dann holt er aus und vollführt einen wunderschönen Schwung. Als der Schläger auf den Ball trifft, hallt das Geräusch durch die Bäume.

Keine Ahnung, woher sie wissen, wo der Ball landet, denn ich habe ihn sofort aus den Augen verloren. Doch Leo wirkt zufrieden.

Tante Maggie Mae klatscht und ruft: »Gut gemacht, Leo!«

Mr Williams dreht gleich durch.

»Entschuldigung, aber auf dem Platz herrscht Redeverbot!« Er ist ein Meister des Schrei-Flüsterns. Ich habe es in den letzten zwei Tagen schon öfter erlebt.

Tante Maggie Mae wirbelt herum, um herauszufinden, wer es wagt, ihr Vorschriften zu machen. Ich drehe mich schnell weg und bin plötzlich total an dem Gras neben dem Hinterreifen interessiert.

»Wie bitte? Ich will lediglich meinen Sohn wissen lassen, wie stolz ich auf ihn bin!«, erwidert sie.

Ihren Sohn. Ich verdrehe die Augen. Wahrscheinlich denkt sie, sie würde irgendwelche Privilegien bekommen, wenn sie mit ihm verwandt ist. Ich hätte ihr sagen können, dass alle Eltern denken, sie würden bevorzugt behandelt werden.

Werden sie aber nicht.

»Das ist meine erste und letzte Warnung. Beim nächsten Mal werde ich Sie des Platzes verweisen.« Ich hätte erwartet, dass Tante Maggie Mae zurückfeuert, doch anscheinend hat sie tatsächlich Angst, rauszufliegen. Wenn ich das nächste Mal in ihrer Nähe bin, muss ich mich auch wie Mr Williams verhalten.

Wir bleiben bei dem Loch, bis alle Spieler fertig sind. »Loch sechs.«

Gestern sind wir alle Löcher der Reihe nach abgefahren, aber es scheint, als wären heute die geraden Zahlen dran. Ich schätze, dieser Wahnsinn folgt irgendeiner Methode, die ich noch nicht herausgefunden habe.

Mir ist alles recht. Hauptsache, der Tag ist schnell vorbei. Ich will gerade aufs Gas treten, um von hier wegzukommen, als ich Leo einen kurzen Blick zuwerfe. Er zieht den Wagen mit seiner Tasche zum nächsten Abschlag und nickt mir zu. Ich erwidere es breit grinsend.

***

TELEFONDIENST: WES

Ich wache allein auf dem Sofa auf.

»Wo bist du?«, murmle ich. »Komm zurück.«

Aus der Küche höre ich Sophie kichern. Der Duft von Kaffee und Zimt steigt mir in die Nase, was mich dazu bewegt aufzustehen.

Sophie steht vor dem Ofen und übergießt gerade die Zimtschnecken mit Zuckerguss, als ich von hinten die Arme um sie schlinge. »Das duftet himmlisch.«

»Wir können nicht ohne Olivia zu Nonna gehen. Das wäre zu verdächtig.«

»Das stimmt.«

Olivias Handy liegt auf der Küchentheke. Und es leuchtet auf.

»Schreibt Tante Lisa etwa schon?«, frage ich.

»Japp«, erwidert Sophie lachend. »Seit einer halben Stunde. Ich habe ihr gesagt, welchen Badeanzug Olivia tragen wird, und jetzt diskutieren wir, was man am besten drüber trägt.«

Ich gehe zur Kaffeemaschine und gieße mir eine Tasse ein. »Du kannst das so viel besser als ich. Sicher, dass du nicht den ganzen Tag bei mir bleiben kannst?«

Sie lächelt mich über die Schulter hinweg an, und dabei durchströmt mich ein Gefühl von Glück.

»Du weißt, dass das nicht geht. Ich muss nach Minden fahren und bei den Vorbereitungen für die Party heute Abend helfen. Und du musst nachkommen, sobald du mit Olivia die Handys getauscht hast. Die Party beginnt um sechs.«

»Ich werde pünktlich sein.« Sophie verbringt viel Zeit mit uns hier in Shreveport, also will ich sichergehen, dass wir auch genug Zeit mit ihrer Clique in Minden haben. Ich weiß, dass sie sie vermisst, vor allem Addie.

Ihr Ex-Freund Griffin hat anfangs versucht, mir das Leben schwer zu machen, doch nachdem ich nicht auf seine Spielchen eingegangen bin, hat er aufgegeben.

»Wer übernimmt morgen ihr Handy?«, frage ich. »Da wir heute in Minden übernachten, muss Charlie es wohl machen.« Wenn wir bei Sophie sind, lassen mich ihre Eltern bei sich übernachten, damit ich nicht im Dunkeln zurückfahren muss. Als ich zum ersten Mal dort geschlafen habe, haben ihr Dad und ich *das Gespräch* geführt. Das war ein Moment, der mich komplett eingeschüchtert hat, vor allem, weil er der Sheriff ist. Aber seither fühle ich mich bei ihnen wie zu Hause.

»Ja, Charlie muss wohl übernehmen. Du sagst es ihm.«

Ich werfe abwehrend die Hände in die Luft. »Nope. Das ist Olivias Job.«

Olivias Handy vibriert, und ich greife danach, bevor es Sophie tun kann.

»Ich muss üben, solange du noch hier bist.« Aber es ist nicht Tante Lisa.

L: Bin auf der Suche nach dir. Bin auf dem Golfplatz.

»Da sieh mal einer an«, sage ich.

Sophie späht über meine Schulter. »Was?«

»Es ist wieder dieser Locke! Komm, wir rufen sie an und sagen es ihr!«

Gesagt, getan. Doch Olivia weicht immer noch aus. Wie gestern Abend, als sie uns nicht verraten wollte, mit wem sie Eis essen war. Als wüssten wir nicht, dass sie mit ihm zusammen war!

»Wir müssen der Sache auf den Grund gehen«, bemerke ich grinsend, und Sophie stimmt mir zu.

Wir hängen in Olivias Haus ab, bis Sophie nach Minden fahren muss. Ich begleite sie zum Auto. Ich kann es kaum erwarten, bis wir ab Herbst endlich in derselben Stadt leben.

»Wir sehen uns dann in ein paar Stunden«, sagt sie. Sie sitzt bereits hinterm Steuer und hat das Fenster heruntergelassen. Ich stütze mich mit meinen Händen auf dem Autodach ab.

»Ich werde pünktlich sein.«

Ich beuge mich zu ihr herunter und gebe ihr einen letzten Kuss, bevor sie losfährt und ich ihr hinterherblicke.

Als ihr Auto um die Kurve biegt, vibriert Olivias Handy in meiner Hosentasche.

> **MOM:** Vergiss nicht, dich einzucremen. Du hast dich ja erst vor Kurzem so böse verbrannt.

Diese Nachricht ist nicht allzu schlimm. Das kriege ich hin.

ICH: Sonnencreme habe ich bereits eingepackt.
MOM: Perfekt! Und was machst du mit deinen Haaren?

Okay, jetzt wird's schon schwieriger. Ich setze mich in die Hollywood-Schaukel und überlege, was Olivia sonst immer mit ihren Haaren macht. Sie sind lang. Und manchmal irgendwie wellig.

ICH: Vielleicht flechte ich mir Zöpfe.

Ich weiß gar nicht, worüber sich Charlie so beschwert. Das ist doch gar nicht so schwierig.

MOM: Ich habe dir noch mehr Creme für deinen Rasurbrand gekauft. Du weißt, wie schlimm so etwas in der Bikinizone werden kann. Sie ist im Badezimmer in der mittleren Schublade.

Nope. Nope, nope, nope, nope. Das war's. Ich bin raus. Darauf werde ich nicht antworten.

***

OLIVIA

OLIVIA: Bin da.

Ich bin gerade in der Umkleidekabine und ziehe meinen Badeanzug an, als mir Wes von meinem Handy schreibt.

Das Haar habe ich zu einem lockeren Dutt zusammengefasst, und ich trage ein wenig Lipgloss auf. Zum Glück habe ich heute Morgen nicht vergessen, mich zu rasieren.

Da ich meine Sandalen vergessen habe, schlüpfe ich in meine Tennisschuhe und jogge hinaus auf den Parkplatz, um mich dort mit Wes zu treffen.

Er hat in der Nähe meines Autos geparkt, das Fenster heruntergelassen und den Sitz nach hinten gekippt. Als ich mich nähere, steigt mir der Geruch von Fast Food in die Nase.

»Hey«, sage ich.

»Hey.« Er reicht mir mein Handy durch das offene Fenster. »Deine Mom war heute Morgen sehr gesprächig.«

Irgendwas in seinem Ton beunruhigt mich. Was hat sie gesagt, das ihn so aus der Fassung gebracht haben könnte? Im Gegensatz zu Charlie ist Wes eigentlich hart im Nehmen.

»Judd hat dir den ganzen Morgen geschrieben.« Ich gebe ihm sein Handy zurück. »Danke, dass du das für mich machst.«

»Jederzeit. Ich warte hier, bis du fertig bist.« Er deutet auf den Burger und die Pommes, die auf einer Tüte auf dem Beifahrersitz liegen. »Aber spätestens um vier muss ich nach Minden fahren. Sophie hat heute Abend ihre Abschlussparty.«

»Ja, das sollte kein Problem sein.«

Ich gehe zurück zum Clubhaus und checke mein Handy. Keine neuen Nachrichten von Leo.

Vom Golfplatz aus gesehen befindet sich der Pool auf

der gegenüberliegenden Seite des Clubhauses. Ein Tor trennt den Parkplatz vom Gebäude, aber nach hinten ist das Gelände offen. Ich habe den Pool schon von Weitem gesehen, als wir von Loch zu Loch gefahren sind, und freue mich schon darauf.

Am Tor hängen große goldene Luftballons in Form unseres Abschlussjahrgangs. Als ich den Pool erreiche, sind die meisten Mädchen schon da. Megan und Lindsey drücken mir zur Begrüßung ein Handtuch mit meinen Initialen und eine Strandtasche mit meinem Namen darauf in die Hand. Beides total niedlich.

»Wir freuen uns so, dass du da bist«, sagt Megan.

»Ja! Das Essen steht dort drüben.« Lindsey deutet auf einen langen Tisch hinter sich.

»Danke für die Einladung!«

Dann begrüßen sie die nächsten Gäste, und ich entdecke Bailey und Mia, die es sich in Lounge-Sesseln bequem gemacht haben. Ich lege meine Sachen auf den freien Sessel neben Mia.

»Wir haben schon gewettet, ob du heute kommst oder nicht«, sagt Bailey. »Wir wundern uns schon, wo du die ganze Zeit steckst.«

»Ich weiß, es ist alles völlig verrückt. Ihr habt ja keine Ahnung.«

Mia schiebt ihre Sonnenbrille ein Stück herunter, um mich anzusehen. »Wir hätten eine Ahnung, wenn du uns endlich erklären würdest, was genau los ist.«

»Das werde ich noch, aber können wir jetzt bitte einfach die Sonne genießen?« Ich habe noch ungefähr vierundzwanzig Minuten, bis ich wieder bei der Arbeit sein muss. Ohne eine gute Entschuldigung werden sie mich nicht gehen lassen.

Meine Güte, ich habe es so satt.

Es kommen noch mehr Gäste, darunter auch die Bösen Joes, die anscheinend unter ihren Golfklamotten bereits ihre Bikinis anhatten.

Sie setzen sich auf eine Liege auf der anderen Seite des Pools, während Tante Maggie Mae bei den anderen Moms an einem Tisch unter einem großen Sonnenschirm Platz nimmt.

Die Party ist total entspannt. Müsste ich nicht alle fünf Minuten auf die Uhr sehen, wäre es wahrscheinlich meine Lieblingsparty bisher. Ich könnte den ganzen Tag in diesem Sessel verbringen. Sobald meine Haut wieder rot würde, würde ich einen Schirm aufspannen und eiskalte Getränke schlürfen, bis mein Gehirn Gefrierbrand bekäme.

Ungefähr fünfzehn Minuten später verkünden Megans und Lindseys Moms, dass wir uns auf der seichten Seite des Pools versammeln sollen. Nur wenige der Anwesenden gehören nicht zur Party, hauptsächlich Mütter mit ihren Babys im Babybecken. Die einzigen Schüler, die gerade frei haben, sind die, die jetzt ihren Abschluss machen, aber sobald die Sommerferien beginnen, ist es hier bestimmt total überfüllt.

Wir versammeln uns am Rand des Pools, auf dem etliche aufblasbare Tiere schwimmen – ein Flamingo, ein Frosch, eine gelbe Ente, ein Einhorn, ein Bulle, ein Lama und so weiter.

»Zeit für Partyspiele!«, ruft Megans Mom. Die eine

Hälfte stöhnt genervt, während die andere Hälfte jubelt.

Lindseys Mom hält ein paar Geschenktüten in die Höhe. »Und die Gewinnerinnen bekommen natürlich einen Preis!«

Jetzt wechseln ein paar der Genervten zur Seite der Jubelnden.

»Beim ersten Spiel müsst ihr Folgendes tun: Jede sucht sich ein aufblasbares Tier aus! Setzt euch drauf, wie ihr wollt. Und diejenige, der zuerst das andere Ende des Pools erreicht, hat gewonnen!«

Ich weiß nicht, was mir mehr Sorgen bereitet. Das Spiel – oder die Tatsache, dass es erst das *erste* Spiel ist. Wieder werfe ich einen Blick auf meine Uhr. Mir bleibt nicht mehr viel Zeit.

Alle stürzen sich auf die Tiere. Ich gehöre zu den Letzten, die eins erwischen, also kriege ich nur noch die Giraffe ab. Ihr Hals ist so lang, dass ich wahrscheinlich nichts sehen werde. Bestimmt ist der Kopf viel zu schwer.

Wir sind so viele, dass wir die gesamte Breite des gigantischen Pools einnehmen. Manche der Mädels sitzen mit ihren Pos in dem großen Loch des Gummitiers, die Beine links und rechts herausbaumelnd. Doch das ist keine gute Idee. Manche liegen auf ihren Dingern, während andere wiederum ganz seltsame Verrenkungen machen.

Ich entscheide mich auch für eine liegende Position. So kann ich gleichzeitig strampeln und kraulen.

Megans Mom steht neben dem Pool und hält eine

grüne Flagge in die Höhe. »Auf Position! Macht euch bereit!« Es folgt eine kurze Pause, bevor sie ruft: »Los!«

Und dann geht's ab. Nach wenigen Minuten wird deutlich, dass die, die liegen, am schnellsten vorankommen. Ich sehe mich um. Nur fünf von uns haben sich für diese Position entschieden – darunter natürlich auch die Bösen Joes.

Was soll ich sagen? Unsere Familie ist schon immer sehr wetteifernd gewesen.

Und dabei sind wir ganz schön laut. Ein paar der umstehenden Golfer halten inne und sehen zu uns herüber. Wäre Mr Williams hier, würde er wahrscheinlich einen Herzinfarkt kriegen.

Ich strample und strample, bis ich schließlich in Führung liege. Doch dann holt Mary Jo auf.

Es ist ein Kampf um Leben und Tod. Ich schwitze, meine Armmuskeln brennen, und ich kann meine Beine kaum noch spüren, aber ich werde sie auf keinen Fall gewinnen lassen.

Doch so, wie sie Gas gibt, scheint sie das Gleiche zu denken.

Manche Mädchen, die erst gar nicht richtig losgekommen sind, stehen jetzt an der Ziellinie und feuern uns an. Ich höre sowohl meinen als auch ihren Namen, doch ich brauche diesen Sieg mehr, als allen bewusst ist.

Wir sind so kurz vor dem Ziel. Es ist ein Kopf-an-Kopf-Rennen. Im allerletzten Moment springe ich von meinem Tier, greife nach dem Beckenrand und lande mit dem Gesicht im Wasser.

Als ich wiederauftauche, versuche ich herauszufinden, wer gewonnen hat.

Mary Jo klammert sich an den Rand, immer noch auf ihrem Tier sitzend, und ruft: »Das zählt nicht! Sie ist abgesprungen!«

»Meine Beine haben die Giraffe immer noch berührt, als ich den Beckenrand erreicht habe!«

Megans und Lindseys Moms haben die Köpfe zusammengesteckt, um die Sache auszudiskutieren. So ein knappes Ergebnis haben sie bestimmt nicht erwartet.

Sie reden eine Ewigkeit, bevor sie schließlich nicken und sich an uns wenden. »Das Ergebnis war einfach zu knapp. Es ist also ein Unentschieden!«

»Was?«, schreit Mary Jo, während ich rufe: »Unentschieden? Ernsthaft?!«

Doch sie ignorieren uns. »Machen wir weiter mit dem nächsten Spiel!«

Ich werfe Mary Jo einen Blick zu, und sie sieht mich an.

»Das war kein Unentschieden«, knurrt sie. »Ich habe eindeutig gewonnen.«

Ich verdrehe die Augen. »Ich habe dich besiegt. Und das weißt du genau.«

Dann steigen wir aus dem Pool und folgen den anderen. Meine Beine fühlen sich an wie Wackelpudding. Mir entgeht nicht, dass sie auch ein bisschen humpelt, was mir ein wenig Genugtuung verschafft.

Wir schließen zu den anderen auf, als ich merke, dass der Spaß vorbei ist. Ein paar Leute von der Turnierleitung sind da und reden mit den Müttern.

Ich höre Wörter wie »Lautstärkepegel« und »Ablenkung« und weiß genau, wozu das führt. Dann fällt mein Blick auf Coach Cantu.

Und seiner auf mich.

Eigentlich soll ich meine Fehlzeiten abarbeiten, doch stattdessen erwischt er mich tropfnass in einem Bikini auf einer Poolparty, die die Golfer vom Turnier ablenkt.

Das ist gar nicht gut.

Mit einer Kopfbewegung gibt er mir zu verstehen, dass ich zu ihm kommen soll, also mache ich mich langsamen Schrittes auf den Weg. Ich werfe einen Blick nach hinten. Mia und Bailey wissen, dass ich in Schwierigkeiten stecke, doch sie haben keine Ahnung, warum.

»Ich bin sicher, du wirst mir gleich erklären, warum du hier am Pool abhängst, anstatt zu arbeiten, aber ich will es gar nicht hören. Du hast fünf Minuten, um dich umzuziehen und wieder auf dem Platz zu stehen. Ansonsten vergessen wir das Ganze und du kannst nach Hause gehen.«

Dann dreht er sich um und verlässt mit den Typen von der Turnierleitung den Poolbereich.

Zuerst bin ich ein wenig angefressen, denn offiziell habe ich gerade Mittagspause. Doch dann werfe ich einen Blick auf meine Uhr. Meine Pause ist seit zehn Minuten vorbei.

Ich eile zum Lounge-Sessel, sammle eilig meine Sachen zusammen und bin froh um das Handtuch und die Tasche. Mir bleibt keine Zeit, um mich von Megan und Lindsey zu verabschieden. Bailey und Mia beobachten mich von der anderen Seite des Pools, doch bevor sie zu mir herüberkommen können, bin ich bereits verschwunden. Ich stürme in die Damenumkleide und schlüpfe in meine Klamotten, obwohl ich immer noch nass bin. Mein Shirt und meine Shorts kleben an mir, und meine Haare sind tropfnass. Ich fasse sie zu einem hohen Dutt zusammen und schlüpfe in meine Turnschuhe.

In Nullkommanichts bin ich zur Tür hinaus.

Draußen wartet der Coach auf mich.

»Ich bin schockiert, dass ich dir das überhaupt sagen muss, aber das ist deine allerletzte Chance. Wenn du es nicht schaffst, das zu tun, was ich von dir verlangt habe, gibt es keinen Grund, die Sache fortzuführen.«

Er schnaubt genervt und geht zurück in Richtung des Golfplatzes.

Ich fühle mich schrecklich. Am liebsten würde ich meinen Kopf gegen die Wand schlagen. Dann fällt mir ein, dass Wes noch auf dem Parkplatz wartet.

»Hey«, meldet er sich nach dem ersten Klingeln.

»Hey«, erwidere ich. »Der Coach hat mich auf der Party erwischt. Er ist total angepisst. Ich kann jetzt nicht auf den Parkplatz kommen. Können wir uns beim Clubhaus treffen, um die Handys zu tauschen?«

»Klar, bin schon auf dem Weg.«

Während ich auf Wes warte, tue ich so, als wäre ich damit beschäftigt, leere Wasserflaschen einzusammeln und in die Recyclingtonne zu werfen. Mr Williams steht an der Seite und unterhält sich mit jemandem von der Clubleitung. Es kann sich nur um Minuten handeln, bevor ich ihn wieder durch die Gegend fahren muss.

Als ich Wes entdecke, renne ich sofort auf ihn zu. Wir

tauschen wieder die Handys, und er fragt: »Wie lange soll ich noch bleiben?«

Ich zucke mit den Schultern. »Du kannst jetzt fahren. Falls Mom nachfragt, dann sag ihr einfach, ich hätte Kopfschmerzen und wäre nach Hause gefahren, um mich hinzulegen. Und falls jemand wissen will, warum ich gegangen bin, ignorier ihn einfach. Ich schreibe dann später zurück. Oder weißt du was? Schalt mein Handy einfach aus. Ist mir egal.«

Als Wes die Hand auf meine Schulter legt, sehe ich zu ihm hoch. Er blickt besorgt drein. »Alles okay?«

»Alles gut. Ist schon in Ordnung. Ich will einfach nur, dass es vorbei ist.«

Er zögert, doch es gibt nichts mehr, was er für mich tun könnte. Er macht sowieso schon genug. Sie alle. Ich habe mir den Schlamassel selbst eingebrockt, also muss ich ihn auch selbst wieder ausbaden.

»Okay. Ruf an, falls du irgendwas brauchst. Oder wenn du reden willst.«

Meine Sicht verschwimmt, und ich befürchte, gleich in Tränen auszubrechen. »Ich werde pünktlich um vier zu Hause sein, damit du nicht zu spät zu Sophies Party kommst.«

Dann geht er. Am liebsten würde ich auf den Boden plumpsen und nie wieder aufstehen. Doch dann schmeißt mich der Coach raus. Also gehe ich zu Mr Williams und warte darauf, dass er mir weitere Anweisungen erteilt.

Ich warte geduldig, doch Mr Williams scheint es nicht eilig zu haben. Ich lasse meinen Blick schweifen und entdecke Leo, der neben dem nun leeren Anmeldetresen steht. Seine Schläger liegen auf dem Tisch. Er scheint den Inhalt seiner Golftasche umzusortieren.

Ich schätze die Entfernung ab und überlege, ob ich zu ihm gehen soll. Er ist nur wenige Meter entfernt. Wenn Mr Williams nach mir ruft, höre ich es sofort. Und der Coach ist mit seinem Golfmobil davongefahren, er ist also nicht mehr in der Nähe. Und es ist ja nicht so, als würde ich mich während des Spiels mit Leo unterhalten.

»Hey«, sage ich, als ich mich ihm nähere. »Wie läuft's heute?«

Er hält inne und dreht sich zu mir um. »Hey! Eigentlich ziemlich gut.« Er kommt auf mich zu und streckt die Hand aus. Ich weiß nicht, ob er mich berühren, meine Hand ergreifen oder mich zu sich ziehen will, aber mir wäre alles recht. Doch als ihm einfällt, wo wir sind, senkt er schnell die Hand. »Mir sind heute ein paar ziemlich gute Schläge gelungen.« Dann legt er den Kopf schief und mustert mich genauer. »Hast du nasse Haare?«

Ich verziehe das Gesicht. »Japp. Habe bei der Poolparty vorbeigeschaut.«

»Ah!«, erwidert er. Wir blicken beide in Richtung Pool, obwohl man ihn von hier aus gar nicht sehen kann. »Ich nehme an, Mae und die Mädchen sind immer noch dort.«

»Ja, ich schätze, mindestens noch eine Stunde.«

»Aber du konntest nicht länger bleiben?«

»Ich habe das Gefühl, das ist eine Frage, die tabu ist.«

Ich weiß, dass Mary Jo ihm sowieso von dem Wettschwimmen mit den aufblasbaren Tieren erzählen wird, aber ich will die wenige Zeit, die ich mit ihm habe, nicht darauf verschwenden, jetzt über sie zu reden.

Er legt die Hand auf seine Brust. »So etwas würde ich niemals tun!«

Ich deute auf seine Sachen auf dem Tisch. Alle Schläger haben einen neongrünen Griff, außer dem in der Mitte. »Was machst du da?«

»Ich sortiere meine Tasche um. Mae und die Mädchen haben mir einen neuen Schläger geschenkt, und ich versuche, Platz für ihn zu schaffen.«

»Oh, wie nett von ihnen«, erwidere ich. Seht nur, wie lieb ich sein kann. Ich habe ihnen gerade ein Kompliment gemacht.

Er ignoriert die Schläger und konzentriert sich auf mich. »Was ist das für eine Party heute Abend? Ich muss mich aber nicht verkleiden, oder?«

»Nein, es ist eine Schnitzeljagd.«

»Du meinst, wir gehen in den Wald und suchen Äste und Blätter?«

»Nein, nicht so. Vor ein paar Jahren hat jemand für ein paar Mädchen so eine Party organisiert. Sie war der reinste Hit. Seither bekommt jedes Jahr jemand die Schnitzeljagd. Es werden Gruppen gebildet. Man zieht durch die Stadt und muss Aufgaben erfüllen. Dann postet man es auf Instagram, damit alle wissen, wer was macht.«

Er tritt ein wenig näher. »Was für Aufgaben?«

Ich zucke mit den Schultern. »Na ja, ich weiß zwar nicht, was wir heute Abend machen müssen, aber letztes Jahr gab es zum Beispiel jemanden, der sich vor Starbucks stellen und *I'm a Little Tea Pot* singen musste. Mit dem Tanz und den Handbewegungen und allem Drum und Dran. Das war lustig, den Teams auf Insta zu folgen.«

»Das glaube ich dir«, erwidert er lachend.

»Olivia!«

Als ich meinen Namen höre, wirble ich herum. Es ist Mr Williams. Ich ergreife Leos Hand, drücke sie und flüstere: »Der Spielverderber ruft mich. Ich muss los. Wir sehen uns dann heute Abend!«

Bevor er etwas erwidern kann, jogge ich los.

Vor Mr Williams bleibe ich stehen, und er reicht mir einen Papierstapel. »Kannst du ins Büro gehen und das kopieren? Wir treffen uns danach wieder hier draußen.«

Nickend nehme ich den Stapel entgegen. Der Kopierer ist steinalt. Es dauert Ewigkeiten, aber nach ungefähr fünfzehn Minuten bin ich fertig. Mr Williams steht immer noch am selben Fleck und unterhält sich mit denselben Leuten. Ich spähe hinüber zum Tisch, um zu sehen, ob Leo noch da ist, doch er ist verschwunden.

Nur ein einzelner Schläger lehnt gegen den Tisch. Der Griff ist neongrün.

»O Mist!«, murmle ich.

Ich will gerade mein Handy zücken, um ihn anzurufen, als mir einfällt, dass ich Wes' Handy habe. Und es ist nicht so, als hätte ich Leos Nummer auswendig gelernt. Ich kann ihn nirgendwo sehen, doch schließlich entdecke ich seine Tasche, die auf seinem Rollwagen bei Loch zehn liegt.

Ich habe nur wenige Minuten, bevor Mr Williams losfahren will, also schnappe ich mir den Schläger und renne so schnell ich kann, um ihn in seine Tasche zu stecken.

Dann eile ich zurück zu Mr Williams. In dem Moment, als ich zurückkomme, sieht er sich nach mir um.

Ich reiche ihm die Dokumente, und er deutet auf das Golfcart.

»Bereit?«, fragt er.

Ich nicke. »Ja, Sir. Ich bin bereit.«

Wir wollen gerade losfahren, als Leo mit einer Wasserflasche in der Hand das Clubhaus verlässt. Vorsichtig hebe ich die Hand und winke ihm zu, aber so, dass es Mr Williams nicht merkt. Er winkt zurück. Er lächelt breit, und sein Gang wirkt beschwingt. Es freut mich, dass er heute so gut spielt.

Und wie cool wäre es, wenn er ab Herbst für die LSU spielen würde! Dann könnte ich mir seine Spiele ansehen und ihm von der Seite zujubeln. Natürlich nur ganz leise.

Moment mal. Denke ich gerade über etwas Festes, Langfristiges mit Leo nach?

Ja, das tue ich. Tatsächlich.

Wir flirten erst seit ein paar Tagen miteinander. Es ist dumm zu denken, dass daraus etwas Ernstes werden könnte. Ich habe ihn schließlich jahrelang nicht gesehen.

Das ist doch lächerlich.

Doch wenn ich an ihn denke, bin ich glücklich. Vielleicht ist das eine Basis, auf die ich aufbauen kann.

Doch darüber kann ich mir gerade keine Gedanken machen. Ich muss mich jetzt darauf konzentrieren, diese

Sache hier bis morgen Nachmittag durchzuziehen, ohne sie zu vermasseln. Mal wieder.

***

TELEFONDIENST: WES

Ich verlasse gerade das Gelände des Clubhauses, als ich Locke begegne. Nachdem Olivia gestern Abend gegangen ist, hat mir Charlie erzählt, dass Locke eigentlich im Superior hätte auftauchen sollen. Charlie ist davon überzeugt, dass er der »Freund« ist, mit dem Olivia Eis essen war.

»Hey, was geht?«, frage ich, als ich an ihm vorbeigehe.

»Hey, Wes. Was machst du denn hier?«, will er wissen.

»Ich habe Olivia etwas vorbeigebracht, das sie zu Hause vergessen hat«, erwidere ich und werfe einen Blick zurück. »Wie läuft's?«

Sein Lächeln verebbt. »Okay. Könnte besser laufen. Ich hatte gehofft, unter die besten fünf zu kommen, sieht aber nicht so aus.«

Ich verziehe das Gesicht. »Mist. Das tut mir leid.«

»Es ist, wie es ist. Diese Woche sind viele gute Spieler dabei. Dieser eine Typ aus Francisville ist der absolute Überflieger. Er spielt besser als je zuvor. Und ich spiele seit Jahren mit Leo. Das hätte ich nicht erwartet.«

Das irritiert mich. »Leo?«

»Ja. Leo Perez. Kannst du dich noch an ihn erinnern? Er ist früher mit uns zur Schule gegangen.«

»Ähm, ja, ich kenne ihn. Aber ich wusste nicht, dass er

Golf spielt.« Ehrlich gesagt überrascht es mich ein wenig, dass Olivia das nicht erwähnt hat.

»Ja, gut möglich, dass er unter die besten drei kommt.«

Ich strecke ihm die Hand entgegen, und er schlägt ein. »Nun, dann viel Glück. Ich hoffe, du kannst es noch rausreißen.«

»Danke«, erwidert er.

Ich will gerade gehen, als ich mich noch einmal zu ihm umdrehe. »Hast du schon gehört, dass Judd jetzt in einer Band spielt?«, frage ich und muss lachen, denn bei der Kombination *Judd* und *Band* kann ich einfach nicht anders.

»Ja, ich habe gestern Abend in einer Story gesehen, dass er an seinem Schlagzeug ganz schön abgegangen ist! Das hätte ich nur zu gern gesehen.«

Lachend gehen wir in verschiedene Richtungen davon.

Als ich wieder bei Olivia bin, denke ich über diese ganze L-Sache nach und schreibe mir selbst eine Nachricht.

ICH: Ich habe Locke getroffen, als ich gegangen bin.

Olivia antwortet zwar nicht sofort, doch es dauert auch nicht allzu lange.

WES: Oh. Okay.
ICH: Er meinte, Leo Perez würde ganz schön abgehen.

Die drei Punkte springen viel zu lange auf und ab. Ich sehe Olivia förmlich vor mir, wie sie tippt, alles wieder löscht und von vorn beginnt.

> **WES:** Ich habe ihn gestern einmal kurz gesehen. Aus der Ferne. Ich habe auch schon gehört, dass er ziemlich gut ist, aber keine Ahnung, ob das stimmt.

Japp, sie redet Blödsinn. Ich habe das Gefühl, das *L* in Olivias Handy steht überhaupt nicht für *Locke*.

Wahrheit #9: Ich mag Leo Perez wirklich sehr, sehr, sehr.

Donnerstag, 12. Mai, Abend

OLIVIA

Ich rase wie eine Irre. Ich schwitze wie verrückt und bin kurz davor, in Tränen auszubrechen.

Der Coach hat mich gezwungen, länger zu bleiben, um die zehn Minuten von der Mittagspause und die fünfzehn Minuten, die ich heute Morgen zu spät gekommen bin, nachzuholen.

Ich habe Wes angerufen, um ihm zu sagen, dass ich erst nach vier zu Hause sein werde. Ich habe die Enttäuschung in seiner Stimme gehört, als er sagte, es sei schon okay – ein ganz anderer Tonfall als vorhin in seiner Textnachricht, als er mich mit Locke und Leo aufgezogen hat.

Und das ist nicht in Ordnung. Sie haben alles getan, worum ich sie gebeten habe. Und Wes wollte lediglich, dass ich heute pünktlich zu Hause bin.

Mit quietschenden Reifen komme ich vor meinem Haus zum Stehen und schaffe es gerade noch, das Auto in den Park-Modus zu stellen, bevor ich herausspringe. Mit ausgestrecktem Arm renne ich auf Wes zu und drücke ihm sein Smartphone in die Hand.

»Es tut mir so, so, so leid«, sage ich.

Doch er sieht mich kaum an. »Schon okay. Aber ich muss jetzt los.«

Ich verziehe schmerzhaft das Gesicht und lasse mich ins Gras fallen, während er davonbraust. Ich spüre, wie die Tränen zu kullern beginnen.

Dann greife ich nach meinem Handy, um Sophie eine kurze Nachricht zu schreiben.

ICH: Ich bin schuld, dass er zu spät kommt. Der Coach hat mich gezwungen, länger zu bleiben. Es tut mir so leid.

Ich scrolle schnell durch meine Benachrichtigungen. Mia und Bailey machen sich Sorgen, weil ich einfach abgehauen bin und ihnen noch nicht geantwortet habe. Meine Finger schweben über dem Display, während ich überlege, was ich ihnen schreiben soll. Doch dann entscheide ich mich dagegen, überhaupt zu antworten. Ich kann nicht.

Alles, was ich schreiben würde, wäre nur eine weitere Lüge.

Es dauert eine Weile, bis Sophie antwortet, doch als es so weit ist, kommt lediglich ein: Okay.

Uff. Warum vermassle ich eigentlich einfach alles?

»Bist du tot?«

Ich hebe den Kopf und sehe Charlie auf mich zukommen.

Mein Kopf fällt wieder nach hinten. »Ich wünschte, ich wäre es.«

»Ich hab's gehört.« Er setzt sich neben mich ins Gras.

»Wie sauer ist Wes?«, frage ich, unfähig, das Kratzen in meiner Stimme zu verbergen.

»Er wird sich wieder beruhigen. Du weißt doch, wie er ist.«

Ich habe einen riesigen Kloß im Hals. »Er ist viel zu nett für uns.«

»Egal. Sag mir lieber, warum du hier draußen liegst und in Selbstmitleid badest. Was ist sonst noch passiert?«

»Alles.«

Charlie reißt ein Grasbüschel heraus und bewirft mich damit, doch der Wind trägt es davon, bevor es auf mir landen kann. »Als Wes vom Club zurückgekommen ist, meinte er, er sei Locke begegnet.«

Ich schließe die Augen und bete, dass sich die Erde öffnet und mich verschluckt.

»Sonst hat er nichts gesagt, aber Wes ist für mich wie ein offenes Buch. Da steckt mehr dahinter. Hast du eine Ahnung, was?«, will Charlie wissen.

Jetzt wünsche ich mir, Charlie würde im Erdboden versinken, damit dieses Gespräch endlich vorbei ist. »Keine Ahnung.«

»Okay. Danke fürs Gespräch. Und jetzt geh duschen, denn du fährst heute zur Party. In anderthalb Stunden geht es los.«

***

Während Charlie auf der Fahrt zur Schnitzeljagd an seinem Handy herumspielt, schweifen meine Gedanken zu Leo. Ich habe ihm ein paar Mal geschrieben, um zu fragen, wie sein Tag gelaufen ist, doch bisher hat er nicht geantwortet. Hoffentlich bringen ihn die Bösen Joes mit zur Party und ich finde einen Weg, mich mit ihm zu unterhalten, ohne dass es Charlie mitbekommt.

Aber ich habe immer noch ein schlechtes Gewissen, weil Wes meinetwegen zu spät gekommen ist. Irgendwie verschwindet es einfach nicht, obwohl ich bereits Fotos von ihm und Sophie gesehen habe und die Party gut zu sein scheint.

Dann erreichen wir den Park. Es sind schon viele Leute da. Die Mütter, die die Party organisiert haben, haben neben ein paar Picknicktischen einen Anmeldetisch aufgebaut, also gehen wir zu ihnen hinüber.

Plötzlich zieht mich Bailey beiseite. »Du bist schon wieder verschwunden! Und du hast auf keine einzige Nachricht reagiert. Was ist los? Wir haben gesehen, wie du dich mit einem dieser Golftypen unterhalten hast.«

Ich überlege, was ich sagen soll, die nächste Ausrede liegt mir bereits auf der Zunge. Aber ich habe es satt, sie anzulügen. Ich bringe es zwar nicht fertig, ihr zu beichten, dass mein Abschluss auf dem Spiel steht, aber ich kann ihr zumindest Bruchstücke davon erzählen.

»Ich helfe beim Golfturnier. Coach Cantu, bei dem ich den Golfkurs hatte, leitet es, und ich arbeite ein paar Fehlstunden ab.«

In diesem Moment gesellt sich auch Mia zu uns.

»Wo warst du?«, fragt sie.

Bailey wiederholt meine Antwort, und die beiden sehen mich verwirrt an.

»Das ist es, was du die ganze Woche machst?« Mia wirkt nicht überzeugt.

»Ja.«

»Aber du hast gesagt, du würdest bei deiner Grandma im Laden arbeiten«, bemerkt Bailey. »Warum solltest du lügen?«

Jetzt wird's schwierig, denn genau genommen hat Sophie für mich gelogen, aber ich will sie nicht noch tiefer in die Sache hineinziehen.

»Ich habe mich geschämt. Tut mir leid.«

Doch ich merke, dass sie mir nicht glauben.

Die Mütter rufen uns zu sich herüber. Für den Moment bin ich erst mal verschont. Bailey und Mia verhalten sich ein wenig abweisend, doch ich habe es nicht anders verdient. Die Bösen Joes sind inzwischen auch da, jedoch ohne Leo. Warum ist er nicht dabei? Wir haben doch vereinbart, dass wir uns hier treffen.

»Okay, allerseits! Zeit zu spielen!«, ruft eine der Mütter. »Wir werden die Teams zusammenlosen. Jedes Team hat einen Mannschaftskapitän, der für die Fotos und Videos zuständig ist und dafür, sie bei Instagram hochzuladen. So wissen wir, ob ihr die Aufgaben erledigt habt, und eure Konkurrenten wissen, wo sie stehen. Ihr habt eine Stunde Zeit!«

Dann fangen die Moms an, Namen aus einem Einmachglas zu ziehen, und ich nehme mir kurz die Zeit, Leo noch mal anzurufen. Doch es geht nur die Mailbox ran. Langsam mache ich mir Sorgen, dass irgendwas passiert ist. Aber wenn er im Krankenhaus liegen würde, wären die Bösen Joes ja nicht hier, oder?

Jemand ruft meinen Namen, und ich drehe mich um.

Es ist Mia.

»Du bist im grünen Team«, erklärt sie. Ich gehe zum Tisch, und eine der Moms reicht mir ein leuchtend grünes Bandana. Es erinnert mich an Leos Golfschläger.

Dann deutet sie auf die Gruppe mit den grünen Stirnbändern. Ich bin mit vier Leuten in einem Team: Archer (einer der Schulabgänger, für die die Party organsiert wurde), Judd, Danlee und ein Typ namens Mason. Ich wünschte, einer von den Golfern wäre bei uns im Team, aber bisher habe ich keinen von ihnen gesehen. Wenigstens bin ich nicht mit den Bösen Joes in einer Gruppe.

»Okay. Lagebesprechung«, ruft Archer und winkt uns näher herbei. Dann hält er ein Blatt Papier in die Höhe. »Hier ist die Liste. Wir brauchen jemanden, der darauf achtet, dass wir auf Kurs bleiben. Und einen Fahrer.«

»Ich fahre«, bietet Judd an, doch alle widersprechen.

»Ich fahre«, sagt Danlee. Keine Einwände.

»Ich übernehme die Liste.« Ich brauche dringend Ablenkung.

Wieder bitten die Mütter um Aufmerksamkeit. »Fahrt nicht zu schnell, und brecht keine Gesetze. Privatgrundstücke sind natürlich Tabu. Und wenn ihr die Hilfe eines Fremden braucht, um eine Aufgabe zu erfüllen, darf derjenige nur ein einziges Mal helfen!« Dann folgt der Startschuss, und wir rennen zu Danlees Auto. Nachdem wir losgefahren sind, werfe ich einen Blick auf die Liste.

1. Eine *Drei Engel für Charlie*-Pose mit zwei Fremden und einem Teammitglied
2. Das Team, wie es bei einer Familie/Gruppe sitzt, die gerade ihr Mittagessen genießt
3. Das ganze Team, das sich in irgendwas spiegelt – außer einem Spiegel
4. Das ganze Team muss einen Handstand machen
5. Das ganze Team auf einer Feuerwache (+1, wenn das Foto neben oder in einem Feuerwehrauto gemacht wird)
6. Das Team mit einem Passanten, der ein Band-Shirt trägt (+1, wenn derjenige auch noch Luftgitarre spielt)
7. Das ganze Team beim Twister spielen – ohne Matte
8. Zwei Teammitglieder, die in einem Schaufenster als Puppen posieren. ZUERST UM ERLAUBNIS BITTEN!
9. Eine Menschenpyramide mit mindestens einem Fremden
10. Findet einen Passanten, der das Logo des zukünftigen Colleges eines eurer Teammitglieder trägt und macht ein Foto mit ihm und dem Teammitglied
11. Zwei Teammitglieder fordern ein fremdes Paar zu einem Drei-Bein-Rennen heraus – ihr müsst mindestens fünf Meter zurücklegen und eure Beine mit den Bandanas zusammenbinden

12. Das ganze Team, wie es eine Rutsche herunterrutscht (+1, wenn die Rutsche spiralförmig ist)
13. Ein Teammitglied in einer Restaurantküche beim Geschirrspülen
14. Fragt vor einem Kino einen Fremden, wie ihm der Film gefallen hat, den er gerade gesehen hat – ihr müsst nach dem Titel fragen und noch mindestens zwei weitere Fragen stellen (+1, wenn ihr das Ticket bekommt)
15. Eine Runde »Der Fuchs geht um« spielen am Ententeich
16. Ein Teammitglied muss vor einem Passanten tanzen und dieser bewertet denjenigen auf einer Skala von ein bis zehn
17. Das Team muss vor einer amerikanischen Flagge den Treueeid aufsagen
18. Macht genau das, was auf einem Schild steht (welches Schild, dürft ihr euch aussuchen)
19. Spielt eine Szene aus einem Will-Ferrell-Film nach
20. Fragt einen Passanten um Rat

»Wer hat sich das denn ausgedacht?«, murmle ich.

»Wohin soll ich fahren?«, fragt Danlee.

Ich weise ihr den Weg zum Park, den alle nur den »Ententeich« nennen. Wenn wir eine freie Grünfläche finden, können wir schon einige Punkte von der Liste abhaken.

Sie fährt auf den Parkplatz neben dem Park, und wir springen aus dem Auto.

Ich überprüfe noch einmal die Liste. »Okay, fangen wir mit ›Der Fuchs geht um‹ an!«

Mason macht das Video, und Judd hat sich bereit erklärt, den Fuchs zu spielen. Archer, Danlee und ich setzen uns in einem engen Kreis ins Gras.

Judd beginnt, uns langsam zu umkreisen, während wir *Der Fuchs geht um* singen.

»Du weißt, dass wir nicht wirklich spielen, oder?«, bemerkt Archer. »Lass einfach das Taschentuch fallen.«

Aber Judd ist nun mal Judd, also geht das Spiel weiter. Endlich lässt er das Taschentuch hinter mir fallen.

Ich springe auf, bereit, ihn zu fangen und mit der nächsten Aufgabe weiterzumachen, doch er rennt um sein Leben. Schließlich kriegt Danlee sein Bein zu fassen und hält ihn fest, damit ich ihn berühren kann.

Dann taucht das nächste Team auf. Charlie und Mary Jo wurden beide in das rote Team gelost. Darüber wird er nie hinwegkommen.

Schnell erledigen wir den Handstand und die Rutsche, bevor wir nach einem Passanten suchen, vor dem wir tanzen können.

»Ich übernehme das!«, verkündet Judd.

Er sucht sich eine Mutter mit Kinderwagen aus. Doch Charlie rennt im selben Moment auf sie zu.

Charlie und Judd reden kurz auf sie ein, bis sie schließlich nickt. Es ist offensichtlich, dass sie die beiden nicht kennt.

Judd zückt sein Handy und macht Musik an. O mein Gott. Es ist *Sexy Back* von Justin Timberlake. Und sie tanzen dazu. Vor dieser armen Mutter.

Und schon wieder. Zehn Sekunden hätten vollkommen genügt, doch Judd und Charlie finden kein Ende.

Das rote Team steht auf der einen Seite, wir auf der anderen, um unsere Teammitglieder anzufeuern. Charlie ist eindeutig der Gewinner, doch ich halte zu Team Grün.

Selbst als Judd zum dritten Mal den Sprinkler-Move macht.

Das kleine Mädchen tanzt in seinem Kinderwagen mit und klatscht begeistert in die Hände. Beide Teams filmen die Performance. Da werden die Moms ordentlich was zu lachen haben, wenn die Videos hochgeladen werden.

Der Song ist viel länger, als ich ihn in Erinnerung hatte.

Doch ungefähr nach der Hälfte hören Judd und Charlie auf und schnappen nach Luft.

Die Mutter klatscht für beide. Dann lehnt sie sich zu ihrer Tochter herunter, die nicht älter als drei sein kann, um sich mit ihr zu besprechen.

»Wer war besser?«, fragt sie das kleine Mädchen.

Das Mädchen reißt die Augen auf und lässt den Blick immer wieder zwischen den beiden hin und her wandern. Schließlich deutet sie auf Charlie und ruft: »Er! Er! Er hat sich auf dem Boden gerollt!«

Das rote Team jubelt. Alle fallen sich in die Arme, bis Charlie und Mary Jo an der Reihe sind. Sie umarmen sich zwar nicht, geben sich aber ein High Five, was für die beiden wirklich ERSTAUNLICH ist.

Schnell erledigen wir noch ein paar Aufgaben, die man hier im Park erfüllen kann, inklusive dem Drei-Bein-Rennen, zu dem Danlee und ich gegen zwei Schüler aus der Mittelstufe antreten. Mary Jo und Destiny machen auch mit, doch wir schlagen sie bei Weitem, was sich echt gut anfühlt.

Als wir den Park verlassen, haben wir die Hälfte aller Aufgaben abgehakt – aber wir haben auch eine halbe Stunde gebraucht. Wir suchen uns eine belebtere Straße, um ein Restaurant zu finden, in dem wir die Aufgaben mit dem Geschirrspülen und der Familie erledigen können. Judd, Archer und Danlee gehen hinein, und Mason hinterher, um sie dabei zu filmen. Ich warte draußen und nutze die Zeit, um es noch einmal bei Leo zu probieren.

Nach dem vierten Klingeln geht er schließlich ran.

»Ja?«, meldet er sich nüchtern.

»O Gott. Alles in Ordnung? Ich habe mir Sorgen gemacht! Ich dachte, du würdest zur Schnitzeljagd kommen!«

Er schweigt eine gefühlte Ewigkeit, bevor er erwidert: »Ist gerade schlecht.«

Aufgeregt laufe ich im Kreis. »Soll ich vorbeikommen? Oder soll ich dich abholen, damit wir irgendwo reden können?«

»Nein. Nein, genau das habe ich diese Woche falsch gemacht. Ich bin wegen des Turniers hier. Für nichts anderes. Mae und die Mädchen haben mich schon in den Wahnsinn getrieben, und dann war ich auch noch von dir abgelenkt«, sagt er. Sein Tonfall lässt mich zusammenzucken. »Und wofür? Wahrscheinlich für nichts.«

Ich habe das Gefühl, mir hätte jemand in den Bauch geboxt. »Wo kommt das denn jetzt her? Ist irgendwas passiert?«

»Hör zu. Ich hatte einen ziemlich beschissenen Tag. Und morgen wird es wahrscheinlich auch nicht besser. Ich bin müde. Sehr müde. Ich muss jetzt auflegen.«

Dann ist die Leitung tot. Genau in diesem Moment verlässt meine Gruppe hysterisch lachend das Restaurant.

Sie erzählen mir wild durcheinander, was drinnen passiert ist, doch ich nehme ihre Worte gar nicht richtig wahr. Ich habe das Gefühl, unter Wasser zu sein. Alles klingt gedämpft. Bei den restlichen Aufgaben stehe ich komplett neben mir und helfe so gut wie gar nicht. Danlee fragt ein paar Mal, ob alles in Ordnung sei, doch ich winke nur ab. Ich kann nicht mal sprechen.

Während ich das Gespräch mit Leo immer wieder durchgehe, werde ich langsam wütend. Sehr wütend. Ich habe keine Ahnung, was passiert ist, aber das habe ich nicht verdient.

Genau nach einer Stunde erreichen wir wieder den Riverside Park. Wir geben unseren Zettel ab und setzen uns an einen Picknicktisch, während wir auf die anderen Teams warten und darauf, dass die Moms das Ergebnis verkünden.

Immer wieder schiebe ich mein Smartphone von links nach rechts und denke über all die Sachen nach, die ich ihm schreiben will. Doch ich schreibe nichts.

Die Party findet ohne mich statt. Nach und nach tauchen die anderen Teams auf, und alle erzählen einander lustige Geschichten.

Doch ich kann nur an das Gespräch mit Leo denken.

Schließlich erscheint eine Gruppe, in der auch Lily ist. Ich springe auf und gehe auf sie zu.

»Hey, Lily«, rufe ich. Bisher ist sie die Einzige vom Golfkurs, die ich hier gesehen habe. »Ist heute beim Turnier irgendwas mit Leo Perez passiert?«

Sie verzieht das Gesicht. »Es ist ziemlich schlimm«, erwidert sie. »Sehr schlimm sogar.«

Ich trete näher an sie heran. »Was ist passiert?«

»Er fliegt vielleicht aus dem Turnier.«

Was? Er war doch kurz davor, das Turnier zu gewinnen!

»Warum?«, krächze ich. Ich spüre, wie mir Tränen in die Augen steigen.

»Er war gerade fertig mit dem letzten Loch. Und wie ich gehört habe, war es sein bestes Spiel aller Zeiten. Doch dann hat er jemanden von der Turnierleitung zu sich gerufen. Ich habe gemerkt, dass irgendwas nicht stimmt. Sie haben ein paar Minuten lang geredet, dann hat Leo seine Schläger aus der Tasche gezogen und sie auf dem Gras ausgebreitet.«

»Was bedeutet das?«, bohre ich nach.

»Er hatte zu viele Schläger in seiner Tasche. Man darf nur vierzehn haben, aber er hatte fünfzehn.«

Mein Herz rutscht mir in die Hose. Hat das was mit dem Schläger zu tun, den er gegen den Tisch gelehnt hat? Der, den *ich* zurück in seine Tasche gesteckt habe?

»Das ist eine Regel?«, quietsche ich. »Das ist doch verrückt.«

Lily zuckt mit den Schultern. »Aber er kennt die Regeln. Er hat der Turnierleitung gesagt, dass er seine Tasche umsortiert und einen Schläger ausgetauscht hat. Er meinte, er habe ihn beim Anmeldetresen stehen lassen, damit eine Freundin der Familie ihn mit nach Hause nimmt. Er meinte, er habe keine Ahnung, wie er wieder in seine Tasche gekommen sei.«

Ich habe es tatsächlich vermasselt. Es ist meine Schuld. Es ist alles meine Schuld.

»Du sagtest, dass er *vielleicht* rausgeschmissen wird. Wie meinst du das?«

Lily atmet lange aus. »Er hat es der Turnierleitung freiwillig gesagt. Das hätte er nicht tun müssen. Wahrscheinlich wäre er davongekommen, denn er war ja bereits fertig. Er hat ihnen gesagt, er wisse nicht, wie der Schläger in seine Tasche gekommen sei. Normalerweise hätten sie ihn sofort disqualifiziert, doch sie wollen darüber sprechen und ihm die Entscheidung morgen früh mitteilen.«

»Warum hat er es ihnen überhaupt gesagt? Das ist so dumm.« Dann schüttle ich den Kopf. Nein, es ist nicht dumm. Es ist ehrenhaft. Und genau so ist Leo. Ich habe genug gehört. Mir ist schlecht. Hätte ich das komplette Heft mit den Regeln gelesen, hätte ich darüber Bescheid gewusst. Aber ich habe es nicht gelesen. Und vielleicht wird ihm das den Turniersieg kosten. Und den Platz im LSU-Team, zusammen mit dem Stipendium.

Und alles nur, weil ich Golf doof finde und beschlossen habe, dass es meine Zeit nicht wert ist.

Ich suche nach Charlie, der mit Bianca abhängt. Die Moms haben das Essen aufgetischt, und Charlie und Bianca sitzen mampfend auf der Wiese. »Hey«, sage ich und beuge mich herunter, damit nur Charlie mich hören kann. »Ich muss jetzt los. Findest du eine andere Mitfahrgelegenheit?«

»Alles okay?«, fragt er, denn es ist offensichtlich, dass *nicht* alles okay ist.

»Ja, ich muss nur los.«

Als ich nach Hause komme, strömen mir die Tränen nur so die Wangen hinab. Sophie hat gerade ihre Party in

Minden, also kann ich sie nicht anrufen. Außerdem ist sie bestimmt sowieso noch sauer auf mich. Und so gern ich Leo anrufen würde, ich habe keine Ahnung, wie ich ihm erklären soll, was ich getan habe.

Er wird mir niemals verzeihen. Und ich kann es ihm nicht verübeln.

Wahrheit #10: Dieser Freitag der 13.
ist der schlimmste aller Zeiten.

Freitag, 13. Mai, Morgen

OLIVIA

Ich stehe vor dem Country Club, bevor er überhaupt geöffnet hat. Als ich angekommen bin, war es noch dunkel. Ich konnte nicht schlafen. Ich glaube, ich habe höchstens drei Stunden die Augen zugehabt, denn ich musste die ganze Zeit an Leo denken und an das, was ich getan habe. Den Schaden, den ich angerichtet habe.

Charlie hat mir irgendwann gestern Abend geschrieben und noch mal gefragt, ob alles in Ordnung sei und ob er heute den Telefondienst übernehmen solle, da Sophie und Wes noch in Minden sind. Aber ich habe ihm noch nicht geantwortet. Mein Handy hängt immer noch am Ladekabel auf dem Nachttisch, damit Mom nicht sieht, wo ich bin.

Ich warte in meinem Auto, bis die Leute von der Turnierleitung auftauchen. Sie erscheinen alle gemeinsam, und alle fünf tragen das gleiche Poloshirt und die gleichen Khakihosen, bereit für den letzten Tag des Turniers.

Ich folge ihnen dicht auf den Fersen.

»Entschuldigung«, sage ich. »Kann ich Sie kurz sprechen? Es ist sehr wichtig.«

Mr Williams tritt nach vorn, denn er ist der Einzige, der weiß, wer ich bin. »Was ist los?« Ich muss fürchterlich aussehen, denn er blickt tatsächlich besorgt drein.

Tränen steigen in mir auf, und ich wische sie schnell weg.

Mr Williams deutet auf einen freien Stuhl. Die anderen nehmen ebenfalls Platz oder lehnen sich an die Kante des Anmeldetresens.

»Ich muss Ihnen sagen, was ich gestern getan habe. Ich bin diejenige, die den Schläger in Leo Perez' Tasche gesteckt hat.«

Jetzt habe ich ihre volle Aufmerksamkeit.

Mr Williams lehnt sich auf seinem Stuhl nach vorn. »Warum fängst du nicht ganz vorn an?«

Wahrscheinlich beginne ich zu weit vorn, denn ich erzähle ihnen, woher ich Leo kenne und von den Bösen Joes. Doch ich bin stolz auf mich, dass ich sie bei ihren richtigen Namen nenne.

»Es ist nur so … Ich weiß gar nichts über Golf. Ich

dachte, es würde ein einfacher Kurs werden. Ein Kinderspiel. Und als ich am Dienstag hier angefangen habe, habe ich ein Regelheft bekommen, doch ich habe es nicht ganz gelesen, weil ich dachte … Warum muss ich die Regeln kennen, wenn ich doch gar nicht selbst spiele?«

Jetzt, da ich zu der Stelle komme, an der ich erzählen muss, was ich getan habe, schluchze ich wie verrückt.

»Meine Tante Maggie Mae hat Leo einen neuen Schläger geschenkt. Hier. Während des Turniers«, erkläre ich und verdrehe die Augen. »Obwohl ich nichts über Golf weiß, weiß selbst ich, dass man bei einem so wichtigen Turnier keinen neuen Schläger benutzt.«

Einer der Mitarbeiter reicht mir ein Taschentuch – zum Glück, denn ich war kurz davor, meine laufende Nase an meinem Ärmel abzuwischen.

»Aber Leo ist so ein netter Kerl. Er wollte ihre Gefühle nicht verletzen, also hat er seine Tasche umsortiert, um Platz dafür zu schaffen. Ich habe ihn dabei beobachtet. Hier an diesem Tisch.« Ich sehe Mr Williams an. »Sie standen da drüben an der Seite und haben sich mit jemandem unterhalten, und ich habe darauf gewartet, Sie herumzufahren. Es war direkt nach meiner Mittagspause. Sie haben mich gebeten, ein paar Dokumente zu kopieren, was ich auch getan habe.«

Er nickt, als könnte er sich an den Zeitpunkt erinnern.

»Ich habe gestern Abend sofort gemerkt, dass mit Leo irgendwas nicht stimmt, aber jetzt weiß ich, was passiert ist. Er hat meine Tante und meine Cousinen gebeten, den überzähligen Schläger nach der Party abzuholen. Er musste weiterspielen, bevor sie da waren. Also hat er den

Schläger stehen lassen und gehofft, sie würden ihn abholen, da sie ja auf dieser Poolparty waren. Sie wissen schon. Die Party, die gestern so laut war.«

Alle fünf schütteln die Köpfe und murmeln Sachen wie »Ach ja« und »*Die* Party« und »So laut«.

»Als ich wieder herauskam, nachdem ich die Dokumente kopiert hatte, war Leo weg, doch sein Wagen und seine Tasche standen genau da.« Ich deute auf die Stelle in der Nähe des Abschlags für Loch zehn. »Wahrscheinlich ist er noch zur Toilette gegangen, nachdem er seine Tasche umsortiert hatte. Aber ich habe seinen Schläger gesehen, der gegen den Tisch lehnte. Ich wusste, dass es seiner war, weil der Griff neongrün war. Ich dachte, er hätte ihn vergessen, als er alles wieder in die Tasche geräumt hat. Also habe ich ihn mir geschnappt und in seine Tasche zurückgesteckt. Ich wollte nur helfen.«

Ich bin auf meinem Stuhl so zusammengekauert, dass mein Kopf beinahe in meinem Schoß liegt. Doch ich richte mich wieder auf, denn ich muss das jetzt zu Ende führen, egal, wie schmerzhaft es auch ist.

»Deshalb wusste er nicht, wie der Schläger in seine Tasche gekommen ist. Und meine Familie dachte wahrscheinlich, jemand anderes hätte ihn mitgenommen.«

Die Leute von der Turnierleitung sehen einander an. Ich weiß nicht, ob sie schon entschieden haben, was sie mit Leo machen sollen, doch falls sie beschlossen haben, ihn zu disqualifizieren, hoffe ich, ich konnte sie umstimmen.

Der grauhaarige Kerl neben mir sagt: »Es ist offensichtlich, dass es dir leidtut, was du getan hast. Wir wissen es sehr zu schätzen, dass du uns erzählt hast, was passiert ist. Wir werden es bei unserer Entscheidung berücksichtigen.«

Das ist alles? Wie kann das sein? Ich habe gerade eine Beichte abgelegt! Sie wissen doch jetzt, dass er es nicht absichtlich getan hat.

»Sie disqualifizieren ihn doch nicht, oder? Es ist meine Schuld, nicht seine.«

Mr Williams erwidert: »Wir werden heute Morgen noch die finale Entscheidung treffen. Auch wenn er nicht derjenige war, der den Schläger in die Tasche gesteckt hat, ist jeder Spieler für den Inhalt seiner Tasche verantwortlich.« Anscheinend merkt er, dass ich kurz vorm Zusammenbruch stehe, denn er fügt hinzu: »Man muss Mr Perez jedoch zugutehalten, dass er sich sofort an die Turnierleitung gewandt hat, als er ihn entdeckt hat. Das sagt sehr viel über ihn aus. Und jetzt wissen wir auch, wie der Schläger dorthin gekommen ist.«

»Leo ist ein ehrenhafter Spieler. Er hat es nicht verdient, meinetwegen aus dem Turnier zu fliegen.«

Mr Williams nickt. »Wir werden darüber nachdenken.« Kurz schweigt er, bevor er hinzufügt: »Aber ich glaube, es ist besser, wenn du heute nicht auf dem Platz bist.«

Mein Kopf sinkt wieder auf meine Brust. Ich wusste, dass das passieren könnte. Würden sie mich nicht rauswerfen, würde es Coach Cantu tun. Vor allem nach der Poolparty gestern.

»Könnten Sie bitte Coach Cantu sagen, was passiert ist und warum ich nicht hier bin?«, frage ich.

»Ja. Ich werde es ihm ausrichten.«

Ich stehe auf und gehe langsam zurück zu meinem Auto. Als ich zurückblicke, sitzen sie alle dicht zusammen und diskutieren. Wahrscheinlich über Leos Schicksal.

Doch mein Schicksal ist besiegelt. Ich werde meine Stunden nicht mehr zusammenkriegen. Und nach dem, was ich getan habe, wird Coach Cantu auf keinen Fall das Formular unterschreiben.

Ich steige ins Auto und fahre an den einzigen Ort, der mir in den Sinn kommt.

Zu Nonna.

Ich schleiche mich zur Hintertür hinein, falls sie noch nicht wach sind, doch mir steigt sofort der Duft von Kaffee und Bacon in die Nase.

Ich spähe um die Ecke und sehe Nonna am Herd stehen.

»Hey«, sage ich leise.

Sie erschrickt, fängt sich jedoch schnell wieder. »Olivia! Was für eine schöne Überraschung!« Doch dann sieht sie meinen Gesichtsausdruck. »O Süße, was ist denn los?« Sie dreht die Flamme herunter und schließt mich in die Arme. Ich schmiege mich an sie. Wieder kullern die Tränen.

Nonna führt mich zu einem der Hocker an der Theke. Schweigend lässt sie mich weinen und streichelt mir den Rücken, was mich noch heftiger zum Heulen bringt.

Als ich mich schließlich ein wenig beruhigt habe, löse ich mich aus ihrer Umarmung. Sie setzt sich neben mich und nimmt meine Hand in ihre.

»Willst du darüber reden?«, fragt sie vorsichtig.

»Ich habe Mist gebaut. Ganz großen Mist.«

Sie greift nach der Taschentücherbox auf der Küchentheke und stellt sie vor meine Nase. Ich nehme mir gleich drei auf einmal.

»So großen Mist, dass wir dich demnächst im Gefängnis besuchen müssen? Vielleicht kann ich eine Feile in einen Kuchen einbacken. Dann kannst du ausbrechen.«

Kichernd wische ich mir über die Augen und putze mir die Nase.

»So schlimm ist es dann doch nicht«, stelle ich klar. »Aber trotzdem schlimm. Und nicht nur für mich. Ich glaube, ich habe einem guten Freund etwas wirklich Wichtiges vermasselt.«

»Aber du willst mir nicht sagen, was es ist?«, fragt sie. Ihr Tonfall verrät, dass sie die Antwort bereits kennt.

»Du wirst es noch früh genug erfahren«, erwidere ich stöhnend.

Sie drückt mich und gibt mir einen Kuss auf den Kopf. »Dann wollen wir dich mal füttern. Danach geht's dir bestimmt besser.«

Nonna stellt sich wieder an den Herd und entzündet die Flamme. Sekunden später beginnt der Bacon wieder zu brutzeln. Sie schenkt mir eine Tasse Kaffee ein und schiebt sie mir über die Theke zu. Ich weiß nicht, wie sie es macht, aber sie weiß genau, wie welches Familienmitglied seinen Kaffee am liebsten trinkt.

Sie schiebt ein Blech mit Gebäck in den Ofen und schlägt Eier in eine Pfanne.

»Kann ich helfen?«, frage ich.

»Nein. Entspann dich. Trink deinen Kaffee. Sortier deine Gedanken!«

Und das tue ich. Ich beobachte, wie sie sich in der Küche bewegt. Dem Raum, in dem sie seit fünfzig Jahren ihre Familie versorgt. Sie und Nonno haben das Haus direkt nach ihrer Hochzeit gekauft. Es ist groß, doch damals war es in einem so schlechten Zustand, dass sie es spottbillig erstanden haben, wie Nonno gern zu sagen pflegt. Sie lebten auf einer Seite des Hauses, während sie die andere renovierten. Dann tauschten sie. Alle acht Kinder lebten nach ihrer Geburt in diesem Haus. All ihre Enkelkinder sind durch diese Küche gerannt.

Ich habe großes Glück, Teil dieser Familie zu sein.

Es dauert nicht lange, bis Onkel Michael und Tim auftauchen.

»Olivia!«, ruft Onkel Michael, als er mich sieht. Er durchquert den Raum, um mich in den Arm zu nehmen. Meine roten verquollenen Augen verraten mich sofort. »Was ist los?«, fragt er ernst und setzt sich neben mich. Ich werfe Tim einen Blick zu, doch der wünscht gerade Nonna einen guten Morgen. Wahrscheinlich will er uns ein wenig Privatsphäre geben.

»Harter Tag«, erwidere ich.

Er mustert mich. »Jetzt schon? Kann ich irgendwas für dich tun?«

Doch ich schüttle den Kopf. »Nein, wird schon wieder.«

»Auf jeden Fall. Egal, was es ist. Es geht vorbei. Finde eine Lösung und bring das Problem in Ordnung.«

Ich wünschte, es wäre so einfach.

Tim stellt Onkel Michael eine Tasse Kaffee hin und schenkt mir ein Lächeln. Ich bin froh, dass er nicht fragt, warum ich so verheult aussehe.

»Okay, ihr könnt euch einen Teller herrichten«, verkündet Nonna.

Man könnte meinen, bei drei Leuten, von denen sich eine die Augen ausheult, gäbe es keinen Ansturm. Aber von wegen. Onkel Michael und ich springen gleichzeitig auf und schubsen uns gegenseitig aus dem Weg. Er zieht mich am Shirt und drängelt sich vor, doch ich stelle ihm ein Bein und pikse ihn in den Bauch, was mir wieder einen Vorsprung verschafft. Schubsend und lachend erreichen wir schließlich den Stapel an Tellern, den Nonna für uns bereitgestellt hat. Doch Tim ist uns zuvorgekommen, indem er einfach ganz gemütlich die Küchentheke umrundet hat.

»Amateure«, bemerkt er, während Nonna seinen Teller belädt.

Ich stoße Onkel Michael mit dem Ellbogen an. »Ich mag ihn.«

Onkel Michaels Gesicht erhellt sich. »Ich auch.«

Als noch mehr Familienmitglieder auftauchen, schleiche ich mich zur Vordertür hinaus und gehe nach Hause. Meinen Wagen lasse ich stehen, denn er ist zwischen Onkel Sals und Onkel Markus' Autos eingeklemmt.

Ich gehe direkt in mein Zimmer und verkrieche mich unter der Bettdecke. Mit vollem Bauch, einem nun reinen Gewissen und viel zu wenig Schlaf gestern Nacht bin ich innerhalb von Minuten weg.

***

»Da ist sie ja! Gott sei Dank!«

»Sie schläft!«

»Der Coach wird wütend sein, dass sie verschlafen hat.«

Ich höre die Stimmen und weiß genau, dass es Charlie, Sophie und Wes sind, doch ich bekomme die Augen nicht auf.

Dann reißt mir Charlie die Decke weg – eine Aktion, die ihre Wirkung nicht verfehlt. Ich schieße hoch und sitze aufrecht im Bett. Meine Haare stehen in alle Richtungen, und meine Augen sind geschwollen.

»Warum hast du das gemacht?«, jammere ich.

Sprachlos starren sie mich an.

Charlie fängt sich als Erster. »Wir versuchen seit Stunden, dich zu erreichen! Du hast uns nicht gesagt, wer heute dein Handy übernehmen muss. Und du hast weder auf Nachrichten reagiert, noch bist du ans Telefon gegangen. Wir haben uns Sorgen gemacht.«

Sophie setzt sich auf die Bettkante. »Aber dein Auto steht vor Nonnas Haus. Also haben wir zuerst bei ihr nachgesehen. Sie meinte, du seist zum Frühstück da gewesen.«

»Musst du heute nicht auf den Golfplatz?«, fragt Wes.

Ich lasse mich fallen und versuche, mir wieder die Decke über den Kopf zu ziehen, doch sie lassen mich nicht. Sophie krabbelt zu mir ins Bett und legt sich zu mir. Charlie ebenfalls. Und Wes legt sich zu Sophie.

»Erzähl uns, was los ist. Du bist so anders«, flüstert Sophie.

Ich sehe sie und Wes an. »Es tut mir leid, dass ich gestern zu spät war. Ihr habt das diese Woche so großartig gemacht, und ich habe das Einzige vermasselt, worum ihr mich gebeten habt.«

Sophie drückt mich fest. »O Gott. Hoffentlich denkst du nicht, wir wären sauer auf dich.«

»Mein Gott, nein. Alles gut!«, versichert Wes.

»Was ist noch los?«, will Charlie wissen. »Du bist doch nicht nur deshalb so aufgebracht.«

Ich seufze einmal tief und dann lege ich endlich die Karten auf den Tisch. Ich erzähle ihnen alles und beginne damit, wie ich mich an jenem Abend zum ersten Mal mit Leo unterhalten habe, als er mich nach Hause begleitet hat. Ich lasse nichts aus. Nicht, was ich für ihn empfinde. Und auch nicht, dass ich ihm das Turnier versaut habe. Und mir meinen Abschluss, weil ich des Platzes verwiesen wurde.

Es dauert ewig, bis ich die ganze Geschichte erzählt habe. Gefühlte Wochen. Jahre.

Als ich fertig bin, schweigen sie. Niemand rührt sich. Niemand spricht.

Und zwar ziemlich lange.

»Dann weißt du also nicht, ob Leo disqualifiziert wurde oder nicht?«, fragt Sophie schließlich.

Ich schüttle den Kopf. Ich glaube, ich habe keine Worte mehr übrig.

»Na dann …«, sagt Charlie. Er zückt sein Handy, wählt eine Nummer und stellt auf Lautsprecher.

Ein Mädchen meldet sich. »Hey! Was ist los?«

Ich erkenne Lilys Stimme.

»Hey, bist du beim Golfturnier?«

»Ja, warum?«

»Kannst du uns sagen, ob Leo Perez noch dabei ist?«

Als er *uns* sagt, weiß Lily, dass ich es bin.

»Ja. Er durfte bleiben.«

Ich weine vor Erleichterung. Ich sehe Sophie an, die ebenfalls Tränen in den Augen hat.

»Okay, danke. Ähm, wie läuft es bei ihm heute?«

Ein gedämpftes Stöhnen. »Er hatte einen schwierigen Start. Einige Eltern haben sich über die Entscheidung beschwert. Doch die Turnierleitung hat sich davon nicht beeinflussen lassen. Aber ich glaube, er konnte sich deshalb nicht richtig konzentrieren.«

Ich nehme Charlie das Handy ab. »Kann er noch aufholen? Er muss es nur unter die besten Drei schaffen.«

»Vielleicht. Heute Nachmittag müsste er aber so gut spielen wie gestern, damit es klappt.«

Ich will Charlie gerade das Handy zurückgeben, als mir noch eine Frage einfällt. »Weiß er, dass ich es war?«

»Ja, sie haben ihm gesagt, dass du heute Morgen hier warst.«

Ich lasse das Handy in Charlies Schoß fallen und sinke zurück in die Kissen. Sophie rückt noch näher an mich heran.

Charlie bedankt sich bei Lily und legt auf. Dann schweigen wieder alle.

»Was bedeutet das für deinen Abschluss?«, fragt Wes.

Ich zucke mit den Schultern, doch ich stecke so tief unter meiner Bettdecke, dass sie es wahrscheinlich gar nicht sehen. »Der Coach war gestern so sauer wegen der Poolparty. Er meinte, das sei seine letzte Warnung gewesen. Die Leute von der Turnierleitung meinten, sie würden ihm sagen, was passiert sei und warum ich heute nicht da bin.«

»Hast du mal dein Handy gecheckt?«, fragt Charlie. »Vielleicht hat er dich angerufen. Oder geschrieben.«

Alle Blicke wandern zu meinem Handy auf dem Nachttisch. »Ich will nicht nachsehen«, murmle ich.

»Ich sehe nach«, sagt Charlie, und ich schreie: »Nein!« und werfe mich auf ihn.

Er gibt schnell auf. Dann liegen wir einfach wieder da.

»Sieh endlich nach. Das bringt mich sonst noch um«, bittet Sophie nach ein paar Minuten.

»Ich bin dafür«, meint Wes.

»Ich auch«, ruft Charlie.

»Na schön. Ich sehe nach.« Ich beuge mich über Charlie und greife nach meinem Handy, halte es aber so, dass keiner das Display sehen kann. Jetzt liegt es auf meiner Brust, und ich halte es fest umklammert.

»Du. Bringst. Mich. Noch. Um«, schimpft Charlie und betont jedes einzelne Wort.

Ich hole tief Luft und atme lange aus, während ich einen Blick auf das Display werfe.

Ich habe etliche Benachrichtigungen. Von Mom, Charlie, Wes, Sophie. Ich wische über das Display. Das Erste, was ich sehe, ist eine Nachricht von Leo.

L: Heute läuft es ziemlich beschissen. Echt schwierig, mit der ganzen Situation klarzukommen. Aber danke, dass du die Sache aufgeklärt hast.

»Hach«, macht Sophie.

»Was?« Charlie hebt den Kopf und sieht sie an. »Was *hach?*«

»Einfach so!« Sie stützt sich auf die Ellbogen, damit sie ihn ebenfalls ansehen kann.

Dann wandert Charlies Blick zu mir. »Was sagst du dazu?«

Ich starre immer noch auf Leos Nachricht. »Er hätte auch gemein zu mir sein können. Ich hätte es verdient. Ich glaube, es fällt ihm heute schwer. Und obwohl er nicht rausgeflogen ist, bin ich der Grund dafür. Obwohl ich die Sache aufgeklärt habe, spielt er schlecht. Meinetwegen. Vielleicht bekommt er deshalb trotzdem kein Stipendium.«

Charlie lässt den Kopf wieder aufs Kissen sinken. »Nur weil wir ihn jetzt mögen, heißt das aber nicht, dass wir die Bösen Joes auch mögen. Da gibt es nichts zu diskutieren.«

Ich drücke Charlies Arm. Es ist eine große Geste von ihm, die Sache mit Leo abzuhaken. »Vielleicht müssen wir uns darüber gar keine Gedanken machen. Wahrscheinlich will er sowieso nichts mehr mit uns zu tun haben.«

Jetzt setzt sich Wes auf. »Natürlich will er das! Wir sind so was von liebenswert.« Sophie zerrt ihn wieder herunter.

Ich verlasse den Chat mit Leo, denn bevor ich ihm antworte, brauche ich ein wenig Privatsphäre. Ich scrolle weiter nach unten und entdecke eine Nachricht von Coach Cantu, was mich ehrlich gesagt schockiert, denn ich habe ihn noch nie mit einem Handy gesehen. Sie kam um neun Uhr heute Morgen, zwei Stunden, nachdem ich mit den Leuten von der Turnierleitung gesprochen habe.

Neben mir schnappt Sophie laut nach Luft, als sie die Nachricht sieht. »Öffne sie!«

Eigentlich will ich kein Publikum, aber sie wissen sowieso schon alles. Also sollten sie auch erfahren, was er geschrieben hat.

COACH: Du lässt mir keine andere Wahl. Da du deine Stunden nicht erfüllt hast, kann ich das Formular nicht unterschreiben.

Da steht es nun. Überraschenderweise fange ich nicht an zu weinen. Anscheinend habe ich keine Tränen mehr übrig.

»So ein Arsch«, murmelt Wes.

»Ruf Mr Spencer an. Erzähl ihm, was passiert ist. Er hat mehr zu sagen als dieser Typ.«

Ich denke an die E-Mails, die ich mit dem Konrektor geschrieben habe. »Er kann nichts tun. Ich habe ihn schon gefragt. Er hat Nein gesagt.«

»Das tut mir so leid«, flüstert Sophie und legt den Kopf auf meine Schulter.

»Lässt sich nun mal nicht ändern.« Ich fühle mich leer.

Dann klingelt das Telefon in meiner Hand, und wir erschrecken dermaßen, dass wir alle aufschreien.

Mom leuchtet auf dem Display auf.

»Wirst du es ihr sagen?«, fragt Sophie.

»Nicht jetzt. Das ertrage ich heute nicht.«

Ich gehe ran und schalte auf Lautsprecher.

»Hey, Mom«, melde ich mich und hoffe, meine Stimme klingt nicht so traurig, wie ich befürchte.

»Hey, Liebling! Wie geht's dir?«, fragt sie fröhlich. So fröhlich.

»Gut. Ich hänge mit Sophie, Wes und Charlie ab.«

»Wundervoll! Ich habe gute Neuigkeiten. Dad und ich sind gerade auf dem Heimweg! Wir sind gestern Nacht noch fertig geworden und sind jetzt unterwegs. Wir sollten um die Mittagszeit ankommen.«

Am liebsten würde ich jetzt laut stöhnen, doch ich tue es nicht. Ich reiße mich zusammen. Aber mein Plan, den ganzen Tag im Bett zu verbringen, ist jetzt dahin.

»Oh, gut!«

»Ich freue mich auf dich!«, sagt Mom.

Sophie lehnt sich zu mir und flüstert mir ins Ohr. Zuerst winke ich ihren Vorschlag ab, doch dann beschließe ich, dass es gar keine schlechte Idee ist.

»Kann sein, dass ich auf Biancas Party bin, wenn ihr nach Hause kommt. Ich glaube, sie ist um zwei.«

»Ach ja, stimmt! Dann sehen wir uns danach! Hab dich lieb!«

Nachdem sie aufgelegt hat, wende ich mich Sophie zu. »Auf eine Party zu gehen ist gerade das Letzte, was ich will«, schimpfe ich.

»Wir werden nicht den ganzen Tag im Bett liegen. Wir gehen zu Biancas Party und backen Cupcakes. Ein bisschen Zucker wird uns guttun. Und wenn wir zurückkommen, kannst du dich deiner Mom stellen.«

Ich seufze. »Okay. Aber bevor ich irgendwas mache, gehe ich duschen.«

»Ja, bitte mach das«, sagt Charlie, und ich boxe ihm gegen den Arm.

Die drei klettern aus dem Bett, um nach unten zu gehen.

»Die Party ist in ein paar Stunden«, bemerkt Sophie und schließt die Tür hinter sich.

Ich ignoriere mein Handy und ziehe meinen Laptop aus der Nachttischschublade. Kurz zögere ich, doch dann greife ich nach Leos ausgebleichter Baseballmütze und setze sie auf. Vielleicht habe ich es nicht verdient, aber jetzt geht es mir ein bisschen besser.

Ich rufe die Seite der LSU auf und beginne zu recherchieren, während ich an Onkel Michaels Worte denke – *finde eine Lösung und bring das Problem in Ordnung*. Ich habe bereits alles versucht, um das, was ich Leo angetan habe, wiedergutzumachen. Aber ich will wissen, welche Optionen mir bleiben, denn wie es aussieht, werde ich nächste Woche nicht meinen Abschluss bekommen.

Ich scrolle durch die Seite und lese mir die FAQ durch. Als ich keine Antwort auf meine spezifische Frage finde, gebe ich auf und rufe das Sekretariat an.

»LSU-Immatrikulationsamt. Hier spricht Tess«, meldet sich eine Dame.

»Hallo, ich habe eine kurze Frage. Ich wurde ab Herbst zum Studium zugelassen, doch es könnte sein, dass ich meinen Abschluss erst im Sommer bekomme, weil mir ein halber Creditpoint fehlt. Hätte das irgendwelche Auswirkungen auf meinen Studienplatz?«

»Oh, das sollte in Ordnung sein. Solange Sie bis August alle fehlenden Punkte zusammenhaben, ist alles gut.«

Ich bedanke mich und lege auf. Es könnte alles viel schlimmer sein. Ich werde ab Herbst trotzdem aufs College gehen. Ich werde trotzdem kleinere Stipendien bekommen, wenn auch keine großen, da ich nicht als Zweitbeste abschließen werde. Das wird der schwierigste Teil sein, wenn ich es meinen Eltern beichten muss.

Das verlorene Geld lässt mich an Leo denken. Ich greife nach meinem Handy und öffne unseren Chat.

ICH: Ich kann dir gar nicht sagen, wie leid mir alles tut. Ich dachte, ich würde helfen, doch stattdessen habe ich dir nur geschadet. Und das bringt mich um. Es tut mir so leid.

Dann werfe ich das Handy beiseite und gehe ins Badezimmer.

***

Als es Zeit ist, zu Biancas Party aufzubrechen, warten Charlie, Sophie und Wes auf der vorderen Veranda auf mich. Charlie hält mir sein Handy entgegen. »Tausch mit mir.«

»Was? Warum?«

»Charlie und ich gehen zur Cupcake-Party und du mit Sophie zum Golfplatz«, erklärt Wes.

Ich mache einen Schritt rückwärts und schüttle den Kopf. »Nein. Ich kann nicht.«

Sophie nimmt mir das Handy ab, gibt es Charlie und reicht mir seins. »Doch, du kannst. Wir haben mit Lily gesprochen. Das Turnier ist bald vorbei. Sie rechnen die Punkte zusammen, und in ungefähr fünfundvierzig Minuten wird der Sieger verkündet. Wir werden da sein. Für Leo.«

Ich blinzle die Tränen weg. »Er wird nicht wollen, dass ich komme. Der Coach auch nicht. Und die Leute von der Turnierleitung werden ausrasten, wenn sie mich sehen.«

»Sie können dir nichts mehr anhaben. An der Preisverleihung dürfen Familie und Freunde teilnehmen. Und das sind wir.«

Sophie will mich zum Auto zerren, doch ich sträube mich.

»Warte«, sage ich und renne zurück ins Haus. Ich schnappe mir die blaue Baseballmütze, setze sie auf und ziehe meinen Pferdeschwanz durch die Öffnung. Dann sprinte ich wieder nach draußen.

»Das ist eine ganz schlechte Idee«, raune ich, als Sophie losfährt.

»Wir haben fast nur schlechte Ideen. Da kommt es auf diese eine mehr auch nicht mehr an.«

Während der Fahrt verknoten sich meine Eingeweide immer mehr. Sophie und ich schweigen, nur das Radio füllt die Stille. Ich glaube, sie ist genauso nervös wie ich.

Der Pförtner des Country Clubs will Sophie nicht durchlassen. Erst als ich mich über sie beuge und winke, lässt er uns passieren. Was für einen Unterschied eine einzige Woche machen kann.

»Meine Güte, ist das voll hier.« Sophie muss den Parkplatz zweimal umrunden und findet erst eine Lücke, als jemand wegfährt.

Wir steigen aus und gehen nebeneinanderher. Am liebsten würde ich ihre Hand nehmen, doch stattdessen atme ich tief durch und straffe die Schultern. Ich habe jedes Recht, hier zu sein.

Wir umrunden das Clubhaus. Auf der Rückseite des Gebäudes steht eine große Tafel, die die Punktestände der Spieler anzeigt. Die Ergebnisse von heute wurden noch nicht eingetragen. Außerdem steht dort jetzt ein Podest mit einem Mikrofon und ein Tisch mit lauter Pokalen.

Sophie will näher ran, doch ich packe sie am Arm und halte sie zurück. »Das ist nahe genug.« Ich bin froh, hier zu sein, aber ich muss nicht unbedingt in der ersten Reihe stehen.

Die Golfer befinden sich ein wenig abseits, alle beieinander, während sich die Eltern in der Nähe des Tisches mit den Trophäen aufhalten. Coach Cantu ist nirgendwo zu sehen.

Schließlich steigt Mr Williams aufs Podium und testet das Mikrofon, bevor er sagt: »Zuerst möchte ich alle Eltern und Freunde, die gekommen sind, um unsere Spielerinnen und Spieler zu unterstützen, willkommen heißen. Ohne euch wäre das Turnier nicht möglich gewesen! Und wir danken dem *Ellerbe Hills Country Club*, dass wir hier sein durften. Und danke an das Wetter, dass es so gut mitgespielt hat!«

Die Menge lacht leise. Seit wir angekommen sind, halte ich nach Leo Ausschau. Endlich entdecke ich ihn, als sich der Typ vor ihm herunterbeugt, um etwas aufzuheben.

Er sieht erschöpft aus. Nachdem Lily meinte, einige

Leute seien sauer, weil er nicht disqualifiziert wurde, habe ich befürchtet, er wäre nun allein, doch er ist umringt von einer Gruppe. Als ich ihn sehe, steigen wieder die Tränen in mir auf.

Mr Williams Stimme dröhnt. »Es ist mir eine Ehre, die Sieger des diesjährigen Turniers verkünden zu dürfen! Es waren wundervolle drei Tage, und ich freue mich auf das, was die Zukunft für unsere Golfer bereithält.«

Er schiebt seine Unterlagen zusammen, und man spürt, wie die Menge immer nervöser wird. Gestern hat Leo großartig gespielt und ist heute auf Platz eins in den Tag gestartet. Ich hoffe, er konnte wieder aufholen.

Mr Williams beginnt mit den Mädchen. Ich freue mich zu hören, dass Tanika den dritten Platz belegt hat. Sie strahlt übers ganze Gesicht, als sie auf die Bühne tritt, um ihren kleinen Pokal entgegenzunehmen.

Dann sind die Jungs dran.

»Den fünften Platz belegt Christopher Locke.«

Alle klatschen, auch wir.

»Auf dem vierten Platz ist Kenneth Jung.«

Hoffnungsvoll falte ich die Hände. Leo muss unter die besten drei kommen, um das Stipendium zu bekommen. Ich kneife die Augen zu und wiederhole mantraartig *Top drei, top drei, top drei*.

»Der dritte Platz geht an Jason Reiner.«

Mein Magen zieht sich zusammen. Lily meinte, er habe heute Morgen schlecht gespielt. Schon der dritte Platz wäre ein Wunder gewesen. Doch dann verkündet Mr Williams: »Und auf dem zweiten Platz ist Leo Perez.«

Man hört ein wenig Murmeln und Stöhnen, doch es

wird schnell vom Jubeln der Menge übertönt. Es sind vor allem die anderen Spieler, die für ihn applaudieren. Sophie und ich tragen natürlich unseren Teil dazu bei, indem wir schreiend auf und ab hüpfen.

Ich frage mich, ob Leo den ersten Platz belegt hätte, wenn das ganze Drama gestern Abend und heute Morgen nicht gewesen wäre. Doch er scheint sich zu freuen. Er nimmt den Pokal entgegen und lehnt sich zu Mr Williams, um ihm irgendwas zu sagen. Mr Williams tätschelt ihm die Schulter, und Leo geht zurück zu seinen Freunden.

»Oh, da ist Tante Maggie Mae«, flüstert Sophie. Natürlich ist sie hier, zusammen mit Onkel Marcus.

Dann überreicht Mr Williams dem Gewinner des ersten Platzes seine Trophäe, doch wir bekommen es überhaupt nicht mehr mit.

Die Eltern stürmen auf die Spieler zu und gratulieren den Siegern.

»Willst du ihm Hallo sagen?«, fragt Sophie.

Ich schüttle den Kopf. »Nein. Er soll einfach seinen Sieg genießen. Ich bin so froh, dass er es geschafft hat.«

Ein Mann in einem lilafarbenen Poloshirt mit dem Logo der LSU geht auf ihn zu. Sie begrüßen sich und schütteln einander die Hände. Leo grinst breit, als ihm der Mann eine LSU-Cap reicht. Leo setzt seine Baseballmütze ab und tauscht sie durch die seines neuen Teams aus. Ganz automatisch berühre ich die blaue Baseballkappe, die er mir vor ein paar Tagen geschenkt hat.

Ich gehe zurück zu Sophies Auto, doch sie folgt mir nur zögerlich.

»Bist du sicher, dass du ihm nicht wenigstens aus der Ferne zuwinken willst? So weiß er doch gar nicht, dass du überhaupt hier warst.«

»Ja, ich bin sicher«, erwidere ich, ohne nach hinten zu blicken.

Als wir losfahren, hören wir noch immer das fröhliche Stimmengewirr.

***

TELEFONDIENST: CHARLIE

Wes und ich stürmen Biancas Party, als sie gerade losgeht.

Sie findet in einer ortsansässigen Bäckerei statt, und die Mädchen stehen in der großen Küche an verschiedenen Stationen. Der Bäcker heißt alle herzlich willkommen.

»Hey!«, rufe ich und winke Bianca zu.

Sie springt von ihrem Hocker auf und kommt auf uns zu. »Was macht ihr denn hier?«

»Olivia musste auf den Golfplatz, um zu sehen, wie einer ihrer Freunde bei einem Wettbewerb abgeschnitten hat. Sie war traurig, dass sie deine Party verpasst. Deshalb sind wir als Vertretung hier!«

»Nun ja, ich kann nicht behaupten, dass ich etwas dagegen hätte, dass du hier bist. Moment, ich hole euch Schürzen«, sagt sie und klatscht in die Hände.

Nur wenige Minuten später tragen Wes und ich rosafarbene Schürzen mit Rüschen, auf meiner ist *Olivia* aufgestickt, auf Wes‘ Schürze steht *Susie*. Wie sich herausstellt, ist Susie Biancas Cousine, die sich heute Morgen nicht wohlgefühlt hat.

Der Küchenchef, Blake, steht vorn, hält irgendwelche Gegenstände hoch und erklärt uns, wofür sie gut sind.

»Oh, wir werden das Ding so rocken«, flüstert Wes. Er kann ziemlich gut kochen, was mir im Laufe der Jahre sehr zugutegekommen ist, da ich eigentlich immer hungrig bin.

Wir befolgen Blakes Anweisungen und haben unsere Cupcakes vor allen anderen im Ofen.

Wir schlagen ein und führen vor dem Ofen einen kleinen Siegestanz auf.

»Jetzt mal im Ernst, Charlie. Du bist diese Woche auf mehr Partys gewesen als Olivia«, bemerkt Mary Jo.

Ich habe die Bösen Joes schon bemerkt, als wir die Küche betreten haben und hatte gehofft, ich könnte ihnen aus dem Weg gehen. Aber da hatte ich wohl kein Glück.

»Warum ist Olivia auf dem Golfplatz? Wen kennt sie dort?«, will Jo Lynn wissen.

Wes grinst. »Leo Perez.«

Ich wünschte, ich könnte ein Foto von ihren Gesichtern machen, als Wes seinen Namen erwähnt! Diese Mischung aus Schock und Abscheu würde ich sogar als Hintergrundfoto benutzen. Ich könnte es auch als Weihnachtskarten verschicken.

»Warum ist sie dort, um ihm zuzusehen?«, kreischt Mary Jo.

»Warum seid ihr nicht dort?«, frage ich.

Jo Lynn sieht aus, als würde sie mir am liebsten an die

Gurgel gehen. »Mom und Dad sind dort. Wir haben angeboten mitzukommen, doch Leo meinte, er wolle nicht, dass wir deswegen die Party verpassen.«

Deswegen. Es ist ja nur das wichtigste Turnier seiner Highschool-Karriere. Wir hätten Leo schon vor Jahren überzeugen sollen, auf unsere Seite zu wechseln. Ich mag Leo immer mehr, jetzt, da ich merke, wie sehr es den Bösen Joes stinkt, dass wir mit ihm befreundet sind.

»Ah, okay«, sagt Wes und geht zurück zu unserer Backstation. Ich werfe ihnen lediglich einen letzten bedeutungsschweren Blick zu und folge ihm.

Wes hat sein Smartphone in der Hand. »Er ist Zweiter geworden!«

Ja, verdammt! »Vielleicht geht Olivia jetzt nicht mehr so hart mit sich ins Gericht.«

Wes lacht. »Du weißt doch, wie sie ist.«

Ja. Das weiß ich. Sie wird daran noch lange zu knabbern haben.

Ihr Handy vibriert in meiner Hosentasche. Ich ziehe es hervor und sehe eine Nachricht von L. Ich halte Wes das Telefon hin, und er hebt die Augenbrauen.

»Willst du sie öffnen?«, fragt er.

Ich sehe ihn an, als wäre er verrückt geworden. »Natürlich öffne ich sie.«

L: Habe gehört, du warst hier.

»Nicht antworten«, sagt Wes. Dann verdreht er die Augen. »Du wirst antworten.«

ICH: Hier ist Charlie. Ich habe Olivias Handy. Lange Geschichte. Aber wir hoffen, du kommst heute Abend zu unserer Langustenparty. Bestimmt haben dich die Bösen Joes schon eingeladen, aber wir laden dich auch ein.

»Hach, wie süß du doch bist«, frotzelt Wes, und ich boxe ihm gegen den Arm.

Dann geht der Timer auf seinem Handy los. Unsere Cupcakes sind fertig. »Komm«, sagt er. »Wir haben einen Cupcake-Wettbewerb zu gewinnen.«

Pflicht #1: Die Wahrheit sagen

Freitag, 13. Mai, Abend

OLIVIA

Als wir vom Golfplatz zurückkommen, sind Mom und Dad bereits zu Hause. Sie drücken und küssen mich, und es kostet mich all meine Willenskraft, um nicht mit allem herauszuplatzen. Doch ich will die Party, die Nonna und Nonno für uns organisiert haben, nicht ruinieren. Ich werde alles gestehen, sobald die Feier vorbei ist.

Mom sitzt mit einer Tasse Tee am Küchentisch. »Okay, erzählt mir alles! Es ist so schade, dass ich diese Woche nicht hier war. Aber wenigstens hattet ihr Spaß auf den ganzen Partys!«

Sophie und ich setzen uns zu ihr und erzählen ihr gerade genug, um sie zufriedenzustellen. Kurz darauf erscheinen Charlie und Wes. Charlie und ich tauschen die Handys, als sich Mom wegdreht, um ihre Tasse in die Spüle zu stellen.

»So, ich muss mich jetzt umziehen und in den Blumenladen gehen, um den anderen mit den Partyvorbereitungen zu helfen. Ich habe ein ganz schlechtes Gewissen. Sie arbeiten schon die ganze Woche daran, und ich komme erst jetzt dazu«, sagt Mom.

»Ja, wir müssen uns auch fertigmachen«, erwidert Sophie.

Wes geht zur Tür und gibt Charlie mit einer Handbewegung zu verstehen, dass er ihm folgen soll. »Wir haben Nonna

versprochen, dass wir auch helfen. Wir sehen uns dann dort.« Dann gehen sie, und Sophie geht nach oben, um sich umzuziehen. Ich bleibe noch, um mit Mom allein zu reden.

»Können wir die Tracking-App jetzt bitte löschen?«

Ich merke, wie sie innerlich mit sich ringt. Ich weiß, dass es ihr gefällt, einen Einblick in mein Leben zu haben, auch wenn sie nie versucht hat, mich bei irgendwas zu erwischen. »Ja, aber natürlich«, erwidert sie lächelnd. »Es war ja nur für diese Woche.«

Ich umarme sie fest. »Ich bin froh, dass du wieder da bist.« Und das meine ich auch so.

Sie drückt mich an sich. »Ich fasse nicht, dass du nächste Woche deinen Abschluss bekommst. Und dann ist das Haus auf einmal ganz leer.«

Mom wird am Boden zerstört sein, wenn ich ihr die Wahrheit sage. Schnell löse ich mich aus der Umarmung.

Als ich nach oben komme, ist Sophie unter der Dusche. Also lege ich mich aufs Bett und spiele an meinem Handy herum, bis sie fertig ist und ich ins Bad kann.

In diesem Moment entdecke ich die Nachricht, die Charlie Leo geschrieben hat. Ich setze mich auf und analysiere zehn Minuten lang Leos Worte.

Habe gehört, du warst hier.

Ist das eher ein *Habe gehört, du warst hier. Schade, dass ich dich verpasst habe!* oder ein *Habe gehört, du warst hier – hast du nicht schon genug angerichtet?*

Ich kann auf Charlie nicht mal sauer sein. Ich wusste, dass Leo heute Abend zur Langustenparty kommen würde, wenn er nicht geplant hat, nach dem Turnier direkt nach Hause zu fahren. Schließlich ist die Party auch für die Bösen Joes.

Ich hoffe wirklich, er kommt.

In ein Handtuch eingewickelt kommt Sophie aus dem Bad, und ich gehe hinein. Als wir umgezogen und fertig sind und zum Auto gehen, habe ich immer noch keinen blassen Schimmer, wie der heutige Abend verlaufen wird. Wie es sein wird, Leo zu begegnen.

Als wir Nonnas und Nonnos Blumenladen erreichen, sind wir vollkommen sprachlos. Sie haben alle Pflanzen und Bäume umgestellt und ein wahres Wunderland erschaffen. Mit Lichterketten geschmückte Kräuselmyrten zieren den Weg zum Eingang, und auf jeder Stufe stehen Töpfe, die vor lauter Blumen nur so überquellen.

»Es ist wundervoll!« Sophie seufzt.

Ich stimme ihr voll und ganz zu.

Wir folgen dem beleuchteten Weg, durchqueren den Laden und treten durch die Hintertür. Es ist ein altes Haus, das zu einem Geschäft umfunktioniert wurde. Der große Garten ist der perfekte Ort für so viele Pflanzen.

Normalerweise befindet sich hier ein Labyrinth aus Töpfen und Regalen, doch alles wurde beiseite geräumt, sodass die Fläche in der Mitte nun komplett frei ist.

Ganz hinten steht der Cateringwagen, in dem die Langusten gekocht werden. Überall stehen Tische mit rot-weiß-karierten Tischdecken. Die Party ist für Familie und Freunde und beginnt offiziell erst um sieben, aber Nonna und Nonno wollten, dass die Familie schon früher da ist, damit wir ein wenig Zeit miteinander verbringen können.

Abgesehen von den Bösen Joes gehören Sophie und ich zu den Letzten, die erscheinen. Der ganze Garten ist schon voller Leute. Keine Ahnung, wo die Gäste später noch hinpassen sollen.

»Los geht's«, murmelt Sophie, während wir auf die anderen zugehen, um jedes einzelne Familienmitglied zu begrüßen.

Tante Patrice und Onkel Ronnie erreichen wir zuerst. Tante Patrice umarmt uns beide gleichzeitig, während uns Onkel Ronnie die Köpfe tätschelt, dann zieht sie den Kopf zurück und mustert mich. »Wir sind so stolz auf dich, Olivia! Zweitbeste!« Dann wendet sie sich Sophie zu. »Und auf dich sind wir auch stolz, Süße.« Und weg sind sie.

»Sie ist immer noch nicht darüber hinweg, dass ich ihr

Krippenspiel-Date boykottiert habe«, bemerkt Sophie, und ich muss unweigerlich kichern.

Dann treffen wir auf Tante Kelsey und Onkel Will. Sie haben vier Töchter. Man sieht die beiden nie, ohne dass mindestens ein Kind an ihnen hängt.

»Mädchen! Herzlichen Glückwunsch zum Schulabschluss!«, ruft Tante Kelsey und umarmt uns mit einem Arm, da sie Frannie auf der Hüfte sitzen hat und Mary an ihrem Bein hängt.

»Wir sind so stolz auf euch«, sagt Onkel Will. Birdie sitzt auf seinen Schultern und Gracie auf seinem Arm. »Hältst du als Zweitbeste eine Rede?«

»Ähm, ja, die Eröffnungsrede«, erwidere ich kleinlaut.

»Ich kann es kaum erwarten!«

Als Nächstes kommen Sophies und meine Eltern auf uns zu. Mom macht die ganze Zeit Fotos, während sie darüber philosophieren, dass wir gerade noch Babys waren und nun bereits das Nest verlassen.

Tante Eileen zieht mich zu sich und flüstert: »Wir könnten nicht stolzer auf dich sein, Olivia!«

Das war's. Ich ertrage das nicht mehr. Ich bin ein einziger Fake. Ich bin nicht die Zweitbeste. Ich bekomme nicht mal meinen Abschluss.

Sophie muss es mir ansehen, denn sie flüstert: »Nein, nein, nein. Noch nicht.«

Doch dafür ist es zu spät. Ich muss das Pflaster jetzt abreißen und es ihnen sagen.

Ich greife mir den nächsten Stuhl und steige hoch. »Dürfte ich kurz um eure Aufmerksamkeit bitten?«, rufe ich.

Nonna klatscht. »Hach! Kriegen wir schon einen Vorgeschmack auf deine Rede?«

Uff.

»Nein, Nonna. Aber es gibt da etwas, das ich euch sagen muss. Und da gerade alle hier sind, ist jetzt der richtige Zeitpunkt.«

Onkel Michael kommt ein paar Schritte näher, als wüsste er, dass ich danach eine Umarmung brauche.

»Wie die meisten von euch wissen, nehme ich die Schule sehr ernst.« Sie fangen an zu klatschen und zu jubeln, doch ich hebe die Hand, um sie zum Schweigen zu bringen.

»Ich wollte möglichst viele Kurse belegen, aber ich habe es nicht richtig geplant. Zu Beginn des letzten Semesters habe ich festgestellt, dass mir noch ein halber Creditpoint fehlt. Also habe ich mich für den Golfkurs entschieden.« Anscheinend haben sie inzwischen gemerkt, dass das, was ich sage, eine unerwartete Richtung einschlägt. »Aber ich habe dem Kurs nicht die Zeit und Aufmerksamkeit geschenkt, die er verdient hätte. Ich habe zu viele Stunden verpasst. Also habe ich diese Woche beim Turnier auf dem neuen Golfplatz geholfen, um meine Fehlstunden nachzuholen.«

Mom ist verwirrt und versucht zu kapieren, wie ich an zwei Orten gleichzeitig sein konnte. Da werde ich später noch was zu hören bekommen.

»Aber auch das habe ich vermasselt. Ich dachte, ich würde jemandem helfen, doch stattdessen habe ich Mist gebaut, weil ich die Regeln nicht gekannt habe. Dann haben sie mich rausgeschmissen. Ich konnte meine Fehlzeit nicht nachholen, und mein Coach wird das Formular nicht unterschreiben. Das bedeutet, dass ich nächste Woche nicht meinen Highschool-Abschluss bekommen werde.«

Jetzt reden alle gleichzeitig.

»Ich bin sicher, wir können mit deinem Coach sprechen«, sagt Dad. »Wie heißt er?«

»Aber die Schule kann dir doch wegen des Golfkurses nicht den Abschluss verweigern, oder?«, fragt Tante Patrice.

»Ich rufe da mal an«, meint Onkel Sal. »Ich kenne da jemanden.«

Als ich mich räuspere, werden sie wieder still. »Ich kann den Kurs im Sommer noch mal belegen. Meine Zulassung zur LSU wird dadurch nicht beeinflusst. Ist schon okay.«

Ich steige vom Stuhl und hoffe, dass es das jetzt war. Aber natürlich nicht. Nicht mal annähernd. Meine Großeltern, Eltern, Tanten, Onkel und sogar ein paar von meinen Cousinen und Cousins umringen mich, um mir Ratschläge zu geben und mir Trost zu spenden. Es dauert zwanzig Minuten, bis nur noch Charlie, Wes und Sophie übrig sind.

»Das war schwerer als gedacht«, krächze ich und wische mir ein paar Tränen von den Wangen.

Sophie nimmt mich in den Arm. »Ich fand es sehr mutig.«

»Tut mir leid, dass du deinen Abschluss nicht bekommst.« Ich drehe mich um, um nachzusehen, wer das gesagt hat. Es ist Leo. Er trägt dasselbe Outfit wie neulich bei Nonna, als ich ihn zum ersten Mal wiedergesehen habe, doch nun hat er seine LSU-Mütze auf.

Charlie, Wes und Sophie beglückwünschen ihn zum zweiten Platz und lassen uns dann allein.

»Hast du mir deshalb nicht gesagt, warum du beim Turnier ausgeholfen hast?«

»Mir war das alles so peinlich. Ich meine, ich habe vier Jahre lang so hart gearbeitet, und dann scheitert alles an einem Golfkurs?« Mir entweicht ein nervöses Lachen. »Aber das hast du bestimmt schon alles gehört.«

»Ja«, erwidert er. »Hättest du ihnen nicht gesagt, wie der Schläger in meine Tasche gekommen ist, hättest du nicht gehen müssen. Dann hättest du deine Stunden vollbekommen.«

»Das stand überhaupt nicht zur Debatte. Ich hätte niemals zugelassen, dass sie dich meinetwegen disqualifizieren.« Kurz halte ich inne, bevor ich hinzufüge: »Es tut mir so leid. Wirklich.«

Er schüttelt den Kopf. »Das ist sowieso die dümmste Regel von allen. Mir tut es leid, dass ich gestern Abend so abweisend war. Ich hätte es nicht an dir auslassen sollen.«

Ich gebe ihm einen freundschaftlichen Schubser. »Hey, das war allein meine Schuld.«

Er greift nach meiner Hand und hält sie fest. Ich spüre, dass sein Herz genauso schnell schlägt wie meins. »Aber davon hatte ich zu dem Zeitpunkt keine Ahnung. Ich wusste nur, dass ich ständig nur an dich gedacht habe, obwohl ich mich eigentlich auf das Spiel hätte konzentrieren sollen. Ich war wütend auf mich selbst.«

»Ich war auch ziemlich von dir abgelenkt.«

»Danke für die Einladung heute«, sagt er nun.

Da quetscht sich Frannie zwischen uns und flüstert: »Versteckt mich!« Doch Dallas und Denver haben sie bereits entdeckt und verfolgen sie, während sie im Kreis um uns herumrennt.

Da habe ich den romantischsten Moment meines Lebens – und bin umgeben von meiner chaotischen Familie. Ich habe wirklich keine Sekunde meine Ruhe.

Als meine Cousins weiterziehen, ergreife ich Leos Hand. »Ich würde dich gern noch mal meiner Familie vorstellen.«

Er lächelt. »Ich kann aber nicht versprechen, dass ich mir alle Namen merken kann.«

»Das würde an ein Wunder grenzen«, erwidere ich lachend.

Ich führe ihn zu Onkel Michael und Tim. Sie schütteln einander die Hände und unterhalten sich über Golf. Wie sich herausstellt, hat Tim auf dem College selbst gespielt.

Leo und ich kleben förmlich aneinander. Wir unterhalten uns sogar eine Weile mit den Bösen Joes, auch wenn ich dafür nachher was von Charlie zu hören bekomme.

Ich halte Ausschau nach ihm. Er sitzt mit Bianca an einem kleinen Tisch. Sie haben die Köpfe zusammengesteckt, und er hält ihre Hand. Ich beobachte sie eine Weile und frage mich, ob er doch bereit ist, sein Singleleben aufzugeben.

»Olivia!«

Ich drehe mich um. Mia und Bailey sind da. »Bin gleich zurück«, sage ich zu Leo.

Ich ziehe die beiden beiseite, damit wir reden können. »Es tut mir so leid, dass ich euch diese Woche angelogen habe. Dafür gibt es keine Entschuldigung. Ich würde euch gern erzählen, was passiert ist.«

Und das tue ich. Ich erkläre ihnen alles so, wie ich es auch meiner Familie erzählt habe. Und als sie ebenso verständnisvoll reagieren, wird mir bewusst, dass ich wirklich froh sein kann, solche Freundinnen zu haben.

»Dann müssen wir eben noch mehr Abschlusspartys feiern, sobald du deinen Kurs im Sommer beendet hast!«, meint Bailey.

»O Gott, nein«, erwidere ich seufzend.

»Wählst du diesmal einen anderen Kurs?«, will Mia wissen.

Lächelnd blicke ich über die Schulter zu Leo, der sich gerade mit Charlie und Wes unterhält. »Ich bleibe bei Golf. Ich kenne da jemanden, der es mir beibringen kann. Sollte also alles klappen.«

Samstag, 14. Mai

Leo und ich liegen in meinem Garten in der Hängematte, auf gegenüberliegenden Seiten, sodass wir einander ansehen können. Es weht eine leichte Brise, und der Schatten der Bäume macht die Hitze ein bisschen erträglicher.

Gestern Abend hatte ich ein langes Gespräch mit meinen Eltern. Mom war ziemlich wütend, als sie erfahren hat, dass wir sie mit dem Handy hinters Licht geführt haben. Und es war ihr auch ein bisschen peinlich, dass sie Wes und Charlie nicht von mir hat unterscheiden können. Mit Sophie kam sie noch klar, aber dass sie die Jungs ebenfalls für mich gehalten hat – das verkraftet sie nicht.

Es war ein langer Abend. Nachdem die Befragung vorbei war, ging ich nach oben und füllte die Umfrage fertig aus. Auch wenn die Schule nicht danach fragen wird, hat mich Nonna daran erinnert, dass sie noch eine Kopie für ihre Schachtel haben will. Und ich habe mir selbst die Erlaubnis gegeben, so oft ich will *Unentschlossen* zu schreiben.

Das hat sich echt gut angefühlt.

»Was ist der Plan für heute?«, fragt Leo.

Ich breite die Arme aus. »Absolut nichts! Ist das nicht herrlich?«

Er drückt sanft meinen Knöchel. »Geht klar.«

Langsam schwingen wir hin und her. Ich weiß nicht, was das zwischen uns ist, doch zum ersten Mal versuche ich nicht, es zu analysieren. Er wird noch bis zur Abschlussfeier bleiben und am nächsten Tag nach Hause fahren.

»Bereust du es, bei deiner Abschlussfeier nicht dabei gewesen zu sein?«, frage ich. Die Zeremonie fand letzten Donnerstag statt, doch er hat sie wegen des Turniers verpasst.

Er schüttelt den Kopf. »Nein. Wie du schon sagtest. Meine Freunde waren mit mir auf dem Golfplatz. Die meisten von ihnen haben ihre Abschlussfeier auch verpasst.« Er setzt sich ein wenig auf und stützt sich auf meine Beine. »Und ich habe diese Woche ein paar Freunde dazugewonnen.«

Ich grinse so breit, dass es beinahe lächerlich ist. So richtig mit Zähne zeigen und so.

Ich zupfe an der blauen Baseballkappe. »Was hat es mit der Mütze auf sich? Und ist es für dich in Ordnung, dass ich sie niemals zurückgeben werde?«

Er zieht mich ein bisschen näher zu sich, und ich quietsche. »Die Mütze habe ich getragen, als ich zum ersten Mal in St. Francisville Golf gespielt habe. Damals war sie noch brandneu. Mom hat sie mir gekauft, weil sie die Farbe meiner neuen Schule hatte. Ein Typ, dessen Dad mit meinem befreundet ist, hat mich zum Golfspielen eingeladen. Und ich habe mich sofort verliebt. Für einen Anfänger war ich erstaunlich gut. Und von da an habe ich jedes Mal die Mütze getragen, wenn ich gespielt habe.«

Ich will sie abnehmen und ihm zurückgeben. »Ich kann sie nicht behalten. Nicht, wenn sie dir so viel bedeutet.«

Doch er legt die Hand auf meine und schiebt die Mütze wieder auf meinen Kopf. »Ich hab's dir doch gesagt. Mir gefällt es zu wissen, wo sie ist.«

Ich werde vom Klingeln meines Handys gerettet, bevor ich etwas Kitschiges erwidern kann. Als ich mich herunterbeuge, um es vom Boden aufzuheben, bringe ich fast die Hängematte zum Kippen.

»Hallo?«, melde ich mich lachend.

»Miss Perkins?«

Ich erkenne die Stimme sofort. Mr Spencer.

»Ja, Sir?« Ich versuche, mich aufzusetzen, was in einer Hängematte ziemlich schwierig ist. Leo versucht, mir zu helfen, ohne zu wissen, was ich vorhabe.

»Ich habe heute Morgen Ihre E-Mail erhalten und bin ein wenig verwirrt. Sie wollen, dass ich einen Ersatz für Sie finde, um die Eröffnungsrede zu halten?«

»Ähm, na ja, ich dachte, wenn ich nicht graduiere, kann ich auch keine Rede halten.«

Ich habe ihm gestern Abend nach dem Gespräch mit meinen Eltern eine E-Mail geschrieben, um ihm zu sagen, dass er der Person nach mir Bescheid geben muss, damit er oder sie noch genügend Zeit hat, um die Rede vorzubereiten.

»Ich habe die Unterschrift für den Golfkurs nicht bekommen, und Sie meinten, Sie könnten nichts für mich tun, wenn der Coach nicht unterschreibt …«

»Ich habe das Formular gestern Nachmittag bekommen.«

Es fühlt sich an, als hätte mir jemand einen Eimer mit Eiswasser über den Kopf gekippt.

»Gestern Nachmittag?«

»Coach Cantu hat es mir zu Hause vorbeigebracht. Sehr ungewöhnlich. Ich habe ihm gesagt, er hätte es einfach einscannen und per E-Mail schicken können.«

Der Mann hat so gut wie nie sein Handy bei sich. Ich bin ziemlich sicher, dass er keinen Scanner besitzt.

»Ich kriege meinen Abschluss?«, frage ich.

Jetzt versucht auch Leo, sich aufzurichten, was die Hängematte wieder zum Wackeln bringt. Plötzlich liegt er seitwärts in der Hängematte, die Hände auf einer Seite auf dem Boden abgestützt, die Füße auf der anderen. Er dreht den Kopf und sieht mich mit großen Augen an.

»Ja, natürlich. Und Sie sind immer noch die Zweitbeste des Jahrgangs.«

Ich kreische so laut, dass Mr Spencer ein paar Schimpfwörter ausstößt, die er bestimmt gern zurücknehmen würde.

»Die Probe ist am Montagmorgen. Kommen Sie ein wenig früher, damit wir die Eröffnung durchgehen können.«

»Ja, Sir!«, erwidere ich und lege auf, nachdem wir uns verabschiedet haben.

Ich schmeiße mich auf Leo. Er versucht, mich aufzufangen – und wir landen im grünen weichen Gras.

»Habe ich das gerade richtig gehört?«, fragt er.

Ich nicke und lache und weine gleichzeitig. Er drückt mich an sich, und ich vergrabe das Gesicht an seinem Hals. Er streichelt mein Haar und sagt mir, wie stolz er auf mich ist, und auf einmal bin ich von allem überwältigt.

Ich löse mich leicht von ihm, wir sehen einander tief in die Augen – und dann küssen wir uns. Leo schlingt seine Arme um mich und zieht mich näher zu sich, und ich halte ihn, als wollte ich ihn nie wieder loslassen.

Als mir bewusst wird, dass man uns durchs Fenster sehen könnte, unterbreche ich den Kuss und schmiege mein Gesicht wieder in die Kuhle an seinem Hals.

»Du weißt, was das bedeutet«, flüstert Leo.

Eine Million Dinge gehen mir durch den Kopf, während ich mich frage, worauf er hinauswill.

»Wir sind beide nicht Erster geworden.«

Jetzt müssen wir beide lachen. Und es fühlt sich so gut an.

»Was denkst du, warum er das Formular doch noch unterschrieben hat?«, frage ich.

Er zuckt mit den Schultern. »Willst du ihn fragen?«

Ich bin auf den Beinen, noch bevor er die Frage komplett ausgesprochen hat. »Ja. Ich würde es gern wissen. Begleitest du mich?«

Er steht auf und ergreift meine Hand. »Na klar.«

Ich fahre zum Club, ohne vorher anzurufen. Keine Ahnung, ob Coach Cantu überhaupt da ist, aber ich kann nicht länger warten.

Der Pförtner winkt mich durch, noch bevor ich richtig angehalten habe. Es dauert nicht lange, bis wir Coach

Cantu gefunden haben. Er sitzt an einem der runden Metalltische auf der hinteren Veranda des Clubhauses, und vor ihm liegen ein Notizbuch und ein Kalender.

»Coach Cantu?«, frage ich, und er blickt auf.

Er lächelt. »Olivia, wie geht's dir?« Dann sieht er, dass Leo auch dabei ist, und sein Gesicht erhellt sich. »Glückwunsch zum zweiten Platz, Leo. Nach dem schwierigen Start war ich nicht sicher, ob du es schaffen würdest.«

Okay, jetzt streut er Salz in die Wunde.

»Ich musste nur wieder einen klaren Kopf kriegen«, erwidert Leo.

Coach Cantus Blick wandert ein paar Mal zwischen uns hin und her. »Was kann ich für euch tun?«

»Ich wollte mich bei Ihnen bedanken. Dafür, dass Sie das Formular unterschrieben haben«, antworte ich. Ich bin nervös, weiß aber gar nicht, warum. »Nach Ihrer Nachricht war ich sicher, Sie würden es auf keinen Fall unterschreiben, weil ich meine Stunden nicht zusammenbekommen habe.« Vielleicht rechne ich damit, dass er mich zerfleischt, weil ich Leo beinahe das Turnier vermasselt hätte.

Er lächelt ein wenig angespannt. »Als du hier aufgetaucht bist, wusste ich nicht, wie die Woche laufen würde. Als ich dir die Nachricht geschrieben habe, wusste ich noch nicht, was passiert ist. Ich dachte, du würdest einfach schwänzen. Und ich gebe zu, dass ich sehr wütend war. Aber nachdem ich erfahren habe, was passiert ist, wurde mir klar, dass du die wichtigste Golfregel verstanden hast. Ehrlichkeit. Alle Spieler müssen ihren Punktestand selbst im Blick behalten und sagen, wenn sie gegen die Regeln verstoßen haben. Das ist das allerwichtigste Prinzip. Ohne diese Regel ist alles andere wertlos. Nachdem ich gehört habe, was du getan hast, obwohl du es nicht hättest tun müssen, und das Risiko eingegangen bist, dafür bestraft zu werden, dachte ich *Sie hat es endlich verstanden!*«

Ich kann ihm nicht in die Augen sehen. Ich weiß, dass ich knallrot bin. Ich spüre es.

»Also habe ich das Formular unterschrieben und es für dich eingereicht. Mr Spencer meinte, er würde dir Bescheid geben, aber ich hätte dich selbst anrufen sollen.«

Ich schlucke schwer. »Es tut mir leid, dass ich Ihren Kurs so vernachlässigt habe. Wenn es eine Sache gibt, die ich bereue, dann das.«

Er lächelt. »Danke. Und viel Glück mit allem.« Dann lehnt er sich nach vorn, um Leo anzusehen. »Ich werde dich im Auge behalten! Du wirst Großes vollbringen!«

Jetzt wird auch Leo rot. Wir sind schon ziemlich süß, muss ich sagen.

Dann verabschieden wir uns und gehen Hand in Hand zurück zum Parkplatz.

»Du musst es noch deiner Familie sagen«, bemerkt Leo, als wir wieder im Auto sitzen. »Das wird vermutlich den ganzen Tag dauern.«

Ich muss lachen. »Pass mal auf.«

Ich zücke mein Handy und schreibe Nonna eine Nachricht.

ICH: Gute Neuigkeiten! Coach Cantu hat das Formular unterschrieben! Ich kriege meinen Abschluss!

Ich zeige Leo das Display und drücke auf »Senden«. Er wirkt ein wenig verwirrt.

»Warte kurz.«

Es dauert nur eine Minute, bis die ersten Antworten eintrudeln.

MOM: Du hast die Unterschrift bekommen??? Ruf mich sofort an!!

TANTE EILEEN: Ich bin froh, dass ich dem Coach keinen Besuch abstatten und ihm die Leviten lesen musste. Hab dich lieb!

ONKEL MARCUS: Ich freue mich sehr für dich.

Und so geht es die ganze Zeit weiter. Mein Gott, wie ich diese Familie liebe.

Mittwoch, 18. Mai

TAG DER ABSCHLUSSFEIER

Unsere Abschlussfeier findet in der Messehalle in der Innenstadt statt. Es wurde extra eine Bühne aufgebaut. Wir sitzen bereits auf unseren Stühlen und blicken ins Publikum. Doch es ist nicht so, als könnten wir unsere Familien und Freunde sehen, so sehr blenden uns die Scheinwerfer.

Ich weiß, dass meine ganze Familie da ist, denn Onkel Michael und Tim waren drei Stunden früher hier, um genügend Sitzplätze für alle zu reservieren. Und Leo ist auch da, was mich unfassbar glücklich macht. Wir haben ausgemacht, uns im Sommer gegenseitig zu besuchen. Und in wenigen Monaten werden wir beide in Baton Rouge sein.

Als Mr Spencer ans Rednerpult tritt, wird die Menge still.

»Es ist mir eine Ehre, Ihnen die Zweitbeste des Jahrgangs vorstellen zu dürfen: Olivia Perkins. Sie wird Sie nun alle willkommen heißen.«

Es folgt tosender Applaus, was mich erröten lässt, während ich ans Mikrofon trete. Ich lege meine Notizzettel aufs Rednerpult und hole tief Luft.

»Als Zweitbeste des Jahrgangs ist es mir eine Ehre, Sie und Euch zu unserer Abschlussfeier begrüßen zu dürfen! Unsere Eltern, Familien und Freunde, danke, dass ihr alle hier seid. Danke für eure Unterstützung. Danke, dass ihr uns immer angespornt habt. Ohne euch hätten wir es nicht geschafft. Ich habe das große Glück, als Zweitbeste heute hier stehen zu dürfen. Ich musste meinen Notendurchschnitt hoch genug halten, um alle anderen auf dieser Bühne zu schlagen … außer einem.« Ich nicke Daniel Vegas, dem Jahrgangsbesten zu, und das Publikum kichert. »Aber fast hätte ich es nicht auf diese Bühne geschafft. Ich hatte die nicht allzu schlaue Idee, einen Sportkurs außerhalb des Campus zu belegen, obwohl mir alle davon abgeraten haben. Sie meinten, es würde ein Desaster werden. Und das wurde es auch. Beinahe. Ich dachte, ich müsste mich ausschließlich auf meine Leistungskurse konzentrieren. Das waren die Kurse, die mir wichtig waren. Doch da lag ich völlig falsch. Gute Noten waren vielleicht die Voraussetzung dafür, dass ich jetzt die Ehre habe, hier oben zu stehen, doch das sollte nicht das Einzige sein, was wichtig ist. Die Highschool-Zeit ist so viel mehr, als benotet zu werden. Es gibt so vieles, das mindestens genauso wichtig ist. Ich würde deshalb gern ein paar Menschen zu mir auf die Bühne bitten.«

Mr Spencer wirft mir einen skeptischen Blick zu. »Marcus Washington, würdest du bitte zu mir nach vorn kommen?« Ich blicke nach hinten zu meinen Mitschülern, die verdutzt dreinschauen. Doch zum Glück steht Marcus auf und kommt zu mir. »Marcus war der führende Receiver unseres Footballteams. Er hat drei Rekorde gebrochen und wird ab Herbst in der Division 1 spielen. Er war einer der Mannschaftskapitäne, und sein Enthusiasmus und Antrieb haben dazu geführt, dass das Team eine so großartige Saison gespielt hat. Er hat es genauso verdient wie ich, hier oben zu stehen.«

Der Applaus für Marcus ist ohrenbetäubend, ein paar laute Pfeifgeräusche tönen durch die Luft.

»Jemma Calliope, würdest du bitte zu mir nach vorn kommen?«

Jemma quietscht, als ich sie aufrufe, und kommt schnell auf die Bühne. »Jemma ist die Kapitänin unseres Debattierclubs, der schon viele Wettbewerbe gewonnen hat. Außerdem hat sie Rechtswissenschaften belegt und in Scheinprozessen jedes andere Team der Stadt geschlagen. Mit diesem Mädchen legt man sich besser nicht an. Sie hat es genauso verdient wie ich, hier oben zu stehen.«

Jemma schließt mich in die Arme. Ich warte, bis der Applaus abgeklungen ist, bevor ich den Nächsten aufrufe.

»Würde Joey Paderewski bitte zu uns kommen?«

Joey springt auf, stößt die Faust in die Luft und ruft: »Schon auf dem Weg!«

Als er hoch aufs Podium joggt, jubeln alle.

»Joey ist einer der talentiertesten Künstler, die ich kenne. Seine Werke wurden schon in diversen Galerien ausgestellt und hängen in vielen Häusern dieser Stadt. Doch er hat auch dafür gesorgt, dass wir bei den verschiedenen Wettbewerben immer die schönsten Banner und Schilder hatten. Ab Herbst wird er auf die Savannah School of Art and Design gehen, und ich weiß, dass es nur eine Frage der Zeit ist, bis man seinen Namen landesweit kennen wird. Er hat es genauso verdient wie ich, hier oben zu stehen.«

Joey wirft mir eine Kusshand zu und verbeugt sich vor dem klatschenden Publikum.

Mr Spencer verliert gleich die Fassung, doch ich muss noch eine weitere Person auf die Bühne holen, bevor er mir das Mikro wegnimmt.

»Vanessa Singleton, kommst du bitte zu uns nach oben?«

Wir beobachten, wie sich Vanessa nervös von ihrem Stuhl erhebt und zu uns kommt.

»Vanessa ist die Herausgeberin unserer Schülerzeitung und des Jahrbuchs. Vier Jahre lang hat sie unermüdlich dafür gearbeitet, dass alles, was an unserer Schule passiert ist, für die zukünftigen Generationen festgehalten und mit der gesamten Schule geteilt wird. Wenn Vanessa nicht wäre, wüsste niemand, welche großartigen Dinge dieser Jahrgang geleistet hat. Sie hat es genauso verdient wie ich, hier oben zu stehen.«

Das gesamte Publikum ist inzwischen aufgestanden und applaudiert. Ich muss beinahe schreien, damit man mich überhaupt noch hört.

»Ich könnte den ganzen Tag hier stehen und einen

Schüler nach dem anderen aufrufen, aber meine Zeit ist bereits um, und es gut möglich, dass ich gleich der Bühne verwiesen werde. Ich fühle mich geehrt, diese Bühne mit allen dreihundertsiebenundsiebzig Schülerinnen und Schüler der Abschlussklasse zu teilen. Jede und jeder Einzelne von uns war nötig, um es bis hierhin zu schaffen. Und jetzt ist es endlich so weit!«

Unsere kleine Gruppe arbeitet sich durch die klatschende Menge und setzt sich wieder zu den anderen.

Ich lasse den Blick übers Publikum schweifen, doch es ist vergebens, nach meiner Familie Ausschau zu halten. Dann drehe ich mich um und sehe die Familienmitglieder, die sich mit mir die Bühne teilen. Wes sitzt an einem Ende der Reihe, Charlie am anderen. Beide grinsen mich an, und ich wünschte, ich könnte sie umarmen. Ich weiß, dass Sophie irgendwo im Publikum sitzt, aber ich wünschte, sie wäre hier bei uns.

Nach der Zeremonie bricht in der Messehalle das Chaos aus. Alle Familien versuchen, ihre Schulabgänger zu finden, um Fotos zu machen. Nonna hat bereits allen eine Nachricht geschrieben, inklusive Wes und Leo, dass wir uns draußen bei der großen Eiche treffen. Einer nach dem anderen erreicht den Treffpunkt, und wir fünf Schulabgänger werden herumgereicht, geküsst und gedrückt. Wes' Eltern stecken mittendrin im Chaos, aber nach all den Jahren sind sie es bestimmt schon gewöhnt.

»Okay, alle zusammen!«, ruft Nonna. »Alle Absolventen versammeln sich jetzt zum Gruppenfoto!« Alle in blauen Roben versammeln sich in der Mitte der Gruppe. »Sophie, Leo! Ihr auch!«

Die Fantastischen Vier stehen auf einer Seite, die Bösen Joes und ihre Freunde auf der anderen, und Leo bildet in der Mitte eine Brücke zwischen uns. Wir legen einander die Arme um die Schultern und drücken uns fest. Alle Tanten und Onkel haben die Handys gezückt, um den Moment festzuhalten.

Ganz egal, was die nächsten vier oder vierzig Jahre auch bringen mögen – ich weiß, dass alles gut wird, solange ich diese Menschen um mich habe.

Danksagung

Ich habe dieses Buch in den ersten Monaten des Covid-19-Lockdowns fertiggestellt. Es war schwer für mich, über Highschool-Abschluss, Abschlusspartys und all die anderen wundervollen Dinge zu schreiben, die damit normalerweise einhergehen, während mein Sohn Ross als Schulabgänger genau diese Erfahrungen nicht machen konnte. Daher war es auch bittersüß, als mir Ross mit dem Ende des Buches geholfen hat. Es macht mich traurig, dass dein letztes Highschool-Jahr nicht so gelaufen ist, wie du es dir vorgestellt hast, aber ich weiß, dass eine blühende Zukunft vor dir liegt!

Danke an Elle Cosimano und Megan Miranda, meine Rezensentinnen, die Freundinnen wurden, die Familie wurden. Ich liebe euch.

Ich hatte von Golf genauso wenig Ahnung wie Olivia, weshalb ich dringend Hilfe brauchte! Danke an Katherine Webb, Ricky Rogers und Marshall Laborde, dass ihr mir geholfen habt, alles herauszufinden, was Olivia vermasseln könnte. Ich übernehme die volle Verantwortung für alle Fehler und Freiheiten, die ich mir herausgenommen habe.

An meine Freunde und Familie: Ich bin so dankbar für jeden von euch. Danke für eure Liebe und Unterstützung. Und ein besonderer Dank an Missy Huckabay, die sagte:

»Wie wäre es, wenn sie ihren außerschulischen Sportkurs verbockt?«, als ich noch nicht genau wusste, worüber ich schreiben will.

Ein besonderer Dank an den Gewinner der Loyola College Prep Preview Mottoparty: Gabe Cantu! Danke, dass ich deinen Namen benutzen durfte!

Der letzte und größte Dank gilt meinem Mann Dean und unseren Jungs Miller, Ross und Archer. Ich bin so froh, dass es euch gibt.

Gefühlschaos und großes Herzklopfen!

Ashley Elston
10 BLIND DATES FÜR
DIE GROSSE LIEBE
Aus dem amerikanischen
Englisch von
Cherokee Moon Agnew
336 Seiten
ISBN 978-3-8466-0091-7

Sophie wünscht sich nur eins: Zeit zu zweit mit ihrem Freund. Doch dann serviert Griffin sie aus heiterem Himmel ab – und Sophies Herz ist gebrochen. Zum Glück weiß ihre Nonna, was man gegen Liebeskummer tun kann: Zusammen mit der ganzen Familie arrangiert sie für Sophie zehn Blind Dates an zehn Tagen. Doch zwischen all den süßen, aber auch verrückten Typen weiß Sophie schon bald gar nicht mehr, wo ihr der Kopf steht. Und als wäre das nicht schon (Gefühls-)Chaos genug, steht plötzlich auch noch Griffin vor ihrer Tür, der sie zurückgewinnen will. Aber möchte Sophie das überhaupt? Denn vielleicht schlägt ihr Herz schon längst für jemand anderen ...

ONE